JN024603

竹吉優輔

たったひとつの冴えない復讐

講談社

目次

たったひとつの冴えない復讐

序章　二〇二二年　四月

カツカツという、担任の益城《ましき》先生が黒板にチョークを叩きつける音。そしてカリカリという、それを生徒達がノートに書き写す音。その二つが響き続ける教室で、僕はぼんやりと窓の外を眺める。

ほんの一時間前は晴れ渡っていた空を、今はどんよりとした雲が覆っている。昼休みに見たアプリの天気予報では「夜から強い雨」とのことだったが、今にも降り出しそうだ。

たしかロッカーに置き傘が——。いや、あれは先週家に持ち帰って……。そんなことを考えていたら、教科書をめくるビラリという音が十九人分響いてきて、僕も慌ててそれにならう。

黒板に向かう藍色の背中達——僕も同じ制服だが——を眺めつつ、気合いを入れ直す。僕も集中しなければ。

私立恵堂《けいどう》学園文系特進Aクラス。僕は内部編入のため今月——二年進級時の四月からここに来た。二週間以上が経ち教室の空気にはようやく慣れてきたが、授業中の張り詰めた緊張感にはまだ少し気後れしてしまう。

授業終わりのベルが鳴った。緊張が一気に解かれ、僕は大きく息を吸う。大丈夫——。授業は何とかついていけている。

先生が教室を出て行くと、前の席の奏芽《かなめ》が振り返って言った。

「マッシー、今日もシャツが皺《しわ》だらけだったな」

益城先生は五十代後半くらいの眼鏡をかけたおじさんで、授業は熱心だが少し抜けた感じの人だ。特に身だしなみは壊滅的で、いつもくたびれた格好をしている。

奏芽とは気が合うので、僕は遠慮なく軽口を叩く。

「あの人、まだアイロンと出逢《であ》ってないんだよ」

そう言うとククッと奏芽が笑ったので、僕は気を良くして続ける。

「一般常識の代わりに英単語を頭に詰め込んでたんだよ。だからアイロンを見たら、オーマイ・ガッ！」

今度は「あはは」。奏芽は低い声なのに、笑う時だけ少し上擦る。それを聞くのがとても楽しく、僕はいつも彼を笑わせたくなる。このクラスで最初に彼と友達になれたお陰で、僕は随分助かっている。

「さて、次は美術だっけか。行こうぜ、七生《ななお》」

奏芽が立ち上がったので、僕もそれに合わせて立つ。

廊下に出ると、ますます雲行きが怪しくなっていた。不穏なゴロゴロという音が遠くで聞こえた。

奏芽が「こりゃ降るな」と小さく舌打ちをした。

茨城県の県南、龍善《りゅうぜん》市という田舎の端っこにある高校――私立恵堂学園は、いわゆる名門というやつだ。

僕が生まれる少し前に完成した新校舎は、著名な建築家が建てたもので、新校舎完成と同時に一新された深い藍色のブレザーは、これまた海外人気の高いデザイナーが手がけたものだ。ブレザーの胸には矢が描かれたワッペンが貼られていて中二心をくすぐるし、遠目で見たらホグワーツの制服に見えなくもない。部活も野球部が強く、甲子園に出場したことも一度や二度ではない。

恵堂は僕が小学生の頃には人気校だったが、偏差値はそこまで高くはなかった。僕が中学に入り、ポツポツと高校について考え始めた頃、急に難関国立大や有名私大への進学者が出た。全員、新設された特進クラスの生徒だった。

僕は、恵堂に特別な思い入れがあったわけではない。家から電車で二十分くらいのところに、現状を維持すれば入れる人気校があるならば、とりあえずそこを目指してみるかという軽い気持ちだった。

結果は見事に合格。本当は難関の公立校も受けるつもりだったが、受験戦争に疲れ切った僕は戦線離脱を決心し、現在に至るわけだ。

新設から日の浅い特進クラスは、大人気というわけではなかった。希望すれば大体入れるようだし、授業内容も普通クラスとほとんど変わらないようだった。僕は勉強が苦手ではないし、嫌いでもないので少し悩んだが、結局普通クラスを選択した。

その理由は受験生時代にやたらと現れた、恵堂に進んだという「部活の先輩」やら「誰それの兄や姉」やらが語る「特進クラスはエリート意識が高くて、周りに嫌われている」という噂《うわさ》を信じたからだ。

実際、恵堂に入学して気付いたのは、噂はあながち間違いではないということだ。もちろん、漫画みたいに先生達が特進クラスを露骨にひいきするとか、学園内に圧倒的な学力カーストが存在しているとか、そういうことではない。ただ、テストの上位成績者として名前が並ぶのも、学校が作ったパンフレットで爽やかな笑みを浮かべるのも、特進クラスの生徒だった。

彼らの勉強に対する意識が高いのも、学校が新設したクラスの宣伝に力を入れるのも当然なのだが、多くの普通クラスの生徒が「やっぱエリート様は違うね」と、やっかみ半分の皮肉を言った。

僕も周りに合わせて頷《うなず》いていたが、実は憧れもあった。コロナ禍で思うように進まない日常の中、淡々と勉強に励んで良い点数を取り、おまけにパンフレットによればボランティアまでこなしている特進クラスの生徒達は、シミ一つない純白のように僕には思えた。

彼らを見習おう――。そう思って勉強を続けたところ、面白いように成績が上がった。そして秋の終わり頃に、当時の担任教師が言った。

もしよければ、二年から特進Aクラスに編入してみないか？

普通クラスに友達もいたし、不満も特にない。でも、文系特進Aクラス――。純白の彼らの中に入れば、僕は変われる気がした。

二年に進級し、初めてAクラスに入った時のことはよく覚えている。誰もが僕を訝《いぶか》しげに眺め、針のむしろどころか内側に針がびっしりついた全身タイツを着ているような気分だった。

担任の益城先生が、のんびりした声で僕に言った。

「和泉《いずみ》、自己紹介するか？」僕はリアクションに困り果てた。やらないというのも感じが悪いし、ノリノリでやるのも違う気がする。少し迷って曖昧に微笑《ほほえ》むと、先生はそれを肯定と受け取ったようだ。

促されて教卓の前に立つ。初対面の十九人は、なんだこのチビはという顔で僕を見ている。彼らは一年次からの持ち上がりで、担任も一緒だ。学内編入をした僕だけが、その場の異物だった。マスクを外せない生活には慣れたつもりだったが、目以外は表情の見えない集団の前に立つと、やっぱり心細くなった。

初めまして。和泉七生と申します。趣味は映画と音楽鑑賞。他は読書とゲームを嗜《たしな》む程度。流行《はや》りのアプリは入れてみるし、話題の動画もチェックします——。一年の時と同じ自己紹介を、僕は必死で話した。意識して目元に媚《こ》びを浮かべ、しっかりとアピールした。

我ながら良い感じだった。ハキハキせずにオドオドもしない。主義もなければ主張もない。僕の頭の上に「人畜無害：下図参照」という文字が見えるほどのアピールを、僕は必死に続けた。

クラスメイト達は、少しの失望と大きな安心が浮かんだ目で僕を見つめた。つまり、普通の奴と認めてくれたのだろう。

僕は心の中でよっしゃと呟《つぶや》き、席に戻った。

益城先生はその後モゾモゾと小さな声で喋《しゃべ》った。よく聞こえなかったが、コロナ禍とか受験が近いとか、そんな話だったと思う。

先生が教室を出て行った。クラス全員が一斉に喋り出す中、僕は静かに待つ。すると、前の席の男子がくるりと振り返った。彼は仰々しく右手を差し出した。

「よろしく」僕はその手を握りながら、遠慮がちに彼を値踏みする。背が高く、太い眉と仔犬のようなかわいい目。右の頬骨のあたりに目立つほくろが一つ。学校指定のネクタイは結び目を小さくしていて、Yシャツはボタンを二つ開けている。真面目すぎず悪すぎず、僕と同じ普通の奴のようだ。僕は彼に好感を抱いた。

「俺、矢住《やずみ》奏芽。奏芽でいいよ」

「僕も七生でいい。よろしくね、奏芽」

新しいクラスでの、最初の友達だった。

Aクラス十九人の内訳は、僕以外の男子が十人、女子が九人だ。奏芽は男子の大半と仲が良く、特定のグループには属していなかった。本当に良い奴で、初めの頃は色々と気を遣ってくれたり、他の男子を僕に紹介してくれたりもした。そして僕のことを気に入ってくれたのか、最近では個人的なことも話してくれる。

親の趣味がカメラで、自分も一眼レフを持っていること。撮った写真をインスタの裏アカで公開していて、何度か「いいね！」がついたこと。奏芽はフォロワーが五十人を超えたら、裏アカを教えてくれるとも言ってくれた。僕はその日を、とても楽しみにしている。

Aクラスに移ると決めた時から始めた予習のお陰で、成績も今のところ周囲に遅れはない。もちろん気を抜けば、あっという間に置いていかれてしまうだろうが。

帰りのＳＨＲ《ショートホームルーム》が終わり、日課の学校図書館に行く。金曜の図書館は、いつもより混んでいた。自習席には奏芽達がいて、彼らに片手を上げてから勉強に入る。

二時間かけて英語と古文の課題をやっつける。楽ではないが、Ａクラスの一員になった以上は弱音を吐くつもりはない。

「休憩しようぜ」奏芽の声に、僕は頷いて立ち上がった。

図書館の外の自販機に行き、コーラを買ってそれを一口飲む。

一日の授業が終わると同時に雨が降り始め、今は土砂降りになっている。それをぼんやり眺めながら、二人でどうでもいい話をする。

人気配信者のライブ動画のこと、好きな漫画の最新話が見事な伏線回収をしたこと。コーラを飲み終える頃には、話題は尖《とが》った曲ばかりだったガールズバンドの新曲が、媚びまくりの恋愛ソングだったことに対する不満に変わった。

「愛だ恋だは、アイドルに任せておけばいいんだよ」

奏芽は口を尖らせた。僕はうんうんと頷く。

「もっとあるじゃんよ。歌うべきことって」

彼はそう言って深く溜息を吐《つ》いた。

「僕達でバンドやる？」

何気なく冗談を言うと、奏芽も「アリだな」と冗談で返した。

「じゃあ、僕はギターをやるよ」

「俺もギターがいい」

「いいね、ツインギターだ。後はＳＮＳでメン募だね」

「俺らを熱くさせる新メンバー募集！　当方ギター、ギター」

「やまびこみたいだね。それで新メンバーもギターだったりして」

　僕達はくだらない話をして、大いに笑った。


　一時的に雨が止んだ隙に駅まで向かい、帰りの電車に乗り込む。龍善市の隣の、僕の住む富《と》手《で》市まで二駅の二十分。この時間はスマホにも本にも手を付けず、完全な空白時間にしている。

　Ａクラスに入ったばかりの頃は一日を振り返り、ウジウジと悩んでいたが、最近は好きなことを考えられる。何を考え、何を考えないのか決められる時間は、僕の心を整えてくれているように思える。

　ふと、薄暗い窓に映る自分と目が合う。一昨日できた左の頬骨上のニキビも、あまり好きではない耳の形も全部ぼやけていて、どこにでもいる高校生に見えた。

　僕は意識して、微笑んでみる。大人しそうで真面目そうで、優しそうな僕がいる。品行方正で優秀な、Ａクラスの生徒の僕がいる。

　大丈夫、バレてない――。何故《なぜ》かそう思った。

　窓に映る自分が小さく頭を振る。それと同時に電車が駅に到着し、綺麗《きれい》な僕はホームと同化し、すぐに消えた。

僕は家に帰り、両親と夕食を食べた。そして風呂に入り、少しダラダラした後で勉強を始め、日付の変わる頃にベッドに入った。

その夜、僕は夢を見た。

薄汚れた白いTシャツに、色褪《いろあ》せたダメージジーンズ、それから芝生みたいな短い髪をした頭。どこまでも続くような道の先にあるその後ろ姿を、僕は「ユーリ」と呼び止める。

後ろ姿は振り返らず、動きを止めた。僕は急に不安になり、恐ろしくなった。僕はユーリの背中を見つめたまま動けない。

真夜中に目を覚ます。そして頭を掻《か》きむしる。

洗面所に行き、小便で汚れた下着にお湯をかける。自室に戻り、母にスマホで「ごめん。またやった」とメッセージを送りながらベッドを確認し、無事だった毛布を床に投げ出して上に寝そべる。

時計は二時を回ったばかりだった。窓の外では虫が鳴き、春の夜を謳歌《おうか》している。夜明けまで、まだ長い時間がかかるだろう。

週が明けた月曜、クラスに入り自分の席に座る。奏芽はまだ来ていないようだ。

「おはよう」隣の席（と言っても、ソーシャルディスタンスを保ってはいるが）の草薙有珠《くさなぎありす》が声をかけてくれた。僕も「おはよう」と返す。

彼女はクラス委員を務めている。マスクの上からでもわかる高い鼻筋と、黒目の大きい切れ長の目。少しだけ癖っ毛の、ふわりとしたボブヘアがよく似合っている。綺麗な子なので最初は近寄りがたい印象を抱いていたが、よく笑う気さくな子だった。

「和泉くんは、今年のＧＷ《ゴールデンウィーク》はどこか行くの？」

「特に予定はないかな。きみは？」

「家族でご飯食べに行くだけ。つまらないね」

そう言いながら、彼女は楽しそうに笑った。表情がコロコロ変わるのも、この子の特徴の一つだ。彼女は他の女子に名前を呼ばれ立ち上がり、僕に手を振ると駆けていった。まるで仔リスのようだ。

草薙さんは皆に好かれている。もちろんルックスもあるが、それ以上に愛嬌《あいきょう》があった。成績は上の方だが、抜群に良いというわけでもないのも人気の秘訣だ。

突然「マジビビってたから」という大声が、廊下側から響いた。僕は溜息を吐きながら視線を送る。

外から見たら純白の塊でも、内から見たら黒もいる。がっしりした身体に四角い顔、べたべたに固めた前髪の下には小心そうな目が鎮座している。態度も身体も声もでかい市川克斗《いちかわかつと》だ。耳を澄ますと、彼は「ＦＰＳで絡んできた奴にキレた」という、令和のつまらない話選手権の上位を狙えるような話をしていた。

市川の横には、取り巻きの真壁《まかべ》というマッシュ頭がいる。こいつもタチが悪く、市川と一緒に他人を馬鹿にすることに命を賭けている。

今のところ彼らと絡みはないが、僕は時々視線を感じる。新人のこいつはナメても平気か――。そういうジットリとした視線を、特に市川の方から感じる。

市川達二人が男子の異質なら、女子にもしっかり異質がいる。

市川の後ろの席でマスクを外し、毛抜きで眉毛を整えている都塚美潮《とつかみしお》だ。金髪に近い茶髪、バサバサのつけまつげにダルダルのルーズソックス。吊り目にツンと上を向いた鼻は如何《いか》にも生意気そうだ。

いわゆるギャルの都塚さんは、いつも一人だ。格好だけでなく言動も変わっているそうで、クラスでは浮いている。何となく全員が、「都塚さんだから仕方ない」という目で彼女を見ている。

市川と真壁、それから都塚美潮は浮いているが、他のクラスメイトに爪弾《つまはじ》きにされているわけではない。普通クラスにも彼らのような人間はいたので、僕は特に違和感を覚えなかった。Aクラスは浮いている奴はいても、基本的に清く正しい――。そんな風に思っていた。

教室の扉がそろりと開く。賑《にぎ》やかな教室に小さく響いたその音に、クラスの会話が次々と止まっていく。

小柄で痩せっぽちの女子が、そろそろと入ってきた。それに続いて中肉中背の女子、そして背が高くて少しふっくらした女子が続く。三人は三つ子のように、ひどく怯《おび》えて沈痛な表情を浮かべている。

クラスの空気が一気に重くなり、誰かが舌打ちをした。数秒前の楽しげな空気は消え、誰もが氷のような視線を彼女達に向けている。三人はそれぞれの席にカバンを置いた後、教室の一番前の窓際に逃げるように移動し、カーテンに隠れるように身を寄せ合った。

それと同時に、クラスメイト達は最初から彼女達などいなかったように、元の会話を楽しげに始めた。いつも通りの朝だった。

少し見慣れてきたが、やはり強い違和感が僕の胸にこみ上げる。

三人組――小学生みたいに小さい梨木千弥《なしきちや》、中肉中背が本橋花鈴《もとはしかりん》、背が高いのが大槻奈央《おおつきなお》子《こ》。漫画や映画なら愉快なトリオだが、彼女達はそうじゃなかった。三人は、まるでAクラスの恥のように邪険にされ、時に無視されている。

Aクラスの中には他に大人しい子もいるし、中には少し無愛想な奴もいる。それなのに、彼女達だけがクラス全員に嫌われている。

大槻さんの大人っぽい身体付きや、梨木さんの小動物的な感じには男子のファンがいてもおかしくないと思うのだが、誰もが彼女達を害虫のように扱い、仕方なく絡む時には眉間に皺を寄せている。

隣の席の草薙さんは誰に対しても親切だが、そんな彼女でさえも三人には冷たい顔をして、話しかける時は声に少し嫌悪感が混じる。

以前、三人が嫌われている理由を奏芽に尋ねたが、上手《うま》くはぐらかされてしまった。恐らく一年の時に何かがあったのだろう。

清く正しいAクラスの、不穏で淀《よど》んだ彼女達――。僕はそれに興味を覚えたが、周りにしつこく尋ねる気はない。それくらい、彼女達はクラスの禁忌だった。

「おはよ」前の席に奏芽が現れ、彼は僕に向けて大あくびをした。

「今日クソ眠い。一限寝るかも。下手したら二限も」

そんなことを僕に言われても困る。思わず苦笑を浮かべると、奏芽は「駄目だ、授業まで寝る」と言って、黒板の方に向き直った。

僕も少し眠くなってきた。先生が来るまで、僕も寝るかな――。

「ん？　あれって何のやつ？」

奏芽の声に釣られて、僕は黒板を見た。そこにはＱＲコードが印刷された、Ａ４用紙が一枚貼られている。

「わかんない。金曜の帰り、益城先生って何か言ってたっけ？」

特別授業の希望者を募る連絡等、ＱＲコードが貼られることは結構ある。これもそれの類いだろう。奏芽が立ち上がり、黒板に近づいてスマホを向ける。そして戻ってきた彼のスマホを、僕も覗《のぞ》き込む。

「これ、ＹｏｕＴｕｂｅか？」

見慣れたＵＩ画面が目に入ったが、サムネイルは真っ黒で何も映っていない。その下には、動画のタイトルが表示されている。


「恵堂学園二年Ａ組の皆様へ」

動画の投稿時間は今日の午前〇時ちょうどで、再生数は二だった。投稿者を表すアイコンの画像には、クレヨンで塗りつぶしたような黒の上に、薄い灰色が重なっている。目を凝らすと、灰色のすぐ傍《そば》に小さな茶色の何かが鈍く光っている。
投稿者の名前は――。

「この漢字、何て読むんだ？」

「自信ないけど、多分ギンだと思う」

闇《ぎん》――。たしか、昔やった歴史物のゲームで見た記憶がある。細かくは覚えていないが、闇千代《ちよ》というキャラクターがいたはずだ。

奏芽が再生ボタンを押すと同時に、画面が切り替わった。

スマホの中に教卓と黒板が映っている。その横には時間割表が見える。月曜の一限は数Ｂ。それは間違いなくＡクラスだった。

意味がわからない。奏芽の顔を見たが、彼も首を傾《かし》げている。

再びスマホに目を落とす。すると見慣れた教卓の上に、見たこともない異物が映り込んだ。

それは黒と灰色の無秩序だった。大きさは手乗りくらいか、灰色の台形の上にひしゃげた黒い丸が乗っている。表面は毛羽立っていて、動物の毛皮のようだ。アイコンに映っていた何かだ。

僕は再び、それを見つめる。視線が、ひしゃげた丸の中にあるガラス玉を捉えた。頭が、それを「目」だと認識する。それは右目しかなかったが、よく見ると左にはほつれた糸が飛び出している。

これは顔だ。ぼんやりと目に入るものが、焦点を結んでいく。

ガラス玉とほつれた糸は、黒の上にあった。そして二つの目の間には灰色の丸が盛り上がり、微《かす》かに尖っている。黒と灰色の間には細かく白い糸がうじ虫のように這《は》っている。

素材を見るに、これはぬいぐるみなのかもしれない。それも恐らく、ズタズタに切り裂かれたものだ。灰色の部分がクチバシならば、鳥のぬいぐるみなのかもしれない。

不気味な、鳥――。それは一つの記憶を呼び起こした。

コロナが流行り始めた頃、ＹｏｕＴｕｂｅのお勧めに上がった動画に、感染症のペストを扱ったものがあった。それを見て内容以上に記憶に残ったのが、ペスト医師達の不気味な衣装だった。

表情のない、金属製の鳥のマスク。生ではなく死を告げるような、恐ろしく不吉なそれ――。画面の中の何かは、それによく似ていた。

「何こいつ。超キモい」教室のどこかで、女子が呟いた。声の方を見ると、クラスのあちこちで動画を見始めたことがわかった。

音もなく、画面に文字が浮かび上がる。

「恵堂学園二年Ａ組の皆様へ――」

不気味なぬいぐるみは、音声合成ソフトの声で語り出した。

＊

やあ、こんにちは。Ａクラスのみんな、見てる？

ぼくは闇。正義の味方さ。

弱そう？　ダサい？　小さすぎる？

まったく、中身を見てないからそんなことが言えるんだ。

まあ、ぼくに力がないのは認めるよ。
ぼくの身体は、鉄でできているわけじゃない。
ふわふわもこもこの手で叩いても、痛くもかゆくもないだろう。
でもぼくは、悪をやっつける。それが正義の味方の使命だからね。
というわけで、ぼくは宣言します。悪を必ず打ち砕きます。
全身全霊を以て、人生すべてを賭けて、悪を滅ぼします。
絶対に。絶対に、絶対に――。
おまえらみたいなクソ野郎を踏みつけて、殺して、滅ぼします。
つまりこれは、宣戦布告。
ぼくはこれから、おまえらに勝負を挑みます。

よおし、勝負を始めるぞ！
ちなみにおまえらが負けたら、人生が終わります。
ま、最近ではこういうの、珍しくないよね。
じゃあ、はじめるよ。よーい……

字幕が「よーい……」で止まった後、しばらく闇に動きはなかった。奏芽がスマホを軽くタップしたが、まだ再生中のようだ。
固まっている闇を眺めながら、数分前に不吉を感じた自分が恥ずかしくなる。男子の誰かが

「つまんね」と言ったが、同じ気持ちだ。手の込んだ冗談ではあるが、致命的につまらない。不気味なマスターが苛《いら》つく喋りで、ゲームの開始を宣言。そして賭けるものは参加者の命という、以前流行ったデスゲームものだ。

奏芽を見ると、笑いを堪《こら》えている。だから僕は調子に乗って、大袈裟《おおげさ》な身振り手振りで「こ、こんなこと、お父様が知ったらタダじゃすまないぞ！」と言ってみる。奏芽はすぐに「見せしめに殺される奴のムーブじゃん」とツッコミを入れてくれた。

「いや、実は死んだふりで、裏で暗躍するパターーンだよ」

「あー。あるある」僕達は笑った。あざ笑ったと言っても良い。

現実にデスゲームなんてない。舞台や処刑用の仕掛けを作るには場所とお金がいるし、金は腐るほどあるけれど刺激に飢えている大富豪の観客達なんて、この不況下のどこにいるというのだろう。

熱意は悪くないが、圧倒的にセンスがない。早々に閉じられるか、バッドボタンを押されるか。そんな動画だった。

だから僕は笑っていた。奏芽も笑っていた。

「うーそ。まだだよ。まだ始まらないよ」

間はたっぷり間を置いて、喋りだした。

ま、いきなり言われても信じないよね。

でも、本気なんだ。本当の本当。

きみたちも、話をもう少し聞いてくれれば信じてくれると思う。
そうだな、ぼくが正義の味方になった理由でも話すかな。
聞きたい？　聞きたい？　しょうがないなぁ。
それじゃ、ぼくのビギニング。聞いていってね。はじまりはじまり。

むかしむかし、あるところに闇がいました。
闇は正義に憧れて、いつも悪を探しておりました。
ある日、闇の家の戸を、誰かが叩きました。
トン、トトン、それからトン。トン、トトン、もひとつトン。
闇はこの可愛らしい叩き方にがっかりしました。
悪者ではありません。悪者は、いつも音を立てずに現れるからです。
闇はつまらないと思いながら、「お入りよ」と言いました。
扉を開いて姿を見せたのはウサギでした。闇はとても驚きました。
ウサギの身体は骨が全部折れ、内臓がはみ出ていました。
「どうしたの、ウサギさん」闇はウサギに尋ねました。
ウサギは何も言いません。口は棘《とげ》で縫われ、鎖が捲《ま》かれていました。
闇はウサギの目を見ました。ウサギは何も見てません。
赤い両目に釘が打ち込まれ、水晶体がはみ出していました。
ウサギは「おっ」と泣きました。その声と共に消えました。

ウサギが消えた後には、小さなすみれの花が落ちていました。

闇は「悪い人間の仕業だ」と思いました。

こんな恐ろしい人間は、退治しなければなりません。

「悪い人間たちを懲らしめよう。ウサギさんのために」

闇はそう決意しました。おしまい。

はい、以上がぼくのはじまりの物語でした。
まあ、他にも色々な理由があるんだけどさ。
一番は復讐《ふくしゅう》だよ。ぼくはウサギが好きだったからね。
だからぼくは復讐するよ。ウサギに成り代わって。
きみたちを、徹底的に壊す。完膚なきまでに叩き伏せて、
あふれ出るきみたちの血に、ぼくのつばを混ぜてやる。
やると言ったらやるからね。何度も言うけど、ぼくは本気だ。

闇が再び黙ったので、僕は顔を上げた。

いつの間にか、教室の空気が一変していた。クラスメイト達は教室のあちこちに散らばり、スマホやタブレットを見ている。まだ笑っている人間は僕達より後に動画を見始めた連中で、青い顔をしているのは僕達と同じくらいか、少し先を見ている人間のようだ。

奏芽も真剣にスマホを見ていた。目を見開き、歯を食いしばりながら、それでいて大事なも

のを守るように手をスマホに当てている。

彼の反応を見て、僕はこれが冗談ではないことを理解した。これは悪戯《いたずら》や悪ふざけではなく、誰かの本気の訴えだった。突然訪れた非日常。でも、僕の意識は違うことに奪われていた。

復讐——。フィクションの世界では手垢《てあか》がついているが、日常生活ではほぼ使われない言葉。復讐——。それが僕の心に驚くほど自然に滑り込み、すべてを放棄させた。

ユーリ。何度も夢に出て、僕に会いに来るユーリ。

ユーリと復讐という言葉が、次第に絡み合っていく——。


それで、復讐の方法なんだけどさ。

さっき言ったように、ぼくの手は生まれつきふわふわだ。

おまえらに敵《かな》うわけないよね。ま、これは仕方ない。

でも、良い方法を考えたんだ。

たったひとつの、力もお金もなくてもできる、おまえらへの復讐。

それは、人間の力を借りること。

人間だったら、おまえらに勝てる。おまえらを潰せる。

だから、たくさん人間に助けてもらうために、ぼくは話すことにした。

Aクラスの奴らが、哀れなウサギに何をしたのか。

どうやって皮を剝ぎ、肉を貪り、血を飲んだのか。

どうやって頭を割り、腕を千切り、心を砕いたのか。
ウサギを苦しめた人間が、どんなやつか。
どこで何をしていて、どんな家族がいるのか。
どこに住んでいて、どんなことを嫌がるのか、みんな話すことにした。
こいつらは悪魔だから、正義の鉄槌《てっつい》を下してくれって、
お願いすることにした。この写真も一緒にね。

画面が暗転し、集合写真が映り込む。

奏芽に草薙さん、都塚さんに市川達。学校の正門前で撮られた、見知った顔が並んでいる写真だった。マスクをしているが、ほとんどの人が緊張しているようだし、制服も今よりは綺麗に見える。恐らく去年の入学式で撮ったものだろう。

僕は目を凝らし、小さなスマホの中の小さな写真を覗き込む。

写真の中に知らない顔が二つあった。粗い画像でもわかるくらい、長い綺麗な髪をした色白の女子と、一人でピースをしている端正な顔立ちの男子だ。

画面が再び暗転する。


この写真を、世界中の人に見てもらう。

おまえらの住所と名前と、何をやったのかを世間に知ってもらう。

ま、すごく簡単に言うと、暴露だね。

でも暴露って、なんか自棄《やけ》になった感じでかっこ悪いよね。
だから告発って呼ぶことにするよ。
命なんか取らないよ。おまえらの命なんかいらない。
でも、おまえらの将来は、ぼくが壊してみせる。

なあ、悪い人間達。
なあ、恵堂学園二年文系特別進学Ａクラス。
なあ、市川克斗、岸和田幌《きしわだあきら》、佐野勇人《さのはやと》、谷村青司《たにむらあおし》、築山冬樹《つきやまふゆき》
寺原礼士《てらはられいじ》、照川秀俊《てるかわひでとし》、鳥谷義弥《とりたによしや》、真壁穣《じょう》、矢住奏芽。
なあ、大槻奈央子、木曽晴香《きそはるか》、草薙有珠、都塚美潮、豊崎乃々香《とよさきののか》、
梨木千弥、根元舞菜《ねもとまな》、張替夏穂《はりがえなつほ》、本橋花鈴。

ふざけんなよ。ウサギ一人をいじめて楽しかったか？
おまえらにまともな未来なんてあると思うな。
おまえらが何をしたのか、全部バラしてやるよ。
全部全部全部、ぶちまけてやるよ。
ネットに流すくらいで終わると思うなよ。
おまえらの家族や友人、恋人にも、おまえらの進む大学、就職先、
将来の伴侶とその家族にも、おまえらの子どもの学校と就職先、

将来の伴侶とその家族にも、全部全部全部全部ぶちまけて、
おまえらの人生を台無しにしてやる。
そのためにはネットも使うし、ビラだって撒《ま》くよ。
何もしてないとか、見てただけとか、そんなのは知らない。同罪だ。
これからの人生すべてを賭けて、何十年も続けてやる。
告発は五月の最後、三十一日に開始する。あと一ヵ月とちょっと。
この日に、おまえらが何をやったかをまとめた動画をアップします。
もう、完成しているから、その日を待つだけ。
それでおまえらは終わり。はい、ちゃんちゃん。
……はい。ワタクシちょっと取り乱しました。
これじゃ、正義の味方とは言えないね。いけない、いけない。
それに、このままじゃつまらないよね。
ぼくは寛大で優しいから、一方的に痛め付けるなんてしません。
おまえらとは違うからね。最初に言ったけど、勝負をしよう。
おまえらとぼくの、人生を賭けた勝負です。
ここからが重要だから、よく聞いてね。
ぼくは、おまえらが何をやったか、全部見てきた。
それでも、どうしてもわからないことがいくつかある。

ぼくが調べても調べても、どうしてもわからなかったこと。
ほんとはね、全員潰すんだから関係ないとも思った。
でも、どうにもすっきりしない。だからおまえらに教えてほしい。
それを見つけられたら、一旦はおまえらの勝ちでいいや。
それじゃ、はじめるよ。

彼女のバラを折ったのは、誰？

わかったら、この動画のコメント欄に答えを書き込んでください。
書き込みは、そうだな。出席番号二十番くんに任せよう。
きみは無関係だとわかっているから、何も心配しないでね。
でも、ま、運が悪かったと思って、メッセンジャー役を引き受けてよ。
心配しないで。折った奴も悪だから、躊躇《ためら》うことなんかない。
全員の総意でも誰かのひらめきでも、犯人の自首でもいいよ。
とにかく一人の名前を、二十番くんは書き込んでね。
そうだな。偽物が出たら面倒だから、
二十番くんは、コメントを名前入りで書いてね。
もし、答えを見つけることができたら。

その場合はこの動画を削除して、告発も延期します！
……延期って何だって顔してるね。延期は延期だよ。
告発は絶対にやる。おまえらが許されるわけないじゃん。
延期ってことは、そう！　勝負は一回では終わりません！
わからないことがいくつかあるって言っただろ。
え？　それじゃやる気が出ないって？
むむむ……。これだからZ世代は……。
でもたしかに一理ある。仕方ないな。
よし。おまえらに、完全勝利を用意しよう。
そうだ。こういうのはどうだろう？
おまえらが、「あること」をすれば、告発をやめる。
ぼくってふとっぱらだな。それで、全部忘れてやるんだから。
もしそれができれば、ぼくは考えを改める。
告発をやめて、おまえらの過去を忘れ、未来にも干渉しない。
ま、絶対に無理だと思うけれど、せいぜい足掻《あが》いてくれたまえ。
それじゃ、告発をやめる唯一の条件を言います。

心の底から、ウサギが望んだことをしてください。

以上です。
それから、審査するのはぼくだ。
ムカついたら、それが実行されても無視しちゃうかもね（笑）
あと、この動画が通報されて消えた場合、すぐに告発を始めます。
コメントに二十番くんの偽物が出てもそうしようかな。
おまえらのこと見てるから。一挙手一投足、全部見てるからな。
それじゃ、バイバイだギン！（ぼくの考えたかっこいい挨拶）

＊

動画が終わった。クラス中から聞こえていた闇の声も、ぽつりぽつりと消えていく。そのすべてが完全に消えた時、遠くで雀《すずめ》の声がした。それに合わせるように、クラス中から声が響いた。

「何だよこれ！」市川が大声で叫び、椅子を蹴飛ばした。

「あたし関係ない！」今度は都塚美潮だ。場違いな光沢のついた爪で、頭と顔を掻きむしっている。

「ねえ、本当にあたし関係ない。すみれは友達だったし……」

彼女はヨタヨタと立ち上がり周囲を見たが、誰もそれに応えようとしない。彼女は小走りで教室前方の窓際に向かい、嫌われ者のあの三人に詰め寄った。

「悪いのはお前らだろ！」

三人の内の一人――背の高い大槻奈央子が、きっぱりと言った。

「見てたやつも同罪だって、言ってたよね？」

他の二人が、それに合わせて目を半月形に歪《ゆが》めた。都塚美潮は再びよろよろと席に戻り、机に突っ伏した。彼女のすすり泣きが響く。

「矢住、これってヤバいよね？　写真も名前も出てるよ」

奏芽に声をかけてきたのは、築山という男子生徒だ。奏芽は撮った写真を加工するためか、PCやネット、動画配信サイトの知識が豊富だ。奏芽は少し考え、スマホを操作した後でクラス全員に聞こえるように言った。

「これ全体公開じゃないよ。URLがあれば誰でも見れるけど、検索には引っかからない。だから――」

それでも、彼の言葉に安心する人はいなかったようだ。

「出席番号二十番って誰？」誰かが言った。二十番は、僕だ。

気付けばクラス全員が、僕を見ていた。僕は静かにそれを受け止める。四月当初に感じた異物への品定めに、不安と混乱を足したような視線だった。彼らの必死な形相を見るだけで、闇の話がでたらめではないことが改めてわかった。

動画の中でウサギは、消える際に「すみれの花」を残した。そして都塚美潮は、「すみれ」という名前を口にした。動画の集合写真にいた、僕の知らない髪の長い女子が多分「すみれ」なのだろう。今、このクラスに彼女はいないから、僕とは逆に二年の進級時にAクラスを去ったのかもしれない。

恐らくこのクラスは、「すみれ」をいじめた。あの三人が嫌われているのは、元々いじめの主犯だったせいだろう。そして闇は「すみれ」の復讐をしようとしているのだ。

僕を見つめる彼らの顔が、ひどくつまらないものに見えた。

扉が開き、益城先生が入ってきた。僕達が慌てて席に座った時、都塚さんは教室の後ろから出て行った。

「都塚、どうかしたのか？」

先生が彼女の背中に声をかけ、それから僕達を見た。

「あいつ、具合でも悪いのか？」

妙に間延びした、平和な声だった。誰もそれに応えなかった。


先生はQRコードに気付かず、朝のSHRを終えた。一限が始まる前にそれを捨てたのは三人組の一人、本橋花鈴だった。都塚さんは一限目が終わる頃に戻り、そのままカバンを持って帰ったようだ。

その日は、異様だった。

ノートを取る音が普段より激しく、授業の合間も誰も喋らなかった。いつも三人でつるんでいる本橋さん達も一人で過ごし、市川も取り巻きの真壁も無言でいた。昼休みは全員が教室を逃げるように飛び出し、午後の授業が始まる前に暗い顔をして戻ってきた。

七限目の授業が終わり、帰りのSHRも終わると同時に、皆教室を出て行く。いつもAクラスの生徒で埋まっている図書館の自習席は空っぽで、他の生徒達が目を丸くしていた。そんな一日だった。

僕は、それをただ眺めて過ごした。奏芽さえも、僕に声をかけなかった。

食事をしてシャワーを浴びても、頭の中の熱気は消えない。僕はベッドに腰掛けて、動画について考えることにした。

闇が言うように、僕は完全に無関係だ。すみれとやらも知らないし、高校生にもなっていじめをしていたAクラスへの憧れも消えた。いじめが暴露されて世間にこき下ろされても、僕には関係ない。

ただ、気になることは多少ある。

矢住奏芽。彼と親しくなってから日は浅いが、いじめをするような奴には思えない。益城先生について冗談くらいは言うが、陰湿な陰口が嫌いで真っ直《ます》ぐな正義感を持った、本当に良い奴だと思う。

もし彼がただの傍観者だったら、告発されるのは気の毒だ。闇は傍観者も同罪と言っていたが、さすがにそれはやり過ぎだと思う。

それに、恐らく僕も無関係だとあぐらをかいてはいられない。

もし世間に大きなニュースがなければ、闇の告発は話題になると思う。そうしたら、暇人達が暇潰しで嫌がらせに来るだろう。もし闇が「和泉七生は無関係」と言ったとしても、暇人達はそんなことは気にしない。無関係の僕が嫌がらせを受けたとしても、せいぜい後で尊い犠牲と思うのが関の山だ。

世間の話題になって困ることは、他にもたくさんある。

履歴書に出身高校を書く欄はあるが、「いじめに無関係」と書く欄はない。これから先、恵堂の特進クラス出身というだけで色眼鏡で見られる可能性は大いにある。

面倒なことに巻き込まれた――。そんな不安が重くのし掛かる。

ただ、それ以外の感情も僕の中に芽生えている。いや、感情ではなく、衝動に近いだろう。

捜し求めていたものが見つかった――。そんな気持ちだった。

ユーリもきっと復讐を望んでいる。それができるのは、僕だけだ。

もう一度動画を見よう――。そう思いスマホを手に取ったが、ＱＲコードを読み込んだのは奏芽のスマホだ。軽く舌打ちをした時に、手の中のスマホが震えた。

隣の席の草薙有珠からのメッセージだった。

「今日のこと驚いたよね。後で説明するから、少し待ってて」

僕はわけもわからず、了解と返信した。

結局、草薙さんから連絡が来たのは夜中のことだった。

「明日の放課後、時間をください。そこで話します」

簡素なメッセージの後、サンリオっぽいキャラクターが頭を下げているスタンプが届いた。

僕は何を言っていいのかわからず、悩んだ挙げ句にトトロが胸を叩いて「りょうかい！」と言っているスタンプを送った。

その日僕は珍しく、夢を見ずに眠った。

七限目の授業が終わると、草薙さんが隣の席から僕を見た。眉間には皺が浮かび、ひどく居心地が悪そうだ。僕は少し考えた後、「静かなところへ行こう」と誘った。

二人で話せる場所は限られている。僕達は校庭を見渡せるベンチにやってきた。ベンチは三人掛けだが、真ん中に印刷したアマビエのイラストが貼られ、そこに「一つあけましょう」と書いてあった。僕が端に座ると、草薙さんも端に座った。

校庭には誰もいなかった。

「昨日のことだけど――」草薙さんは真っ直ぐ前を向いて言った。

「びっくりしたよね？　和泉くん、去年いなかったから――」

「うん。ただ、それよりも混乱したかな」

今日も僕はクラスメイトとは誰とも話さなかったし、誰かが会話しているところさえ見なかった。人々にテレパシー能力が備わった世界線にでも転生したのかと思うほどだった。

彼女は二回、ケホンと乾いた咳をした。それから額を撫《な》で、思い切ったように話し始めた。

「去年、ある女の子がクラスにいたの。櫛《くし》屋《や》すみれって子」

櫛屋すみれ――。その言葉を脳裏に深く刻み込む。

「その子はいい子だったんだけど、皆に嫌われて、それで――」

「いじめられたってわけだね」

草薙さんは頷き、そして黙ってしまった。綺麗な横顔が、今はひどく幼く見える。彼女は制服の上から胸をぽんと叩き、語り始めた。

出逢ったのは入学式。長い髪がとても綺麗で、シャンプーのCMみたいな女の子。とても賢そうで、ほんの少しだけ目が物憂げで、声が小さくて物静かだけど自分をしっかり持っている、誰からも好かれる子。

草薙さんは彼女について、そう語った。

「仲良くしたかったけど、女の子ってグループ作るよね。すみれは本橋さん達と仲良くなって、私は違う子と友達になったから」

本橋さん達――。嫌われ者の三人組だ。昨日、彼女達はいじめの主犯だと責められていたが、最初からそうではなかったようだ。

草薙さんは話を続けた。櫛屋すみれは決して目立つ存在ではなかったが、コロナ禍のイライラの中で静かに微笑む彼女の姿に、草薙さんは随分励まされたと語った。

草薙さんと彼女は、グループのせいでクラスでは別々に過ごしたが、入学して少し経《た》った頃に駅でばったり会い、二人でカフェで話したと言う。それ以来、たまに同じ店で時々お喋りをしたらしい。

「すみれ、最初は良い子だったんだけど、急に変になっちゃった。それで皆、ちょっとうんざりして……」

彼女は大きく溜息を吐き、一気に話し出した。

「去年の今くらいかな、すみれはあんまり笑わなくなったの。ナーバスって言えばいいのかな。それで五月の終わりくらいにあの子、『私のカバンを触ったの、誰？』って急に大声で言い出したの。皆驚いちゃって——。都塚さんが茶化す感じで『何言ってんの』って声かけたんだけど、『黙ってて！　誰！』ってすごい剣幕で私達を睨《にら》んで、その後急に口を押さえて黙っちゃって……。その時から、皆避けるような感じになった。すみれはそれからずっとおかしくて、授業中なのに出て行っちゃったり、急に叫んだり。私のことも怖い目で見た後に、すごく親しげに笑ったり。他にも——」

彼女はまた一つ、溜息を吐いた。

「すぐに皆うんざりしちゃって、本橋さん達がシカトしようって言った。その頃にはもうすみれは孤立してたから、賛同する子もいたし、周りに合わせて従う子もいた」

きみはどうだったの？　そう尋ねようとして一瞬躊躇う。彼女はそれに気付いたのか、独り言のように続けた。

「私は、シカトしなかった。あんまり教室で接点がなかったから。でも、もし話しかけられたら少し困った顔をしちゃったと思う。実際にはシカトしていたのと一緒だよね」

僕は否定も肯定もできなかった。

「カバン、実際に誰か触った人がいたの？」

「多分気のせいだと思う。そんなことする理由ないし」

僕は納得する。彼女がそれ以降、腫れ物扱いされたことは充分理解できた。カバンに誰かが触ったか否かは大きな問題ではなく、櫛屋すみれが半狂乱で喚《わめ》いたことが重要——。簡単に言えば、周りが引いたのだ。

草薙さんが黙ったので、僕は質問を続ける。

「その櫛屋さんは普通クラスに移動したの？　今何組？」

彼女は一瞬宙を見て、すぐに視線を落とした。

「秋頃から不登校になって、学校やめちゃった」

退学の理由は考えるまでもない。僕が思わず溜息を漏らすと、草薙さんはうなだれてしまった。

「シカトからエスカレートして、いじめはどんどんひどくなった」

ひどく冷たい風が僕達の傍を通り抜ける。ギュッと拳を握り、小さくなっている彼女が少しだけ可哀想に思えた。

「私は耳を塞いで目も閉じて、関わらないようにしていた。本橋さん達がすみれにちょっかい出したら、見ないように教室から逃げたの。一番辛《つら》いのはすみれなのに。どうして助けなかったんだろう」

やっぱり僕は何も言えない。

「六月だったかな、すみれが廊下で転んだことがあるの。私、たまたまその時に近くにいて、全部見てた。本橋さん達がすみれとすれ違った時、大槻さんが足を引っかけて――」

僕は唖然《あぜん》とする。腐っても進学校の特進クラスで、暴力によるいじめが行なわれていたとは想像できなかった。

「櫛屋さんは、いじめを先生に言わなかったの？」

「言わなかったんだと思う。何もなかったし」

少し疑問を抱く。高校は義務教育ではないのだから、加害者を停学にも退学にもできる。それなのに黙って耐えるのは上手いやり方とはいえないだろう。

頭に益城先生の顔が浮かんだ。真面目で少し抜けているが、Ａクラスに入ったばかりの僕に時々声をかけ、心配してくれる人だ。

「益城先生、いじめを放置するとは思えないけどな」

僕の率直な疑問に対し、返ってきたのは溜息だった。

「鈍いよね、あの先生。私、大嫌い」

草薙さんの目には、たしかな軽蔑の色が浮かんでいた。

「当然だけど、先生の前では誰も何もしないよ。逆に親しげに話しかけたり。でも先生がいなくなったら元通り。ドラマの撮影のカットの後みたいに、今の演技良かったねって笑い合ったり」

「それでも櫛屋さんが先生に言ってたら、問題に――」

「なってないじゃん。だから、言ってないんだよ」

投げやりで乱暴な口調に、僕は驚く。

「すみれは、誰にも言わなかった。相談もしなかったと思う。いじめられても、キッと睨んでそれでおしまい。今思えば、それが本橋さん達のカンに障ったんだろうね。それでエスカレートしちゃった」

僕は幸運なことに、あまりいじめに関わらない人生を送ってこれた。だからこそ、櫛屋すみれの反応を聞いてもピンと来ないのだろう。とにかく、Ａクラスにいじめがあったことは間違いない。

　黙ってしまった草薙さんに、僕は思い切って尋ねてみる。

「闇の正体って、やっぱりその櫛屋さんなのかな?」

　昨日から考えていたことだ。櫛屋すみれは闇になり、動画を作ってクラスの黒板にQRコードを貼った――。それが一番自然だと思う。退学しても制服があれば学校には入れるし、別の誰かが彼女のために復讐をするというのは、あまり現実的ではない。

　でも、草薙さんはあっさりと言った。

「すみれは闇じゃないよ」

　夏は暑いとか夜は暗いとか、そんな当然を語るように彼女は言った。それから戸惑う僕を見た後、「だって、そういう子じゃないし」と付け足した。

「ちょっとそれだけじゃ、納得できないな」

　どんなに良い子だって変わることはある。いじめを受ければ尚更《なおさら》だろう。でも彼女は僕の言葉を無視し、もう一度言った。

「すみれは、闇じゃない」

　僕は頷くだけに留めた。彼女の表情には確信があり、反論しても無駄だろう。彼女は急に立ち上がり、無表情で言った。

「飲み物買ってくる。何がいい?」

　僕は呆気《あっけ》に取られながらも「炭酸なら何でも」と答える。

　駆けていく華奢な背中を見ながら、僕は頭を整理する。

　櫛屋すみれは闇ではない――。そう思っているのは、彼女だけではない気がした。動画が流れた直後の教室で、誰も櫛屋すみれの仕業だと言わなかったのだ。

皆、何故そう思うのか。そこに何かあるのかもしれない――。

いや、今は考えるのはやめよう。僕にとって、もっと重要な局面がもうすぐ訪れる。どう切り出せば良いか――。

櫛屋すみれに対する同情はあるし、去年のAクラスに興味もある。でも今僕を突き動かすものは、内側から来る衝動だった。今はそれに身を任せよう。軽く頬を叩くと、春だというのに冷たい指先が頭を冷やしてくれた。

背後で砂利を踏む音が聞こえる。草薙さんが戻ってきたのだ。

彼女は赤くなった頬を擦《こす》り、ソーダのペットボトルを差し出した。僕は小銭を取って差し出したが、頑《かたく》なに受け取ってくれなかった。

彼女はマスクを外してペットボトルの紅茶を一口飲んだ。マスクの下で噛みしめていたのか、下唇が少し赤い。

「和泉くんは、誰が闇だと思う?」

草薙さんは紅茶をベンチに置いて、その手でスカートの裾を強く握った。細い指の小さな爪の先が白くなっている。

「櫛屋さん以外で?」僕がそう尋ねると、彼女は小さく頷いた。

「僕は櫛屋さんが闇だとしても、今のAクラスに闇の協力者がいて情報提供していると思っていた。だから、そいつなのかな」

「協力者？」

「今日の昼休み、僕の出席番号が二十番――クラスの一番後ろってこと、気になって先生に聞いてみたんだ。先生は僕が普通クラスからの編入生だからそうしただけで、特に意味はないって言ってた。結果的に感謝してるけどね。五十音順で僕が一番だったら、後ろは市川だから」

そう言うと、草薙さんは笑った。

「闇は多分、いじめに無関係の僕の名前を出さないために出席番号で呼んだ。僕がAクラスに編入したことを知っている友達は何人かいるけど、僕が二十番――朝の出欠確認で最後に呼ばれることなんて、Aクラス以外の人間は知らないはずだ。だから、クラスの中に情報提供者がいると思った」

一気に喋った後、僕はふと気付く。

「クラスの皆は、別の線を疑ってるかもね」

「どういう意味？」

彼女は試すように目を細めた。僕は少し、意地悪な子だなと思う。

「とある普通クラスの物憂げな美少年が、去年から櫛屋さんの相談を受けていた。それで彼は彼女の退学をきっかけに、復讐を企んで四月からAクラスに編入したって線」

「で、そうなの？」

僕を見る彼女の目が、きゅっとより細くなる。僕も笑う。

「もちろん違うよ。ただ、まあ疑われて当然とは思う」

クラスの皆が昨日今日と誰も話しかけてこなかったのは、恐らくそのせいだろう。闇のせいで、しばらく僕は針のむしろだ。

僕がソーダを一口飲むと、彼女も紅茶を飲んだ。そしてまた真顔に戻り、僕を見て言った。

「ごめんね。実は色々調べた。和泉くん、富手市に住んでるよね？」

僕は頷く。

「すみれは、古羽《こば》町に住んでるの」

地名を言われてもピンと来なかった。僕が首を傾げると、「茨城の県西で埼玉との県境。ここから電車で二時間」と教えてくれた。

「それで？」

「学校も違うし、塾とかで一緒だったこともないと思う。それに、ネットもすみれは全然やらないって聞いたから、知り合いだった可能性はないと思う」

こういうのはアリバイと言うのだろうか。いずれにせよ客観的事実で潔白と判断されるのは、僕にとって悪いことではない。

「今日普通クラスに行って、去年和泉くんと同じクラスだった子に聞いたんだ。名前は――」

彼女は僕と仲が良かった友達の名前を挙げた。

「その子、七生は良い奴だから仲良くしてねって言ってたよ？」

草薙さんはからかうように笑い、僕は少し照れ臭くなる。

「いい気持ちはしないな」

冗談のつもりだったが、彼女は眉を下げて「ごめん」と言った。

「私ね、どうしても闇を止めたいの。クラスが許されないことをしたのはわかっているけど、でもやっぱり、こんなのは間違ってる。だから、やれることはやろうと思うの。それで――」

彼女はポケットに手を入れて、スマホを取り出した。

「私が勝手に選んだ、クラスで信頼できる二人と昨日話したの。今後、どうすればいいかって。見てもらった方が早いかな」

差し出されたスマホの液晶に、ＬＩＮＥが映っている。「今後のこと」と題されたグループチャットだった。メンバーは三人。

「私と乃々香。それから、矢住くん」

乃々香とは、草薙さんと仲の良い豊崎という女子だ。気の強いはっきりした子で、クラスの副委員を務めている。

「この二人は、どうして信用できるの？」

「絶対じゃないけど、金曜日は乃々香と一緒に帰ったし、日曜の夜も私からビデオ通話を頼んで二人で勉強して、二人共寝落ちして朝までつけっぱなしだったの。あの子、千葉に住んでて少し遠いから、遅刻しちゃうって朝すごく慌ててた。結局間に合ったけど」

朝早く登校して、教室にＱＲコードを貼ることはできない――。根拠としては弱いと思うが、とりあえずのアリバイにはなる。

「矢住くんは男子のほとんどと仲がいいから、参加してもらった方がいいかなって。それからあとは、矢住くんが一番怪しいから」

意外な言葉だった。

「去年、矢住くんとすみれはすごく仲が良かったの。付き合ってるって噂も出たし。すみれがおかしくなってからも話しかけてた。それに、本橋さん達にシカトをやめるよう言ったこともあるんだよ」

　前半は意外だったが、後半は納得した。奏芽はそういう奴だ。

「最初は矢住くんが闇だと思った。多分皆もそう思ったはず。でも、闇を名乗る必要なんかどこにもないんだよね。復讐が目的なら無言でやればいいし。それに知りたいことがあるなら、矢住くんなら堂々と聞くと思う。皆に信頼されているから、その方が早いし」

　彼女の言う通りだ。彼女のバラを折ったのは、誰――？　この意味不明な疑問の答えを、闇は求めているのだ。

　彼女がスマホを差し出したので、受け取ってチャットを見る。

　最初に草薙さんは、二人への信頼を語った。そして闇の正体に二人共心当たりがないこと、バラに覚えがないことを確認した後、三人でクラスがやるべきことを決め、皆に示そうと提案した。

　二人に異議はなく、話はすぐにクラスのこれからに移り変わった。

　混乱して待つこと以外に、クラスにできることは三つだけだった。

　一つは闇の正体を捜し出し、告発をやめさせること。もう一つは「ウサギの望んだこと」を全員で捜し、闇を思いとどまらせること。最後は「バラを折った人」を捜し、告発を延期させること。

　二時間近くのチャットの間、奏芽の口数は少なく残りの二人が話を進めていく。どうやら、最後の一つに決まりそうだった。

「次に繋《つな》いで、闇がまた動画を出すのを待とう。そうすれば、ウサギの望んだこととか闇の正体とか、もっと情報が出ると思うし」

草薙さんの言葉に、二人は反対しなかった。「クラスの皆に、私から話すね」と言ったのは豊崎さんだ。

そして、議題が変わった。次のテーマは「和泉七生をどうするか」だった。

櫛屋すみれの存在やいじめの事実を伝えず、ただ書き込みだけ頼むか、または全部話した上で協力してもらうか――。

まだ信用できないから、話さない方が良い。そう主張したのは豊崎さんで、草薙さんもそれを否定しなかった。

「いや、話そうよ」そう言ったのは、奏芽だった。

「七生はいい奴だし、巻き込まれてる以上は事情を話すべきだ。脅すわけじゃないけど、そうしないんだったら俺は協力できない」

僕は急に照れ臭くなり、頰を掻いた。草薙さんが微笑む。

結局、草薙さんが僕を調べることになり、豊崎さんも納得した。

「まとめるね。私が明日、和泉くんに事情を話す。それからクラス全員でバラについて考えよう。すみれに関係あることだと思うから、皆で考えればきっと何か思い出すよ」

チャット内の草薙さんは、クラス委員だからかリーダーシップを見事に発揮していた。そういう才能があるのだろう。

「もし答えがわかったら、和泉くんに書き込んでもらう」

豊崎さんが「異議なし」、奏芽が「うん」と言った。そこまでチャットを読み終えた僕の顔を、草薙さんが覗き込んだ。

「こういうことだから、和泉くん、協力してほしい」

長いまつ毛を伏せた後、まるで祈るように僕を見つめている。

「書き込む内容は、皆の意見を集めて私達が決める。書き込みでバラを折った人がひどい目にあっても、逆恨みはさせない。皆で守る」

僕は黙った。草薙さんの言う「皆」に、僕は入っていない。ただ巻き込まれただけの僕にしてみれば、ちょうど良い距離感だ。普段の僕ならば素直に協力するか、櫛屋すみれへの同情心から文句を並べた上で協力するだろう。

僕の中の衝動が暴れ出した。

「一つ、良いかな」口が勝手に動き出すのを感じる。

「僕はAクラスが好きだ。それに闇の汚いやり方に腹が立っている」

今となっては一欠片《ひとかけら》の真実もない言葉が、すらすらと紡がれる。

「だから協力したい。でも、ただ言われた通りに名前を書くのは納得できない。闇は僕に、本名で書けって言ってた。だからちゃんと納得したい。皆が決めたから書くんじゃなくて、僕もそう思うから書くみたいな。そうしないと嘘《うそ》になる。僕は嘘が嫌いだから」

僕の口が、勝手に意味不明なことを言っている。嘘が嫌いだから——そんな嘘を当然のように吐く僕を、草薙さんは不安そうな目で見ている。もしかしたら僕も同じ目をしているのかもしれない。

「僕は僕で調査したい。自分で調べて皆から話を聞いて、バラを折った人を見つけるよ。誰も心当たりがなくても、部外者の僕と話しているうちに何か思い出すかもしれないし。もし見つけられなかったら、その時はきみ達が決めた名前を書く。それは約束する」

草薙さんは「ありがとう！」と言って笑った。僕はへらへらと、「その代わり、これは奢りね」とソーダを差し出す。そして苦笑する草薙さんを尻目に、自分が何を求めているのかを少し理解した。

僕は復讐について知りたい。闇と出逢い、やっとわかったのだ。

ユーリが夢に現れるのは、きっと復讐を求めているからだ。

お前がいるべきは、純白の中ではない。復讐しろ、お前しかできない――。ユーリはきっと、そう言っている。

そうすればきっと僕の夜尿症は止まり、夜が怖くなくなるはずだ。

もっと復讐について、知りたいと思う。闇は怒りを持ち続け、復讐へと至った。その復讐者の精神を僕は理解し、手に入れる。

闇に近づかなければならない。彼の言葉が、もっともっと欲しい。闇は僕に、メッセンジャーの役を与えた。でも、それでは足りない。絶対に足りないのだ。闇が生み出した復讐という舞台の上で、僕は駆けずり回る。探偵役でも、うるさい狂言回しでも何でも良い。そして闇に僕を見つけさせ、認めさせ、僕に向けて言葉を吐かせてやる。そうすればきっと、目障りな僕に闇は――。

草薙さんは心底嬉しそうに僕を見ている。

「去年作ったAクラスのグループチャットがあるの。ずっと放置状態なんだけど、そこで皆でバラを捜そうって、あと和泉くんに協力してって呼びかけるつもり。今招待するから待ってて」

ポケットに入れたスマホが微かに震えた。僕はそれを取り出し、液晶を眺める。LINEに新しいグループが追加されていた。

「恵堂Aクラス！！！（20）」

闇――。この中に、彼はいるのだろうか。

一章　バラを折ったのは、誰？

一

奏芽と二人で、駅前のファストフード店に入る。レジに並んでいると、隣のカップルが旅行の相談をしているのが聞こえた。

ＧＷは目の前だ。コロナによる行動制限がない久々の連休に、世間は浮かれているようだ。他のクラスの生徒達にも笑顔が増えたが、それがＡクラスの憂鬱をより際立たせていた。

隣で並ぶ奏芽が溜息を吐く。僕は何も言えずその肩を叩いた。

昨日、草薙さんとの話し合いの後、クラスのグループチャットで会合が開かれた。クラス全員でバラについての情報を集めようという豊崎さんの提案に、何人かが賛同した。そして草薙さんが、僕が闇じゃないことを宣言し、何かを思いついたら僕に話すよう皆に要請した。

これでお通夜みたいな空気も消えるだろうという予想は、今朝教室に入った瞬間に消え失せた。お通夜は延長戦に突入したらしい。

遠巻きに僕を眺めるクラスメイト達に、マスクの下で溜息を吐く。

いじめを楽しんでいたような奴らに媚びるのはシャクだが、仕方がない。闇に近づくためだ――。そう思って、必死に愛想笑いを浮かべようとした時、声をかけられた。

「帰りにどっか寄ろうぜ」大きな声と、いつもの笑顔。奏芽だった。

その瞬間、周囲の視線が少しだけ柔らかくなるのを感じた。矢住が信じるなら、あいつは信用して良いのかも――そんな周囲の空気を感じたのは、恐らく僕の勘違いではないだろう。


僕は照り焼きバーガーのセット、奏芽はハンバーガーとウーロン茶を頼んだ。二人で窓側の席に座る。周囲に恵堂の制服はなく、僕らの後ろには読書をする若い女性がいるだけだ。

「バラに覚えはないから、大した話はできないんだけどな」

透明なアクリル板の向こうで奏芽は言うと、ズッと音を立ててウーロン茶を一口すすった。

僕はまず、率直な疑問を口にする。

「くだらないことを聞くけど、いじめは本当なんだよね?」

奏芽は小さく頷いた。それから溜息を吐いた後で言った。

「うちのクラスの奴らって、ほとんどがいい奴だと思うんだよ」

いい奴はいじめなんて――そう反論しかけたが、手で制される。

「なんて言うか、いじめ慣れしてる奴がいないんだよ。するのもされるのも経験が少ない。だから加減も相手の痛みもわからないんだ」

一理あるかもしれない。いじめの主犯だった本橋達三人は、今異常なほど嫌われている。クラスの連中は、櫛屋すみれの退学で初めて罪悪感を覚えたのだろう。そしてそれを軽減するために、「加害者」を罰しているのだ。悪いのはこいつらだけ——そんな幼く単純で、身勝手な正義を躊躇いもなく他者に向けている。

「全員、ガキの頃に一回でもいじめに関わって、体罰上等の昭和教師にゲンコツ食らってたら、こんなことにはならなかったのかな」

僕は照り焼きバーガーの包みを乱暴に剝ぎ取る。苛ついていた。卒業までの残り二年、僕はその愚かないじめっこ達と同じクラスだ。

僕がバーガーにかぶりつくと、奏芽は静かに言った。

「いい奴だったよ、櫛屋」

あまり思い出したくないのだろう。声に深い後悔が滲《にじ》んでいる。

「草薙さんに聞いたよ。奏芽、仲が良かったんだってね」

彼はゆっくりと、本当にゆっくりと頷いた。ちょっとした動きさえも苦痛を伴う、ひどく重い病気の患者みたいだと僕は思った。

「入学したばかりの頃、櫛屋が図書館でマイナーな写真集を借りててさ。俺、そのカメラマン好きだったから、声かけたんだ」

「そうなんだね」

「うん。それで話すようになった。ＬＩＮＥ交換したし、まだ俺も友達少なかったし」

僕は少し悩んだが、聞きづらいことを切り出す。

「櫛屋さんと、付き合ってたの？」

彼はとても哀しそうに頭を振った。

「最近、彼女と連絡は取った？」

「学校やめたって聞いてＬＩＮＥ送ったけど、既読がつかなかった」

僕は、クラスメイトの電話番号や住所を知らない。たった一本の糸が切れたら、もう交流は難しい。僕達の世代は人間関係が希薄だと言う人がいるが、それは多分間違っていないと思う。

僕はバーガーを食べ終え、本題に入る覚悟を決めた。

「改めて聞くよ。いじめってそんなにエグかったの？」

そう尋ねると、彼は小さく頷いた。

「やっぱり、本橋さん達が――」

「あいつらだけじゃないよ。詳しく知らないが、張替と根元も色々やってた。トイレに呼び出してるのを誰かが見たって言ってた」

張替と根元というのは、クラスの女子だ。いつも男女四人でつるんでいて、他に誰も入れたくないような空気を出している。張替がリーダー格だからか、四人組は周囲に張替軍団と揶揄《やゆ》されていた。

「クラス委員の二人は？　草薙さんと豊崎さん」

「あの二人は別に何もしてないと思う。でも――」

奏芽は一度口を閉ざした。そして「全員同罪だ」と吐き捨てた。

「僕はそうは思わない。見ていただけも同罪って言うけど――」

「違うよ。見ていただけじゃない。クラス全員が――」

奏芽は少し黙り、それから独り言のように「笑った」と呟いた。そしてアクリル板の横から手を伸ばし、僕のポテトを数本摘まんで口に放り込んだ。

笑った――。傍観して、周りに合わせて笑ったということだろうか。でも、それを責めるのは酷だと思う。様々なトラブルをやり過ごすために微笑むことくらい、誰だってやっている。

奏芽はポテトをウーロン茶で流し込み、そして言った。

「俺もあいつらと変わらないよ。一緒だよ」

奏芽は口元を引き締め、真っ直ぐ僕を見た。覚悟を胸に苦行へと向かう僧侶のようで、僕は少したじろぐ。

「そんなに熱くなるなよ。それに、自分を責める必要なんてない」

僕は微笑みを浮かべる。

「きみはいじめを止めようとしたんだろ？　草薙さんに聞いたよ」

慰めたつもりだったが、奏芽は自嘲的に笑った。

「俺じゃない。俺は止めようとした奴に便乗して、隣で黙って突っ立ってただけ」

草薙さんは奏芽がいじめを止めたと言って、他の人の名前は出さなかった。疑問が顔に出たのか、奏芽が補足するように続ける。

「そいつ、お前が知らない奴だよ。檜川大河《ひかわたいが》ってやつ」

動画の集合写真でピースをしていた男子を思い出す。彼が恐らくその檜川くんなのだろう。

「大河は、櫛屋のことで本橋達に文句言いに行った。格好良かったよ。皆大河のことが好きだったし、本橋達にうんざりしてる女子もいたから、一旦は収まったんだ。でも大河は家庭の事情であまり学校に来れなかったから、すぐにまた元通りだよ」

奏芽は一気にそう言った。去年のクラスメイトでありながら、動画に檜川大河の名前がなかった理由は、彼がいじめを止めるために行動したからだろう。僕は奏芽も同じだと思うが、闇にとってはただの傍観者でしかないのかもしれない。

「その檜川くんは今、どこにいるの？」

「留年して今は一年。たしか、普通クラスに移ったはず。今学校来てるかは知らんけど」

僕はその名前を記憶する。Ａクラスの外に行ったならば、しがらみなく話を聞けるかもしれない。それに、いじめに憤っていたならば、闇の正体が彼という線もある。

奏芽はまたポテトに手を伸ばそうとして、途中で止めた。そして所在なげに視線を落とし、溜息を吐いた。僕は彼が可哀想だった。

「きっと、櫛屋さんは奏芽に感謝してたと思うよ」

「なら、俺はもっと最低だ。大河がいない時に何もできなかった。男子が櫛屋に嫌がらせを始めても、俺は止められなかった」

奏芽は少し笑った。聞きたくないと思ったが、関係者でいるためには聞かねばならない。

「男子は、どんないじめをしていたの？」

「せーてき」短く、吐き捨てるような言い方だった。

「まさか……襲ったりとか？」

近くの女性客に聞こえないよう、声を潜める。

「いや、それはさすがにないと思う」

僕は少し安心する。それをしていたら、僕は絶対クラスに協力しない。

「ただ、本人的にはそれに近いだろうな。市川達のことは――」

男子の腫れ物、市川克斗――。予想通りの名前に僕は嘆息する。

「市川、大河があまり来なくなってから調子に乗り始めた。多分、人気者の大河のこと嫌いだったんだよ。本人には絡めない癖に。だから庇《かば》われた櫛屋のことも、気に入らなかったんだな。最初は櫛屋の周りをうろついてニヤニヤしてただけだったけど、そのうちわざとぶつかって触ったりさ。それからどんどんエスカレートして、レイプしたいって聞こえるように言ったり、セクシー女優が櫛屋に似てるって言い出して、動画を教室のモニタに飛ばしたり」

あまりにひどい。自然に眉間に皺が寄り、胸のあたりが重くなる。

もちろん僕にだって性欲はある。でも、その前に他人を傷付けてはならないことを知っている。幼稚園児でも知っていることを、市川はわかっていない――。

「女子や他の男子は、それに引かなかったの？」

「引いてた奴もいる。でも、本橋達三人はそうじゃなかった。それに――市川が櫛屋を見てると、空気が変わるんだよ。どろっと、濁る感じがする。櫛屋は当然怯えたし、本橋達はそれを喜んでた」

馬鹿で愚かで残酷な奴ばかりだ。怒りがこみ上げてならなかった。

「市川、取り巻きの真壁にさ、櫛屋のスカートの中にスマホ突っ込ませてカメラ連写させたり。あいつら、異常だよ」

どうして誰も止めなかったんだ——。そう言おうとした時、頭に市川の卑屈な目が浮かぶ。強者の余裕がない、いつも誰かに怯えているような目。あいつに敵と認定されたならば、平穏には過ごせない——。そんな現実的な恐怖を覚える相手だった。クラスの男子は全員市川に怯えているし、当然奏芽も例外ではない。

「やっぱり、市川達には誰も逆らえないんだね」

僕がそう言うと、奏芽は目を閉じた。

「……それだけじゃない。盗撮した後に市川は、それを男子に見せてた。鳥谷と岸和田は薄ら笑いを浮かべて、画像くれって言ってた」

鳥谷と岸和田——。張替軍団の男子二人で、目立たない子達だ。

僕は張替軍団と話したことがない。でも、Aクラスの人間だから良い奴なのだろうと勝手に思い込んでいた。彼らだけでなく、自分にも強い憤りを覚える。

「最低だ。全員死ねばいい」

我慢できずに口にする。いじめの加害者達に言ったつもりだが、奏芽は自分が責められたような顔をして、「同感だよ」と呟いた。

「ねえ。皆どうしてそこまで櫛屋さんにきつかったの？　それに彼女が黙って耐えていたというのも、よくわからない」

奏芽はようやくハンバーガーの包みを開けると、無言で食べ始めた。食事と言うより肉とパンを胃に流し込むだけの作業に見えた。食べ終えた後、彼は「上手く言えないけど——」と言った。

「櫛屋は、負けないんだよ。泣きが入って謝ったりすれば、本橋達もすっきりしたかもな。でも、櫛屋はただ睨む。強く睨むだけ。傷付いて苦しいはずなのに、でも折れずに――キッて」

キッ――。最初は強く、それから消え入るように奏芽は言った。どんなに強い闘志が込められていようと、それはあまりに弱々しい。

「草薙さんも同じことを言ってた。櫛屋さんは睨むだけって」

「それが多分良くなかった。いじめって、反応があるのが楽しくてやるって言うだろ。反応はある。でも、まだ折れてない。櫛屋はそういう奴だったんだ」

頭の中でキッと睨む櫛屋すみれを想像してみるが、上手くいかない。僕が彼女について知っているのは、一度見た小さな集合写真の中の顔だけだ。それと、彼女が強くて弱かったということだけだ。

「櫛屋さんがカバンを触られたって周りを責めて、それで皆に嫌われたって聞いたけど、何か知ってる？」

奏芽は僕から目を逸らし、左のこめかみを軽く叩いた。

「あったな。それ」

そう言うと、彼は黙ってしまった。僕は心配でならなかった。

「もう一回言うけどさ、自分を責めるなよ」

たしかに檜川という人がいなくなってから、奏芽は何もできなかったかもしれない。でも、一度止めようとしたことだって本当だ。

「他の連中とは絶対違うよ。五十歩百歩じゃない。五十歩四億歩」

僕の口から、今日初めて冗談が出た。奏芽も「月まで余裕で行けそう」と、軽口で返してくれた。

「ありがとう、七生。でも、それでも――」

奏芽はふっと笑った。

「たまに、頭が勝手に櫛屋のことを考えるんだ。教室とか廊下で、あいつの姿が見えるような時もあって――。その度に苦しい。俺はずっと櫛屋を助けたかったのに、どうして――」

彼はまた、苦行僧の顔つきに戻っていた。

「ねえ、今からきついこと言うよ」

僕は奏芽の目を見る。

「きみは苦しみ続けて、自分を罰してる。でも、それに意味なんかない。それは罰じゃなくて単なる自傷行為だ。たとえば過去に僕をいじめた奴が、今更それを苦にして毎日リスカしてます、痛いですって言っても、僕には知るかよって感じだよね。それに――」

僕は自分が何を言いたいのかわからなくなり、頭を掻きむしる。とにかく奏芽を暗い海から助け出したかった。

奏芽は静かに頷いた。

「うん。何となくわかるよ。だから俺は闇の動画見て、少し安心したんだ。やっと終わるんだなって。やっとゲンコツ食らえるんだ。馬鹿でかいゲンコツだけど、ずっとこれを待ってたんだなって」

罰してくれる神様はいないし、法律でも裁かれない。それでも罪の意識を抱え続ける奏芽にとって、断罪してくれる闇は許しでもあるのだろう。その気持ちを、僕は痛いほど理解できる。

そろそろ限界だろう。僕は残りの質問を慌ただしくぶつける。

「今更だけど、きみは闇じゃないんだよね？」

彼は頷いてくれたが、まるで残念ながらとでも言うような表情だ。

「櫛屋さんと親しかった人って、他に誰か知ってる？」

奏芽は空を仰ぐように顔を上げた。僕も何となくそれに合わせる。天井のプロペラが、僕達を馬鹿にするようにクルクルと回っている。それを眺めていたら、奏芽が「たしか」と言った。

「仲良いかは知らないけど、都塚と櫛屋は同じ中学だったはず」

女子の腫れ物、都塚美潮――。ギャルっぽい外見で、空気の読めない女の子。あまり話したい相手ではないが、他に手がかりもない。

「都塚さんに聞いてみるよ。後は――」

奏芽はトレイに手を掛け、腰を浮かせた。僕はそれを止める。

「もう少し話そう。櫛屋さんと全然関係のない話は無理でも、良い思い出とかさ、楽しい話をしようよ」

きっと少しは気が晴れるから――。奏芽は、頷いてくれた。

それから奏芽は、色々な話をしてくれた。

櫛屋すみれは普段は無口だが、ＬＩＮＥでは饒舌《じょうぜつ》だということ。授業でわからないところを二人で教え合ったこと。ディズニーが好きだということ。本が好きで、女の子が主役のＳＦ小説が特にお気に入りだったということ。出逢いの写真集は、彼女はただ表紙の猫がかわいいから選んだだけだったということ。猫が好きだったんだねと言うと、櫛屋は猫の絵文字をよく使っていたと教えてくれた。

他にも、家族仲があまり良くないことや、小学生の頃友達と水族館に行って、そこで買ったぬいぐるみをとても大切にしているという、どこまでもありふれた彼女の話を、奏芽は目を細めて語った。

「また会いたいな。あいつに」彼はぽつりと、寂しそうに言った。

「きっと会えるよ」僕はそう言ったが、返事はなかった。

彼女のこと、好きだった？　そう聞けば答えてくれたと思う。でも、もう聞く必要はない。

店を出ると、青白い月が出ていた。

明日、都塚さんに話を聞いてみよう。それが終われば連休だ。バラも気になるが、ここ三日間遅れた分の勉強もしなければならない。

「七生、頑張れな」駅の改札で別れる時、奏芽はそう言った。差し出した彼の拳に、僕も拳を軽くぶつける。

改札を通って振り返る。奏芽の背中は、雑踏の中に消えていた。

二

教室に入った僕に、最初に声をかけたのは豊崎乃々香だった。

彼女はクラスの副委員ということもあり、いつも周囲を仕切っている。それに目鼻立ちがはっきりしていて、きつい人だという印象を持っていたが、そんな彼女が僕を前にして深々と頭を下げた。

「最初、和泉のこと疑ってごめん！」

ショートカットの髪がふわりと宙に浮く。僕はたじろぎながら、気にしないでと何度も伝える。ようやく頭を上げた豊崎さんは目で笑い、「何かわかったら、私か有珠に教えてね」とだけ言って去って行った。

嵐のような彼女を見送った後、一瞬、有珠って誰だっけと考える。

「有珠は私」僕の心を読んだように、隣の席から声がする。

「おはよう、和泉くん」草薙さんは柔らかく微笑んでいる。

「今日、頑張ってね」少し小声になった草薙さんに、僕は頷く。

昨日奏芽と別れた後、僕は彼女にメッセージを送った。

都塚美潮に話を聞くつもりだということ、奏芽が自分とAクラス全員が罰を受けることを望んでいるということを、簡単に報告した。

正直、ひどく疲れていた。やり方を間違えたかもしれない――。そんな風にさえ感じる。闇に近づくという思惑があるとは言え、いじめの話を聞くことは想像以上に重く、嫌な仕事だった。奏芽がどれだけ深い絶望の中にいても、僕は彼にかける言葉を持ち得ない。

「和泉くんも疲れたでしょ」彼女の返事に、僕は思わず頷く。

「皆、すみれの件と向き合うことを始めたと思う。でも、本当の反省じゃないから、皆苦しいだけだよね」

「本当の反省?」

「うん。本当の反省は、闇の望むような誹謗《ひぼう》中傷や嫌がらせの中じゃなくて、普通の日常の中ですることだと思う。大切な人や守るべき人ができた時、自分が同じ一人の人間を傷付けたことを知って初めて反省するんじゃないかな。だから、私達はまだ誰も、きちんとした反省をしていない。闇のやろうとしていることは、私達から反省の機会を奪うことだと思う」

一理あるようにも思えた。僕がどう返信しようか考えていると、すぐに「私、今素敵なこと言った☆」と届いて苦笑する。

本当の反省――。その言葉が僕の肩にのし掛かる。それでも僕は、自分が決めた道を進むしかない――。

昼休み、奏芽が思い出したように言った。

「都塚は帰るの超早いから、事前に話したいって伝えた方がいいよ」

櫛屋すみれは遠い町に住んでいたはずだ。同じ中学だった都塚さんも、そこから通っているのだろう。

帰りのＳＨＲで、益城先生は言った。

「明日からは連休だ。勉強も大事だが、日常を大切にしなさい。身体と心を充分リフレッシュさせるように」

僕は益城先生の顔を見ながら、ふと思う。闇は、先生についてはどう考えているのか――。傍観者も有罪と語る闇が、彼を許すとは思えない。もちろんいじめが暴露されて話題になれば、世間は教師も糾弾するだろう。それで充分と思っているのだろうか。

そんなことを考えていたら、周りが起立したのに気付かなかった。

慌てて立ち上がり、日直の「礼」に合わせて頭を下げる。そして視線を教室の廊下側の机に向ける。都塚美潮の席だ。

そこにはもう誰もいなかった。しまった――。アポを忘れていた。

「走れば、まだ間に合うんじゃね？」前の席の奏芽が言う。

僕は慌てて走り出した。


話を聞くのは連休明けにするとか、チャットで彼女のアカウントに声をかけて駅で待つよう頼むとか、選択肢は他にもあった。

ただ、僕の脳は全力で動くことを四肢に必死に命じていたし、脳に行き渡るはずの酸素も圧倒的に足りていない。

いつもダルそうな都塚美潮は、足が異様に速かった。廊下の角を曲がったと思うと、すぐにリズミカルに階段を下りる音が聞こえる。僕はただ必死に追いかける。

結局、彼女が足を止めたのは、学校から駅へ向かうバスの停留所だった。放課後の最初の便なのか、まだ誰も並んでいない。

道の先から、ちょうどバスがやってくるのが見える。走らなければ、このバスには乗れなかっただろう。

「——都塚さ、ん。ちょっと……いいかな」

僕はみっともなく息を整えながら、息一つ乱れていない彼女に声をかける。彼女は目に思い切り警戒の色を浮かべて言った。

「は？　誰だよお前？」

マジか……。僕は耐えきれずにしゃがみ込む。


バスの奥の広い席に、二人で座る。彼女と同じ、早く学校を出たい恵堂生達が駆け込んできて、すぐに満員になった。

簡単な自己紹介をすると、彼女は「ああ」と納得した。クラスのグループチャットは見ているようだ。

バスを降りるまで、彼女は一言も口を利かなかった。つまらなそうにスマホをいじり、たまに窓を眺め、ガラスに映る僕を見て顔をしかめていた。

龍善駅は東口が栄えていて、チェーンのカフェやファストフード店がたくさんある。バスを降りたほとんどの恵堂生が、東口に向けて歩き出している。都塚さんはその波に逆らうように西口に向かって歩き出す。戸惑いつつも、僕はその後を追う。

彼女は黙々と歩き、その間もスマホを眺めていた。潰れかけのデパートとシャッターが半分閉まった商店街の前を歩き、そして人影が少ない裏通りに入り、古ぼけた喫茶店の前で立ち止まった。

扉が開くと、カウベルの音が鳴る。店員の中年女性に案内されるままに店内を進み、一番奥の席に辿《たど》り着く。

彼女はアイスココアとＢＬＴサンド、それからポテトチップスを頼んだ。僕はグレープソーダだけを注文する。

飲み物が来るまで、彼女はやっぱり喋らなかった。僕は改めて店内を見回す。薄暗い照明と遠くに聞こえるジャズの音。静かで落ち着いた店だが、高校生には渋すぎるようにも思える。

「こういうお店、よく知ってるね」

雑談から入ろうと切り出したが、彼女は無言でスマホを突き出した。液晶には、龍善市お勧めカフェというサイトが映っている。騒がしい学生のいない、落ち着ける大人の喫茶店――。

なるほど。恵堂生には聞かれたくないわけか――。

彼女は僕を威嚇するように眺めた。僕達の間には透明なアクリル板があるが、その何倍もの分厚い壁も存在しているようだ。

「櫛屋さんの話を聞かせてほしい」

単刀直入に切り出すと、彼女は更に顔をしかめた。

「チャットで見たよ。協力すればいいんだよね。でも、面倒で言わなかったけどさ、そもそもあんた関係ないよね？」

僕は肩を竦《すく》めて微笑みを浮かべる。

「僕もクラスの一員だよ。それに草薙さんにも頼まれたし」

「草薙狙ってんの？　キモ。マジで黙ってろよ、部外者」

強い敵意に驚く。言い返そうと思ったが、ちょうど飲み物がやってきた。彼女は急に嬉しそうな目をしてマスクを外し、両手でココアのグラスを挟んだ。そしてストローで一口飲むと、「薄っ」と呟き、またしかめっ面に戻った。

憎まれ口を叩いているが、わざわざ静かな店を選んだのだから話す気はあるのだろう。それに動画を見て泣くほど動揺していたのだから、何か思うところがあるに違いない。

しかし、どうやって聞きだそう――。僕は彼女を眺めた。

失礼かもしれないが、アンバランスな顔をしていると思う。目の周りの化粧は濃いが、マスクの下はさっぱりしている。色素の薄い唇に、少し尖った前歯。それで不貞腐《ふてくさ》れた顔でストローを噛む姿は、親に叱られた直後の子どものようで、ユーモラスでもある。

「何見てんの？　ムカつくんだけど」

そう言われ、慌てて顔から視線を外す。

彼女はグラスを置いて、ピンクのベルトの腕時計を撫でた。時計盤の縁にも穏やかなピンク色が入っている。ファッションに疎い僕でも、センスがいいなと思える時計だった。

「それ、かわいいね」そう言うと、彼女の声がパッと明るくなった。

「いいっしょ。彼氏にもらったの」

顔を見ると、満面に笑みを浮かべている。単純な子のようだ。

僕はその後、十分近く専門学生だという彼氏の自慢を聞かされた。僕は愛想良く「へえ」と「そうなんだ」を繰り返す。

要領を得ない退屈な話が途切れた時、ちょうどよく店員さんが注文の品を置いた。運ぶタイミングを窺《うかが》っていたのかもしれない。

「改めて、櫛屋さんの話だけど――」

彼女は唇を引き締めたが、もう目に警戒は浮かんでいなかった。

「たしか、同じ中学なんだよね？」

「まあね。でも高校ではほとんど絡んでないよ」

そう言って、彼女は所在なげにポテチを一枚かじった。

「いじめについては――」

「あたしは関わってない。他の子みたいにシカトもしてないし、本橋達みたいに弁当捨てたり、急に蹴り入れたりもしていない」

ひどい話だ。知れば知るほど、僕は陰鬱な気分になる。

「――痣《あざ》が残ったりして、櫛屋さんの親は気付かなかったのかな」

何となくそう尋ねると、きっぱりと、ひどく冷たく彼女は言った。

「親はない。あそこ、超毒親だったから」

毒親――。周りがその言葉を口にする時、僕は少し居心地が悪くなる。毒親と語られる大多数は大袈裟だったが、中には驚くほどひどい親もいた。僕の両親は衣食住とスマホ、おまけに愛まで与えてくれているし、夜尿症についてもまったく責めない。だから僕は感謝しているが、櫛屋すみれの親はそうではなかったのだろう。

「あたしが知ってる頃は不仲で険悪。すみれに興味なかった感じ」

彼女は闇の動画が現れた時と同じように、櫛屋すみれをファーストネームで呼んだ。

「櫛屋さんのこと、詳しいんだね」

「多少はね。小学校も一緒だったし」

彼女はぼんやりと窓の外を眺めた。まだ五月前だというのに暑く、路上ではサラリーマンが汗を拭っている。

「櫛屋さんとは、いつ知り合ったの？」

「小二ん時」都塚美潮はまた一口ココアを飲んだ。彼女は薄いと言っていたが、アクリル板越しにも甘い香りがする。

「ほら、あたしって普通じゃないじゃん？」

突然言われ、リアクションに困る。

「だから周りに馴染めなくて、友達もできなくて。学校が嫌で毎日泣いてた。それで、一年生から保健室登校してた」

周りから浮いても平気な人だと思っていたので、少し意外に思う。

「集団生活が本当駄目でさ。全員で踊りとかも絶対無理。先生に叱られて、授業中よく脱走した」

「きみは足が速いから、先生は苦労しただろうね」

冗談のつもりは一切なかったが、彼女はケラケラと笑った。

「で、保健室登校になって、それで二年の時にすみれも来た」

「櫛屋さんは、どうして保健室登校だったの？」

都塚さんの笑みが消え、唇がへの字に曲がる。

「あのさ、小二なんだからそんなこと聞かなくない？　知らないよ」

たしかに、彼女の言う通りかもしれない。

「じゃあ、保健室で仲良くなったんだね」

僕が取り繕うようにそう言うと、彼女はまた唇を曲げた。

「ねえ、あたし達ってそんなに仲良くなかったよ。別に嫌いじゃなかったけど」

照れではなく、本気で言っているように見える。

「でも、名前で呼んでるから――」

「保健室で会った時、友達になろうとしたの。あたしのこと美潮って呼んでって頼んだ。あたしもすみれって呼ぶからって。それだけ」

「じゃあ櫛屋さんも、きみのことを名前で呼んでたの？」

「どうなんだろ？　知らない。覚えてない」

よく理解できなかった。混乱していると彼女は深く息を吐いた。

「すみれは保健室にいる間、何も喋らなかった。いつもオドオドして何も言わない子。あたしが話しかけてもいつもキョドってた。初めてすみれの声聞いたの、そのずっと後だよ」

奏芽も草薙さんも、櫛屋すみれを大人しい子と言っていた。だが、それにしても小学生時代の彼女は度を超えている気がする。

「急に明るくなったんだよ。多分、剣道始めたから」

予想もしない言葉に驚く。都塚さんは僕の顔を覗き込み、「知らないの？」と言った。

「あの子、五年か六年の時に剣道始めて、中学も剣道部だったよ。高校でも最初は入ってたし」

「それ本当？」そう尋ねると、彼女は溜息を吐いた。

「あんた、本当に何も知らないんだね。三ヵ月くらいでやめちゃったけど、学内合宿とか行ってたし、たしか大会も出たはずだよ」

呆れている彼女から視線を外す。僕は奏芽に櫛屋すみれの話を聞いたつもりでいたが、もっと基本的な情報を尋ねるべきだった。これではメッセンジャー役もろくに務められない。

「ま、すみれにとっちゃ、高校以前のことは黒歴史だったんだろうね。だからあたしと距離取ってたんだよ。こっちも思い出したくないから、別にどうだっていいけどね」

彼女は一人で納得したように、溜息を吐いた。

「もっと彼女のことを教えてほしい。細かいことでもいいから」

「別にいいけど、どこまで知ってるの？」

思わず言葉に詰まる。

「……大人しくて、あと良い子だったって――」

「良い子じゃないよ、全然」

ピシャリと言われてしまった。彼女は短く笑い、ポテチをかじった。そしてゆっくり咀嚼《そしゃく》した後、僕に視線を向けた。

「別に良い子じゃない。嫌われる理由はたくさんあったよ」

歪んだ目で彼女は言った。

「あの子、中学デビューって感じで急に明るくなってさ、それで調子に乗って、ちょっと嫌われてた。少しかわいいから男子もチヤホヤするし、長い髪も見せつけるようにしてて嫌みだし。あざといって言う子もたくさんいたよ」

彼女は一気に喋り、それから時計を撫でた後で言った。

「ごめん、訂正するわ。良い子だった。教師にとっての超良い子で優等生。そういうのって、ムカつかない？」

別に嫌いじゃなかった、この子は数分前にそう言ったはずだが、嘘だったのだろう。無言の僕を見て彼女は「ね」と手を叩いて笑った。

「本橋達、苛ついたんだろうね。いい子ちゃん見て」

キモいとか部外者と呼ばれた時以上に、僕は無性に腹が立った。へらへらしながら話を聞くつもりだったが、我慢できそうもない。

「だからきみは、幼馴染みへのいじめを見て見ぬふりしたんだね」

僕の言葉に、彼女は虚を突かれたような表情をする。

「別にあたし、そんなに仲良くなかったし。それに自業自得――」

「嫌われる理由はあっても、いじめられる理由なんて誰にもないよ」

腹立ち紛れにそう言ったが、間違ってはいないと思う。

「何それ、キモ。喋り方も気取っててムカつくし。何なの？」

そう喚く彼女に、僕は黙る。何も喋りたくない気分だった。

僕達はしばらく無言でいた。最初は険しい目で僕を見ていた都塚さんは、段々と視線を落とし、今はストローの紙袋を弄んでいる。

もう帰ろうかと思った時に、彼女は呟いた。

「あたしだって、可哀想だなって思ったよ。でも、一人じゃ助けられないし、すみれも助けてって言わなかったし……」

しょげ返り、上目遣いで僕を見ている。苛ついていたはずの僕は、思わず吹き出しそうになる。

「ごめん、言い方きつかったね」

毒気を抜かれてそう言うと、彼女は「あたしも調子乗った」と頭を下げた。嫌な奴だとは思うが、単純で憎めないところもある。こういうところが「都塚さんだから仕方ない」の理由だろう。

僕はもう少し話をすることにした。

「バラって、何か覚えあるかな？」

彼女はうーんと唸りながら、ポテチの粉を指でなぞって舐《な》めた。それから「わかんない」と言った後、サンドイッチにかぶりついた。

「結構、食べるね」

「一人の時はあんまり食べない。奢りの時だけはたくさん食べるよ」

奢りと言った覚えはない。不安になり財布の中身を思い出していると、彼女のスマホが鳴った。どうやらＬＩＮＥのようだ。

「彼氏から」と、楽しそうに笑っている。少し前の険悪な空気は、もう忘れたようだ。

「ところで、櫛屋さんは彼氏とかいたの？」

何気なくそう聞くと、彼女はぼんやりと宙を見た。

「そう言えば――」記憶を辿るように目を細めている。

「あの子、持ち物とか地味だったし、化粧品も安物だったけど――」

恵堂の校則は緩く、化粧も度を超えなければ注意されないため、多くの女子が薄化粧をしている。

「でも綺麗な色付きリップ持ってた。多分プチプラじゃないと思う」

プチプラが何なのかはよくわからないが、新しい情報だった。

「それって、彼氏からのプレゼントってこと？」

「そこまではわかんない。でも、トイレで嬉しそうにつけてたよ」

櫛屋すみれには、誰か大事な人がいたのかもしれない。彼氏かどうかは不明だが、覚えておいて損はない。僕がそんなことを考えていると、都塚さんは急に「あっ」と大口を開けた。

「リップ、花が描いてあったよ。持ち手のとこ」

花――。僕も口を開ける。

「あ、違う。持ち手のとこじゃなくて、キャップに花。それで持ち手に……茎って言えばいいのかな。そんな感じだった」

「その花、どんなやつだった？」

急に口の中が渇き、僕はグラスを手にする。グレープソーダはもうなかったので、溶けた氷水を一気に飲み干す。

「たしか……ひまわりとかじゃなくて、すみれにしては大人びてるなって思って——そうだ！　絵文字のバラみたいなやつ！」

バラ——。僕は息を呑《の》んだ。

「ちょっと整理させてほしい。リップって言うのは、僕は口紅みたいなやつを想像しているけど、それで合ってる？」

僕に冷たい視線を投げた後、彼女はカバンからポーチを取り出した。そして中から銀色の弾丸のようなものを取り、渡してくれた。

女子のリップに触るのは初めてだったが、想像より軽い。キャップの部分は薄茶色の透明なプラスチックで、それを外すと濃いチョコレート色の本体が見えた。ブランド名だろうか、キャップにはLovers'と、持ち手の銀色の部分にはKissという文字が刻まれている。

僕はもう一度キャップをはめ、それの上にシンプルなバラの絵をイメージする。キャップに花、そして持ち手に茎——。

キャップを引き抜く。うっすらと浮かんだイメージのバラの花が、茎の部分から引き離された。まるで、花が折れたように見えた。

きっと、これだ——。

バラは櫛屋すみれのリップのことで、バラを折ったというのは恐らくリップを開けたことを指すのだろう。いや、でも意味がわからない。本人以外がリップを開けるなんてあり得るのだろうか。

「ちょっと！　開けたままにしないでよ」

その声で現実に引き戻され、リップを剝き出しにしたままだったことに気付く。キャップをはめて返すと、都塚さんは顔をしかめた。

「ガサツだね。あんた彼女いないでしょ」

彼女は深々と溜息を吐き、そしてリップのキャップを軽く回した。彼女の手の中でリップは、キャップのLovers'と持ち手のKissが一列に並んだ。僕がキャップを適当にはめたせいで、ブランドの二つの文字がズレていたのだろう。そして彼女は、ポーチにリップを戻した。

何かが引っかかった。

「そういうのって、皆気にするのかな？」

「当たり前でしょ？　なんかやだもん」

「化粧品て、どうやって持ってる？」

「は？　こうやってポーチに入れてるけど……」

「そのポーチは、カバンに入れてるよね？」

そう尋ねると、彼女は当然だと言わんばかりに頷いた。

僕は考える。手の届くところに、答えがあるように感じた。

櫛屋すみれは、リップかそれを入れたポーチをカバンに入れていた。そしてある時彼女は、キャップのバラの花と茎がズレていることに気付いた。彼女は不快に感じて、多分動揺もして、周りに厳しい口調で尋ねたのだ。「私のカバンを触ったの、誰？」と。

彼女が嫌われるきっかけになった日、誰かがバラを折った――。

見つけた――。僕は興奮を覚えた。

まだ仮定に過ぎないから、帰ってゆっくり考えたかった。

僕は財布を取り出す。都塚さんのお陰で手がかりが摑《つか》めたのだから、ココア一杯分くらいは多めに出しても良いだろう。礼を言おうと彼女に視線を向ける。

都塚美潮は頰を引き、哀しそうな顔で窓の外を見ていた。

「それにしてもさ、何も死ぬことないじゃんね。すみれ」

彼女はたしかに、そう呟いた。


僕は彼女と別れて、再びバスに乗った。夕焼けが顔を出している時間に学校へと向かう人は誰もおらず、乗客は僕一人だった。

学校に行く理由は特にない。ただ、何も考えたくなかった。

途中で同じ路線のバスとすれ違い、何人かの生徒が楽しげに話しているのが見えた。僕にはそれが、別の世界の風景に見える。

スマホが震えた。ＬＩＮＥを開くと、都塚さんから画像が送られていた。大手ニュースサイトの記事のスクリーンショットで、「さっき言ったやつ、見つけたから」というメッセージ付きだった。

画像はどこかのマンションの写真で、その下に文字が並んでいる。

ＭＡＨＯＯ　ニュース――事件・事故――　２０２２／１／25
24日、茨城・古羽町のマンションで十代とみられる女性が血を流し、意識不明の状態で倒れているのが発見されました。茨城県警古羽警察署は、女性が自殺を図ったとみて調べています。女性は搬送先の病院で死亡しました。

――（詳しく読む）――

24日午後３時前、茨城県古羽町にある７階建てのマンションの管理人の男性が「植え込みに女性が倒れている。飛び降りたみたいだ」と１１０番通報。女性は灰色のパーカーにショートパンツ姿で、意識不明の重体。町内の病院に搬送されましたが後に死亡しました。

茨城県警古羽警察署は女性が自殺を図ったと見て捜査をしています。


僕は検索エンジンを開き、事件のあった日にちと古羽という地名、それから自殺という文字を打ち込む。

都塚さんが送ってくれた画像の元記事がヒットしたが、過去の記事のためか見ることができなかった。古羽町の住人が集まるスレッド系の掲示板がその下にあったので、僕はそれを流し読みする。

まちの掲示板 ＞ 茨城県 ＞

【強制的な】古羽町の人あちまれェ!part128【スローライフ】

276／茨城人／2022／1／24／PM：07：18：52 ID 6D5E:35FF:21AC:D65E

何か今日駅前のマンションにパトカーと救急車来てなかった？　カレー屋んとこ。

277／茨城人／2022／1／24／PM：09：28：12 ID 28C4:112B:CC77:166A

>>276　昼頃だよね　俺そこいたよ　女性が飛び降りたんだってさ

278／茨城人／2022／1／25／AM：02：03：39 ID 44AD:84CF:76ED:C1286

もしかしてポ〇ラ古羽？

279／277／2022／1／25／AM：09：16：47 ID 28C4:112B:CC77:166A

>>278　そう。意識不明で運ばれたって

280／茨城人／2022／1／25／AM：10：06：57 ID D51C:E5A6:82D6:156E

またかよ……　完全に自殺の名所になってるやんけ

281／茨城人／2022／1／25／PM：02：51：54 ID 6D5E:35FF:21AC:D65E

これで何人め？　死んだ町には相応しいのかもねぇ

282／茨城人／2022／1／25／PM：06：45：51 ID SN32:T521:991E:48BB

私も親に聞いた。十代の女の子らしい。若いのに……

283／茨城人／2022／1／25／PM：10：33：26 ID A156:EF47:18C4:924C

回復をお祈りします。

284／茨城人／2022／1／26／AM：06：45：39 ID 315C:BD86:3AD4:25A1

お亡くなりになったそうです……

285／茨城人／2022／1／26／PM：10：13：02 ID 48C5:261E:EC82:379D

>>284　マジかぁ………

286／茨城人／2022／1／26／PM：10：16：04 ID 315C:BD86:3AD4:25A1

>>285　十七だって。龍善のK堂行ってた子らしい

287／茨城人／2022／1／27／PM：09：08：15 ID 156F:578A:CD15:8A57

17の頃なんて俺は部活（サッカー）のことしか考えてなかったぞ
36の今だって仕事はつらいけど、ツレとフットサルやれば元気でる

288／茨城人／2022／1／28／AM：11：06：11 ID 315C:BD86:3AD4:25A1

心からご冥福をお祈り致します

289／茨城人／2022／1／28／AM：02：47：26 ID 48C5:261E:EC82:379D

若いのにつらすぎる…………ご冥福を……。

290／茨城人／2022／1／28／PM：05：10：28 ID 28C4:112B:CC77:166A

哀悼の意を……。そろそろ次スレに移動すっぺ

このスレッドは過去ログ倉庫に保全されています……。

ブラウザを閉じる。僕は自分が哀しいのか、怒っているのかすらわからなかった。

都塚美潮の言葉を聞いた瞬間、僕は黙った。彼女は僕の顔をじっと見て、「知らなかったの？」と言った。

都塚さんは思い切り顔を歪め、「草薙、マジ最悪。言っとけよ」と呟いた後、「あいつら、まだ信じてないのかよ」と吐き捨てた。

「それって本当なの？　間違いってことは——」

「あたしは嘘なんかつかない」彼女はそう僕を睨み、語り始めた。

都塚さんは今年の一月、地元の古羽町で「櫛屋家」と書かれた葬式の看板を見たそうだ。珍しい苗字だったので中学の同級生に連絡を取ったところ、櫛屋すみれが飛び降り自殺をしたと聞いた。

都塚さんはその後、Ａクラスの何人かに彼女の死を伝えたらしい。

「それなのに、また都塚がなんか言ってるって感じで嘘扱いされた。でも、皆目を泳がせててさ、信じたくなかったんだろうね」

彼女はテーブルに肘をつき、頭を抱えた。声が少し籠もる。

「それからすみれの話はタブーになった。皆何もなかったように普通に過ごしてさ。本当は罪悪感に潰されそうになってたんだよ。あたしと一緒で。だから本橋達を爪弾きにし始めた」

今年の一月、僕はＡクラスへの編入試験のために忙しかった。ただ、学校に大きなニュースはなかったと思う。僕は必死に尋ねる。

「やっぱりおかしいよ。退学したとは言っても、いじめが原因で自殺したら話題になるだろうし、マスコミとかネットも――」

そう言う僕に、彼女は吐き捨てるように「うちの学校の昔話、知ってるでしょ」と言ったので、僕は彼女の言いたいことを理解した。

僕達が生まれてすぐの頃、恵堂の学年主任が金をもらって生徒に塾を斡旋《あっせん》したことが報じられた。それだけならばよくある話だが、後に学園の経営者が事件の隠蔽を企んだことが発覚し、大々的にワイドショーで報道された。世間では既に忘れ去られているだろうが、地元では誰もが覚えている。新校舎の建築や新しい制服導入のニュースを話す時、周りの大人達は「あの恵堂の」という枕詞《まくらことば》をつけた。

「そんなこと――」あり得ない。そう続けようとして言葉が出ない。

学校が同じことを繰り返したとしても不思議ではない。あくまで想像で、可能性もあるという程度だが、それでもあり得なくはない。

同時に僕は、櫛屋すみれやいじめの傍観者達が教師に助けを求めなかった理由を理解した。隠蔽の過去がある学校で、暴力も厭《いと》わない加害者達を敵に回す。そんなこと、誰ができるというのだろう。

都塚さんはスマホをいじりながら言った。

「すみれの家、今は更地になったらしいよ。親は金もらってクソ田舎から逃げたんじゃない？」

隠蔽があってもなくても、闇の告発が恵堂に致命的なダメージを与えることは間違いない。

そして学校側や益城先生がいじめを把握していなかったとしても、世間はそこに隠蔽を疑い、学校叩きはより苛烈になるだろう。闇はそこまで想定しているのかもしれない。

都塚さんは僕に「スマホ貸して」と言った。意味がわからず、言われた通りにそれを渡す。彼女は僕のスマホのＬＩＮＥを開き、自分のそれをかざした。ＩＤの交換だ。

「誰も信じないから、飛び降りのニュース探してスクショ撮ったんだけど、今は見つからない。後で送るよ」

僕はそれからすぐ、彼女と店を出た。

気付けばバスは停車し、運転手が僕を不思議そうに見ていた。窓の外に見慣れた学校が見える。僕はバスを降りて学校へ向かう。

校内にはほとんど音がなかった。コロナのせいで運動部のかけ声や吹奏楽部の演奏がない学校は、まるで死んでいるようだ。

靴箱に靴を入れ、ぼんやりと考える。図書館に向かえば知り合いがいるだろう。だが、足は移動を拒否するように動かない。誰かに会いたいのか、誰にも会いたくないのか、それさえもわからない。

自販機でお茶を買う。喉は渇いていないが、立ち止まっている理由が欲しかった。

近くの階段からスリッパの歩く音が聞こえてくる。生徒は上履きなので、スリッパは教師の足音だ。ふと視線を向けると、見知った顔と皺だらけのＹシャツがひょっこり覗いた。

「和泉、まだいたのか」益城先生だ。僕は小さく黙礼する。

先生は僕の前を通り過ぎようとしたが、立ち止まってポケットから財布を出した。そして小銭を取ると自販機でコーヒーを買った。

先生は何も言わず、僕の隣に立った。僕は視線を逸らしたが、プルタブを開ける音と、微かな甘い香りがした。

「クラス、もう慣れたか？」その言葉に、僕は無言で頷く。

「矢住と仲が良いんだな。あいつは真面目すぎるから、たまには一緒に羽目を外してやってくれ。もちろん常識の範囲内でな」

優しい声だった。今はそれが、無性に腹立たしかった。

「先生は、クラスの皆をちゃんと見てるんですね」

伝わらない嫌みのつもりだったが、先生の声が即座に否定した。

「そんなことはない」

溜息と重い重い何かが籠もった声。僕は思わず先生の顔を見る。顔の深い皺も相まって、樹齢数百年の古木みたいだ。

「先生は、何も見えていないんだ」

声に込められたものは、恐らく後悔だろう。

「先生、去年のAクラスには僕の知らない生徒がいたそうですね」

先生は静かに頷いた。

「二人いたよ。一人は檜川という男子生徒で、今は一年の普通クラスにいる。Cクラスだったかな。もう一人は女子で――」

目に浮かんだ戸惑いと不安を見て、素直な人だと思う。

「櫛屋すみれさん、ですね」

先生は目を閉じ、ゆっくりと頷いた。

「彼女は亡くなったと聞きました。本当ですか？」

僕がそう言うと、先生は頷いたまま動かなかった。ブウンという自販機の音だけがやけにうるさい。

「――ああ。事実だ。櫛屋は死んでしまった」

先生はそう言うと、目を伏せた。

僕はまだ半分入っているお茶の缶を、ゴミ箱に叩き込む。

「さよなら、先生」そう言って歩き出す。

先生が「気をつけて」と言ったが、僕は振り返らなかった。


家に帰り、シャワーを浴びる。

生温《なまぬる》い湯が頭を叩く間、僕は考え続ける。

自分の迂闊《うかつ》さが信じられなかった。

草薙さんは、櫛屋すみれを闇ではないと言った。その時点で僕は察することができたはずなのに、何も気付かなかった。

奏芽は彼女とまた会いたいと言った。僕はそれに対して、きっと会えるよなんて馬鹿げたことを言った。

少し考えればわかることだった。でも、僕は考えなかった。

その理由は、ただ信じたくなかったからだ。

被害者はもういない。誰も闇を止めることはできないし、誰もクラスメイト達に許しを与えられない。

ユーリと一緒だ。死んだ人間は、もう誰も許せない――。

僕は悲鳴を上げたくなった。


アプリの通話ボタンをタップすると、彼女はすぐに出た。

「櫛屋さん、亡くなってたんだね」そう言うと、草薙さんは黙った。

「都塚さんと益城先生に聞いた。彼女は自殺したんだね」

彼女は「うん」と言った。僕が黙ると、彼女は「やっぱり本当だったんだね」と呟いた。

「以前そういう噂が流れたの。でも、信じたくなかった」

「そうだろうね。でも、僕には言ってほしかったな」

そうでないと、僕は馬鹿みたいだから。

「ごめんなさい。……自殺のこと、ちゃんと皆に言うべきかな？」

「当たり前だよ」

闇が復讐に至ったのは、噂を誰も信じなかったせいかもしれない。彼女を死に追いやり、今度はその死さえなかったことにするなんて、とても罪深い行為だと思う。

「そうだよね。この通話が終わったら、チャットで言うね」

彼女は少し黙った後、「和泉くん」と言った。

「私達は取り返しのつかないことをした。失望したよね」

彼女の声を聞きながら、僕は考える。今すぐ通話を切って、明日から無言で過ごすこともできる。闇が暴露しようがするまいが関係ないと、耳を塞いで生きることもできるはずだ。

「今更、後には引けないよ」

僕は、草薙さんと僕自身に向けてそう言った。そして重たい気持ちを振り払いながら、リップについて話した。

「何となく、記憶に残ってる。すみれが化粧ポーチから取り出すの、私見たことあるかも」

彼女はそう言って黙り、間を空けて言った。

「私、忘れてた——。前に話した、すみれが皆を急に責めた時のことなんだけど、あの子、片手にリップを持ってた」

どうやら僕の想像は当たっていたらしい。櫛屋すみれは折られたバラを見て、異変に気付いたのだ。

「その日のこと、皆に話して思い出してもらって。僕が聞くから」

疲れてそう言うと、彼女は「ありがとう」と言った。


ユーリの夢を見た。

キッチンに行ってお湯を沸かす間に、下着とズボンを穿き替える。バスルームで汚れたシーツに熱湯をかけ、部屋に戻ってベッドに座る。ひどく疲れていた。

スマホを見ると、クラスのグループチャットでたくさんの発言があったようだ。僕は溜息を吐いてそれを開く。

草薙さんは、櫛屋すみれの死をはっきりと伝えた。それに何人かは初めて知ったような反応をしていたが、謝罪の言葉はなかった。

草薙さんはその後、「リップ」と、それから去年の「すみれが叫んだ日」について情報を集めていると語った。

「たしか、壮行会があった日だよな」と奏芽が言う。それに対して草薙さんの「そうだっけ」と、豊崎さんの「そうだよ」が続く。あまり覚えていないが去年の五月、大会に進む運動部を応援する壮行会があった気がする。

奏芽が「去年の壮行会の日について、何か思い出したら七生に話してほしい」とまとめたところで、チャットは終わっていた。

僕はスマホを置いて、膝を抱える。

今更、後には引けない——。僕は、草薙さんにそう言った。

後には引けない。やり直すことはできない。

櫛屋すみれも、ユーリも死んだ。死者に発言権はなく、生者はそれを想うことしかできない——。

僕は闇に会いたかった。

死者のために復讐を誓った闇。許せない相手への糾弾を続ける闇。その強さを、僕はどうしても手に入れなければならない。

夜が明けていく。僕は目を閉じ、闇のことを思い続けた。

連休の間、僕はひたすら勉強を続けた。

世界史のギリシャ七賢人の主張とその派生。英語の仮定法過去完了と単語五十個。漢文の試験によく出る故事成語の意味と例文。休みの間の登校日でも、授業に集中した。

後でじっくり考えるために、今は勉強だけをしよう――。そう思って、暗記の洪水に身を任せた。

連休最後の日、クラスの男子からＬＩＮＥが届いた。

「築山です。その日のことならよく覚えてる。明日話したい」

築山冬樹くんとは何度か会話したが、物腰が柔らかくて気遣いが上手い人だ。彼からなら、良い話が聞けるだろう。

明日からまた始まる――。僕はひどく安らかな気持ちに包まれた。

三

教室の扉を開けると、いきなり大きな笑い声が聞こえた。見ると男女四人が、廊下側の一番前の席に集まって談笑している。

鳥谷と岸和田、張替と根元の四人組。主犯ではないが、いじめの加害者側の連中だ。彼らは一瞬話をやめ、怯えたように僕を見て、卑屈な愛想笑いを浮かべた。僕は無言で自分の席に着く。

　彼らがまた大きな声で話し始めた頃、奏芽がやって来た。

「張替軍団、今日は賑やかだな」奏芽も彼らを冷めた目で見つめた。

「ま、いいんじゃない？」僕も一緒になって、彼らを見る。

　彼らはとても大きな声で何やら話し、時々派手に笑ったが、遠目に見ても目がまったく笑っていないことがわかる。シリアスなサスペンスに、コメディの音声を流しているくらいチグハグだった。

「そう言えばクラスのチャットで、張替が言ってたな。普段通りに過ごさないと、オーラが濁るらしい」

　張替さんは、そっちの趣味があるようだ。僕の頬に冷笑が浮かぶ。

「それ、ツッコミ待ちだよ。いじめに参加したらオーラはもっと濁るって、誰か言わなきゃ」

　僕の皮肉に、奏芽が短く笑った。

　僕達に聞こえる彼らの作り笑いは早くも失速気味だし、他のクラスメイトは、まるで葬式中にやってきた神輿《みこし》を眺めるような顔で彼らを見ている。オーラ云々は知らないが、空気は最高に濁っている。

　彼らを静かに見つめていると、築山くんがやって来た。

「おはよう、今日、昼休みでいいかな。谷村も一緒に来るって」

　谷村くんは、築山くんと仲の良い小柄な男子だ。彼は奏芽を見た。

「良ければ、矢住も来てよ」

奏芽が軽く頷くと、簗山くんは去って行った。

「今日話す二人は、去年どんな感じだったの？」

奏芽に尋ねると、「いじめには、ほぼ無関係」と返ってきた。

僕は安心と不安がない交ぜになった気持ちになる。また傍観者か――。加害者の話を聞きたいというわけではないが、闇にとって今の僕は、傍観者の周囲を飛び回るうるさい蠅《はえ》でしかないだろう。

奏芽は「あとの連中は、それぞれ何かしらやってるよ」と呟いてクラスを眺めた。その顔があまりに冷たくて、僕は少しだけ動揺した。


十二時のチャイムが鳴り、昼休みになった。奏芽と購買で買い物をすませると、メッセージが来た。

「五階の美術室のベランダに来て」送り主は簗山くんだった。

僕達は二人で五階に向かう。生徒数が多い学校で、おまけに離れて食事を取れと言われている昨今では、必然的にいい感じのスポットは争奪戦になる。僕は期待をせずに美術室の扉を開けた。

美術部員と思《おぼ》しき何人かの女子が顔を上げ、僕達二人をちらりと見た。恐縮しながらベランダに向かうと、ようやく見知った二人と会えた。二人とも、既にマスクを外している。

「悪いね、和泉くん」そう言ったのは簗山くんだ。小柄で顔の彫りが深く、丁寧な言葉使いでたまに毒を吐く、なかなか摑めない人だ。

「矢住も来たんか」そう言ったのは、谷村青司くん。背丈は築山くんと変わらないが、顔は対照的なあっさり顔で、性格は明るいお調子者だ。Aクラスに入った頃からホッとできる相手だったし、谷村くんが冗談を言い築山くんが辛辣にツッコむという漫才コンビのような二人が、僕は嫌いじゃなかった。

「ここ、結構いいな」奏芽がベランダの外を見て言った。広い田んぼと市の森林公園が一望できる、気持ちの良い場所だった。

「いいだろ」したり顔の谷村くんに、築山くんが即座にツッコむ。

「なんで谷村が偉そうなんだよ。僕が見つけたんだよ」

「つっきーが見つけたってことは、彼女の影響？」

奏芽が尋ねると、築山くんは微笑んだ。彼には美術部員の彼女がいると聞いたことがある。さっきの一団の中にいたのかもしれない。

「二人とも、座って」僕と奏芽は促されるまま腰を下ろした。

「何とかしたいって、ずっと思ってたんだ」と築山くんが言うと、谷村くんも大きく頷いた。話の手綱は築山くんが持つようだ。

僕は今までの調査結果を、改めて話した。

バラは櫛屋すみれが持っていたリップで、櫛屋すみれが周囲を大声で責めたのは、リップに触られた形跡があったからだということを話すと、二人は「なるほど」と顔を見合わせた。

「触られたのは間違いないのかな」と谷村くん。

「わからないけど、唯一摑んだバラの手がかりだから、その線を探ろうと思うんだ」僕の言葉に、三人は強く頷いてくれた。

「僕、その日について思い出したこと、メモしてきた」

築山くんがポケットからルーズリーフの切れ端を取り出した。そこには箇条書きで、短文が五つ並んでいた。

5／24　・雨・六限目救命講習（二時開始）・七限目壮行会（三時開始）
・櫛屋の持ち物騒動（教室戻ってすぐ）・ワックスがけ

「ありがとう。全然知らないから助かるよ」

段々思い出してきた。去年教室のモニタで、体育館から中継されている壮行会を見た。興味がなかったのでずっと窓の外を眺めていたが、鬱陶しい霧雨が降る日だったと思う。

「救命講習って何だっけ？」と奏芽が言う。

「AEDの使い方教わったやつ。覚えてない？」谷村くんが答える。

再びそれに僕の記憶が刺激される。

救命講習は、消防署の指導の下でAEDの使い方を学ぶカリキュラムだった。救命人形を使う本格的なもので、たしか担任の先生が言うには、毎年一年生全員で行なっているそうだ。本来は体育館での実施予定だったが、去年はコロナのために急遽各教室でやることになり、準備が大変だと先生がボヤいていた。僕のクラスでは、たしか一限目を潰していたと思う。

「時間押したやつ？　チャイム鳴ってても話が続いてて……」

「そうそう。市川が聞こえるように舌打ちしてピリついた」

奏芽と谷村くんが二人で盛り上がっている。それに築山くんが「市川、死ねばいいのに」と言い、それに合わせて二人が笑う。

「築山くん、肝心の櫛屋さんについてだけどさ、教室戻ってすぐって書いてあるけど、これは──」

「櫛屋、壮行会に出る側だったから」恐らく、剣道部のことだろう。壮行会に、彼女は応援される側として出席していたようだ。

「櫛屋さんて、大会出たんだね。剣道強かったのかな」

興味本位でそう尋ねると、築山くんはあっさりと言った。

「補欠だよ。それに県大会とかじゃなくて、市がやってる小さなやつだったはず」

「よく覚えてるね」素直に驚くと、彼は「壮行会は僕の晴れ舞台でもあったからね」とにっこり笑った。放送部の彼は、イベント時に司会や準備を担当することがある。

「壮行会は毎年、新一年だけで仕切るんだよ。だからよく覚えてる」

築山くんは得意げだ。たしか、彼はアナウンサー志望だった。たしかな夢を持つ彼は、闇を止めたいという思いも人一倍強いだろう。

「じゃあ櫛屋さんのリップは、壮行会が終わるまでに触られたんだ」

僕がそう呟くと、谷村くんが言った。

「でもさ、いつキャップ開けられたとか、絶対わかんないよな」

僕は一理あると思ったが、築山くんが即座に否定する。

「壮行会に出てカメラに映るんだよ。直前にリップ使うでしょ。その時に気付かなかったんだから、その後だよ」

これまた一理あると思ったが、谷村くんは「マスクしてんのに？」と食い下がる。それに対して築山くんは「絶対するよ。彼女にも聞いたもん」とバッサリ切り捨てた。

「ずりーなそれ……。あ、和泉は彼女いるの？」

そう言う谷村くんに首を振ると、「俺達、同盟組もうぜ」と肩を組んできた。闇のことさえなければ、のどかで楽しい昼休みだ。

「築山くんは、救命講習が終わった後で教室を出たの？」

「さっき矢住が言ったけど、講習が長引いてさ。最初は四十分くらいで終わるって聞いてたんだけど、まだ全然続きそうだったから途中で抜けた。十分前くらいかな。櫛屋も一緒だったよ」

そこまで言うと、築山くんは「あ」と言った。

「そう言えば櫛屋、その前も一回先生に声かけて教室を出てた。もう行くのかって驚いたから覚えてる。でも片手にポーチ持ってたから、化粧直しかなって。それにすぐ戻ったし」

その時には、リップのバラは折られていなかったのだろう。

「ちなみに櫛屋さんは、壮行会前はどんな感じだったの？」

そう尋ねると、築山くんは言った。

「すごく緊張してたと思う。櫛屋が教室に戻って、すぐに一緒に出たんだけどさ、声かけても軽く頷くだけだった。しかも超早足」

「その時は、何も持ってなかった？」そう尋ねると、彼は頷いた。

　奏芽が頭を掻きながら言う。

「時間で言うと、つっきー達が教室を出たのが二時五十分頃。で、戻ってきたのは三時の——」

「壮行会が早めに終わって、四十分には僕も櫛屋も教室にいた」と簗山くん。

「そうだった。それで、すぐに櫛屋が喚いたんだよな」と谷村くん。

「じゃあ、リップを触られたのは救命講習から壮行会までの間の十分休憩かな」

　そう言いつつ、溜息を吐く。さすがに一年前の十分休憩については、誰も覚えていないだろう。だが、谷村くんが首を傾げた。

「さっき思い出したんだけど、講習終わった後って休憩あったか？」

　奏芽も腕を組み、頭を掻いた。

「超バタバタでギリギリだったっけ。チャイム鳴っても救急隊員の人が話し続けてて——。休憩は五分くらいでトイレ行く奴は行って、他の奴らは机戻して、それでまたチャイム鳴って、もうかよって感じ」

　余程大慌てだったようだが、記憶があるのはありがたい。

　女子は大体化粧ポーチをカバンか机の引き出しに入れている。カバンは机の横にぶら下げているので、いずれにしても机周りだ。

　バラを折った人物は、櫛屋すみれの机に近づいたのだ。

そこで僕は、重要な情報を知らないことに気付く。

「ところで櫛屋さんの机って、どこにあったの？」

再び望み薄な質問だとは思ったが、谷村くんはニヤリと笑った。

「これ見せるために、つっきーは俺を呼んだんだよ」

彼はそう言って、スマホを取り出した。

「四月は名前順で机並んでたけど、五月の頭くらいに変えようって益城が言ってくじ引きしたよな。その日、大河が学校休んでて――」

正義感の強い生徒、檜川大河のことだ。

「後で送ろうと、黒板撮ってたんだよ。それ残ってたわ」

僕は彼のスマホを受け取る。僥倖《ぎょうこう》というやつだった。

黒板に書かれた、益城先生の字だ。一番前の四角が教卓なのだろう。櫛屋の名前は一番後ろの廊下側にあった。

「ありがとう、谷村くん、これ後で送ってくれる？」

僕がそう言うと、彼は「当たり前だろ、水臭ぇな」と笑った。

「机戻してって言ってたけど、講習の間、机はどうしてたの？」

奏芽に尋ねると、彼は「どうだっけ」と眉間に皺を寄せた。

「でかい人形を床に並べたから──その時、机って廊下か？」

「いや、出してない。それは後」と谷村くん。

「じゃあ、教室の後ろにガーッて並べてたのかな」

「そんな感じだったよね」と築山くん。

僕がそう言うと、すぐに三人は微妙な顔をした。

「じゃあ、戻す時に誰かが櫛屋さんの机に──」

「いや、無理じゃね？　バタバタしててもさすがに目立つよ」

谷村くんが代表のように言うと、他の二人も頷いた。

僕は黙って考える。男子ならその場にいない女子の机に近づきカバンに触ることは、目立つに違いない。女子でも何か理由がなければ変だろう。目撃者がいて、変だと思ったがその時は何も言わなかったという線はあり得るが、今のところ僕や草薙さんの元に何も情報が入っていない以上、考えても仕方がないだろう。

僕の思考を遮ったのは、谷村くんの「げ」という一言だった。

「昼休み、あとちょっとしかねえよ。まだ何も食ってないのに」

時計を見ると、十二時半を過ぎたところだった。昼休みは五十分までなので、僕達は慌ててそれぞれの昼食を取り始めた。僕はコロッケパンの袋を開けながら、三人に尋ねる。

「リップが開けられたのが休憩時間じゃないなら、壮行会の間ってことになるけど、途中でこっそり席を立ったりは……」

谷村くんがカレーパンを頬張りながら「ないない」と言う。

「益城が超見てたもん。俺、その時キレられたし」

谷村くんの言葉に、奏芽が「あったな」と笑う。

「なんでキレられたの？」と築山くんが言うと、谷村くんは笑った。

「超緊張してるつっきーがモニタに出て、俺が超爆笑したから」

谷村くんらしい。築山くんが口を尖らせたが、目は笑っている。

「先生も別にキレてなくて、注意しただけだよ。でも、歩き回ったりはさすがに無理だな」奏芽がそう言ったが、僕は諦めきれなかった。

「でも壮行会中、こっそり隣の机に触るくらいなら――」

そう言うと、谷村くんが吹き出して言った。

「じゃあ、犯人は俺じゃん」櫛屋すみれの左隣の席は谷村くんだ。

「俺は櫛屋の前だけど、後ろでごそごそ聞こえたら気付くだろうな」

そう奏芽も笑ったので、僕は黙ってしまった。

「ま、でも益城先生って、割と緩いよね」と築山くんが言った。

「去年は全校集会、ライブ中継ばっかりだったじゃん。皆内職しててさ。先生は絶対気付いてたけど、スルーしてくれてたもん」

　築山くんの言葉に、谷村くんはうんうんと頷いている。内職とは先生の目を盗んで隠れて勉強することで、僕もたまにやっている。益城先生は堅物だが、そういうところは話のわかる人だった。

「築山くん、このワックスがけって言うのは――」

「それは覚えてたから書いただけ。櫛屋がキレた後、帰りのＳＨＲがあって、それからワックスがけ」

　築山くんの言葉に、奏芽が口を挟んだ。

「あれ？　帰りのＳＨＲってあったか？」

　谷村くんと築山くんは、顔を見合わせて頷いた。

「壮行会が終わってすぐ、机を廊下に出した覚えがあるんだけど」

　不思議そうに言う奏芽に、谷村くんが「あ！」と大声で言った。

「つっきー達が戻る前だよな。なんか誰かが帰りのＳＨＲがないって言い出して、それで皆で机を出しかけたんだ。でも、やっぱあるって話になって」

　僕がすがるように見ていたからか、彼は「でも、それは救命講習の後の休憩より短いよ。一分か二分くらい」と付け足した。

「ちなみに、それ言い出したのって誰かな？」

「さすがに覚えてないけど、女子の誰かだったような……」と言う谷村くんに、奏芽も首を傾げつつ頷いた。

ふと時計を見ると、もうすぐ昼休みは終わる時間だった。

「ありがとう。参考になったよ」

僕がそう言うと、二人は大きく頷いてくれた。

僕はパンの残りを食べながら、頭の中を整理する。

救命講習の途中で櫛屋すみれは教室を出た。壮行会の前にリップを使ったと予測されるため、第三者がそれに触ったのは講習途中の二時五十分頃から、彼女が教室に戻る三時四十分頃と推定される。

壮行会前の休憩は五分程度で、その間に誰かがリップに触ったとは考えづらい。壮行会中は先生の目があり、席を立つことはできなかった。また、放課後のワックスがけのために机を外に運びかけたが、それは時間にして一分か二分で、すぐに戻された模様——。

バラは、誰がいつ折ったのか——。

そこまで考えた時、昼休み終了五分前のチャイムが鳴った。

トイレに寄るという二人と別れ、僕と奏芽は歩き出した。

悪い気分ではなかった。情報は手に入ったし、彼らとも親しくなれたと思う。僕は階段を下りる奏芽の背中に向けて言った。

「今更だけどあの二人、いい人達だね」奏芽は返事をしなかった。

「これから先、迷ったらあの二人にも相談しようかな」

僕の言葉に、奏芽は足を止めた。

「その時は、俺は呼ぶなよ」冷たい声に驚く。

「なんだよ、どうしたの？」不安になってそう言ったが、やはり返事はない。そしてまた彼は階段を下り始める。

彼らと話す間、奏芽はよく笑っていた。あの笑顔は自然で、僕のために気を遣ったとは思えない。僕は足を速めて彼の隣に立つ。

「ねえ、どうしたんだよ」彼の顔を覗き込む。そこには、怒っているような哀しんでいるような表情が浮かんでいた。

「七生、お前には何か目的があるんだろ？」

静かな声だった。今度は僕が黙る番だった。

「お前が協力するって聞いておかしいと思ったんだよ。名前を書くくらいならわかるけど、率先して皆の話を聞くっていうのは、お前のキャラに合わない」図星を言い当てられ、僕は何も言えない。

「クラスで浮くのが嫌で、皆のご機嫌取ろうってのか？」

「そうじゃないよ」即座に否定したが、その続きは出て来ない。

僕は、闇に近づきたい。その心を理解して復讐へと至りたい。もしそれが駄目でも、闇が僕を――。

「……言いたくない」僕の言葉に、奏芽の目がふと柔らかくなった。

「俺が信用できない？」その言葉に、僕は必死で首を振る。

奏芽に全部話せば、きっと彼は「馬鹿げている」と言うだろう。そして僕は、その通りだと思う。それが嫌だった。

「ごめん。どうしても言いたくない」

奏芽は傷付いたような目をした。僕が初めて見る表情だった。

「そうか、だったらわかれよ。俺達は全員いじめの加害者で、一人残らずクズだ。そんな俺達に同調するな」

奏芽は早足で歩いた。教室が見えてきた。

「でも、僕はやっぱり傍観者を同罪だとは言いたくない」

きみのことだって、僕は――。

「あいつらは、櫛屋のことを笑ったんだよ」

奏芽は再び足を止め、僕を見た。その顔は、完全に怒っていた。

「わからないよ。前も言ってたけど、それってどういう――」

彼は吐き出すように、懇願するように「言いたくない」と言った。

僕達は教室に戻った。そしてその日は、一言も口を利かなかった。


扉を開ける。放課後の教室は、物音一つなかった。

僕は窓に近づき、カーテンを閉めた後で教室を眺める。強い西日を見たのと、図書館で勉強した後だったせいか、目がしょぼついてよく見えない。多分五時を回ったくらいだろう。

考えなければならない――。僕は誰もいない教室に立ち尽くす。

美術室のベランダで二人に話を聞いてから、二週間が経過した。その間に新しい情報や手がかりはなく、僕自身にもひらめきはなかった。完全にドツボにはまってしまったらしい。

クラスにも大きな変化はない。強いて言うならば全員が日々明るく、声が大きくなっていくことくらいだ。もちろんそれは闇が示したリミット——五月の終わりが見えてきたせいで、空元気と言うよりはハイとか自棄に近いのだろう。

彼らは、一応行動している。グループチャットでは発言が増え、今ではクラスの半分くらいが自発的に喋り、闇に自分達を許してくれと懇願している。本橋達や市川のようないじめの主犯達は沈黙しているが、今やグループチャットは懺悔室《ざんげしつ》になりつつある。

それに、草薙さんに転送してもらった闇の動画は、再生数が百五十を超えていた。皆、何かを見つけようと見返しているのだろう。

ハイテンションな彼らは、たまに変に盛り上がりを見せることがある。何日か前に、豊崎さんが櫛屋すみれの墓参りに行きたいと呟き、それに何人かが熱烈に賛同した。墓参りが闇の言っていた唯一の解放条件——。そんな思惑があったのか、異様な空気だった。結局、その盛り上がりは、誰も彼女の墓の場所を知らないことが判明すると、あっさりと消え失せた。

この二週間、僕は周囲に話を聞き、ひたすら考えた。でも、わからない——。奏芽の言葉が、思考にブレーキをかけていた。

「俺達に同調するな」

それを無視することが、僕にはどうしてもできなかった。

僕は精一杯、自分なりに闇の問いに挑んでいる。僕の思惑が別のところにあっても、クラスの困難に立ち向かっているのは間違いないのだから、誰かに否定される筋合いなんかない。

そう思っているのに、どうしても立ち止まってしまう。

奏芽とは普通に会話をする。闇に関することはお互い避けているが、朝は挨拶するし、暇潰しもするし、昼だって一緒に食べている。だから喧嘩ではない。そもそも僕らは出逢って五十日足らずで、考えの相違はあっても喧嘩をするほどの仲ではない。

そこまで考えると勝手に大きな溜息が出て、それに腹が立った。

時間はあまりない。手がかりを摑まなければ――。僕は現場でじっくり考えるために、夕暮れの教室へとやって来た。


廊下側の一番後ろにある机。僕は椅子を引き、そこに座る。今は豊崎さんの席で、かつての櫛屋すみれがいた場所だ。

頭の中にある、今の席順の記憶をすべて追い出す。去年の五月、隣の席にいたのは谷村くんで、前の席は奏芽だ。

ジャージの入った学校指定のスポーツバッグを、机の脇に引っかけてから立ち上がり、机を見つめる。

これで「僕」は今、不在だ。教卓の左――窓側のモニタ。クラスメイト達はそれを見ている。壮行会が開かれているからだ。先生は教卓近くにパイプ椅子を出し、生徒達を見ている。クラスにはごそごそ内職に勤《いそ》しむ人、真面目に壮行会を見ている人と、様々――。

「やっぱり無理だ」思わず、そう漏らす。

机と隣の机との間は一メートル半は優にあり、前後もそれより少し短い程度。誰にも気付かれずに他の人の机に触れることは難しい。

益城先生は内職については見逃すが、席に座って笑っていた谷村くんが注意されたのだ。誰かが別の生徒の机に近づいたりすれば、必ず気付いて声をかけただろう。

僕は自分の席に戻り、机に突っ伏す。

わからない。何度考えてもわからない。再現してもわからない。

自慢ではないが、僕は賢い方だ。成績は何もしなくても真ん中くらいだし、本気を出したら何度も上位に食い込んできた。

そんな僕が、わからない――。屈辱的で、とても不安だった。

わからないということは怖い。真冬の雪山に裸で放り出されたような、そんな絶望的な気持ちになる。

わからない。わからない――。僕は頭を掻きむしる。

「考えずにわからないなら〇点。でも、考えて考えて、それでもわからないなら、百点だよ」

中学の時の先生はそう言った。気さくで生徒にも人気があった若い女性の先生で、僕は彼女のことが好きだった。僕は今、わからない。そして百点なのか〇点なのか、それさえもわからなかった。

僕が千回くらい溜息を吐いた時、スマホが震えた。手に取ると、草薙さんからのメッセージだった。

「あれ。もう図書館いない？　帰っちゃった？」

教室に来る前、図書館で草薙さんを見かけていた。目が合って軽く手を振っただけだったが、僕を捜しているようだ。

僕が「教室で気絶してる」と送信すると「今行くよー」と返ってきた。それからすぐに彼女はやって来た。

「え、暗くない？」教室に入った彼女は、一言目にそう言った。電気をつける草薙さんを見ながら、辺りが薄暗くなっていることにようやく気付く。

「大丈夫？」彼女はそう言いながら、隣の自分の席に腰掛けた。

何者かがリップに触れたのは、恐らく壮行会の前後ということは彼女に話してある。休憩時間が短かったので、壮行会の間だと僕が考えていることも、そして何もわからないということも話してある。

「わかったのは、僕が何もわからないということ。無知の知だね」

そう軽口を叩くと「哲学者だね。やっぱり奥さん、悪妻なんすか」と気の利いた軽口が返ってきて、僕は思わず微笑む。

「クラスの人達の話は、大体聞いたつもり。加害者達にも少しだけ」

去年の壮行会の日、何か覚えていることはない？　そう尋ねた僕を、本橋達三人は完全に無視した。市川と真壁には話しかけていないが、それ以外の全員に声をかけた。成果は何もなく、ただ時間だけが無為に過ぎただけだった。

「あとは、去年クラスにいた檜川くん。彼にはまだ声をかけていないから、話を聞きに行こうかな」

独り言みたいに呟くと、草薙さんは「あー……」と声を漏らした。

「それなんだけど、大河くんはお家の事情で大変だから、そっとしておいてあげてほしいな」

家の事情——。気になるが、ずけずけと聞くほど僕は厚かましくない。それに、草薙さんの表情が少し硬い。話したくないのだろう。

僕の視線を感じたのか、彼女は手を叩き「それより」と言った。

「別の角度から考えてみたら？　近くの人を犯人と仮定するとか」

悪くない意見だった。スマホを取り出し、谷村くんが送ってくれた席順を表示する。草薙さんが椅子ごと僕のすぐ傍に移動したので、スマホを机に置いて二人で眺める。

「席が近いのは、矢住くんと谷村くん。あと根元さんもかな」

奏芽と谷村くんに、櫛屋すみれに嫌がらせをする動機はないはずだ。それなら、根元さんということになるが——。

根元舞菜。髪をお団子にしている女子。オーラが云々とほざいていた張替夏穂と仲が良い子だ。奏芽の話では、彼女は傍観者ではなかったはずだ。草薙さんが溜息交じりで言った。

「本橋さん達が嫌がらせをするようになって、すみれは根元さん達に近づいたの。その時、彼女は『来るなよ！』って大声で。それに他の人達が爆笑して、根元さん嬉しそうだったな。それ以来、たまにいじめに参加してたよ。とびっきりの笑顔で」

軽蔑を隠そうともしない。僕はまた苦笑する。

「でも、それって櫛屋さんがいじめられるようになった後の話だよね。壮行会の時点で、嫌がらせをする理由はない」

僕がそう言うと、草薙さんは「そうかぁ」と俯《うつむ》いた。ただすぐ顔を上げ、僕を見て言った。

「でも、リップに触った動機って、本当に嫌がらせなのかな?」

盲点だと一瞬思ったが、すぐに考え直す。草薙さんも自分で言いながら、首を傾げながら呟いた。

「リップを開ける理由なんて、何かある?」

僕は笑い、わざとらしく溜息を吐いた。

「ないよ。だから嫌がらせのために——」

「嫌がらせにしてもあれじゃない?」

草薙さんは少し考え、「胡乱《うろん》!」と言った。胡乱は古文の先生の口癖で、クラスで流行りつつある言葉だ。僕は大きく頷く。

たしかに彼女の言う通り、嫌がらせとしては変化球だ。櫛屋すみれがそれに怯え、クラスのはぐれ者になったのは結果でしかない。

「でも、他に理由があったとは考えられないんだよ」

女子にとって化粧道具——それも唇に付けるリップを触られるというのは、ひどく気持ちが悪いだろう。そういう精神的なダメージがある以上、やはり嫌がらせと考えるのが自然に思える。

別の何かを捜していたとも考えたが、やはりリップが開けられたというのが異質だった。リップに隠せるものなんてマイクロチップくらいだろうが、これはスパイ映画ではなく現実だ。

「すみれのことを好きで、間接チュー目的とか？」

草薙さんは、妙に真面目な顔で言った。

「高校生にもなって、それはないだろうね」

「そういう常識に囚《とら》われてるから、駄目なんだよ」

草薙さんは不満気で、僕は笑ってしまう。

「でもリップが開けられた理由を、他にも考えてくれるとありがたい。僕だけだと、どうしても凝り固まってしまう」

彼女は頷いて、髪を触った。考える時の癖なのかもしれない。

「リップがなくなって、すみれのを借りたとか？」

「それって、女子的にあり得るの？」

「ない。じゃあ、単に欲しくて盗もうとしたとか？」

「それなら、蓋を開ける必要はないよね」

「書くものがなくて、リップをペンの代わりに……」

もうむちゃくちゃだ。草薙さんは「酸素酸素」と言いながらマスクを外した。リップについて考えていたからか、僕の目は彼女の唇に向かう。薄いピンクが蛍光灯を反射して、鈍く光っている。

「じゃあ、自分のリップとすり替えたとか？　目的は不明だけど」

僕は慌てて視線を外す。そして動揺を隠しながら、「あり得るかもね」と適当なことを言う。

夕陽が完全に沈み、僕達は席を立った。

バス停に向かう間も、僕達の話は去年の記憶に終始する。

「簗山くんが言っていたけど、その日はワックスがけだったんだね」

何気なく言うと、草薙さんも頷いた。

「ちょっとゴタゴタがあったから、覚えてる」

帰りのSHRがないと思った何人かが、壮行会の後に机を出そうとした一件だろう。

「去年のクラス委員も私で、副委員も乃々香だったんだけど、乃々香がちゃんと段取りしろって市川くんに文句言われてたから」

「皆、机を廊下に出すまではいってないんだよね？」

「そうだっけ？　私達の列、結構出てたと思うけど――」

僕は驚いて彼女を見る。草薙さんは櫛屋すみれと同じ列だ。

「でも本当にすぐ訂正入ったから、皆すぐ戻してたよ」

少し引っかかる。その時、まだ壮行会から戻っていなかった櫛屋すみれの机は、近くの席の誰かが移動させたのかもしれない。

バスを待ちながら、席順が欲しいという草薙さんに画像を転送する。彼女は名前を眺めながら考えている。

「確実にやってないって言えるの、つっきーだけかな」

簗山くんには完璧なアリバイがある。僕が頷くと、彼女は呟いた。

「……この中に、犯人がいないってことはあるのかな？」

彼女の言葉に僕は頷く。あり得なくはない。櫛屋すみれの席は、外部からの侵入者が最も狙いやすい場所だ。でも救命講習の間に机が廊下に出ていたならば充分あり得るが、壮行会中に侵入となると至難の業だ。僕がそう話すと、彼女は首を振った。

「ここに名前はないけど、教室にいた人のこと」

あ——。盲点を突かれた気分だった。

クラスを監視していた益城先生。彼は全校集会等のライブ中継の時、教卓近くに座っているが、別にじっとしているわけではない。先日も中継の途中で後ろの黒板に行き、月間スケジュールを書いていた。

先生ならば堂々と歩ける。いや、でも動機が——。

「クラスの皆も、動機はないよね」

草薙さんは僕の心を読んだかのように言った。

バスがやって来た。僕は何故か、もっと彼女と話したくなった。

「あのさ、駅についたら、もう少し話せないかな？」

緊張しながらそう言うと、彼女は頷いてくれた。

駅近くの小さなスタバに入る。草薙さんは慣れた様子でショートのラテを頼み、それからシフォンケーキを追加した。僕は少し考えて、彼女と同じものを頼む。

店内には、もう遅い時間だというのに恵堂の制服が何人もいた。僕は彼らの視線に、居心地の悪さを覚える。スタバは去年友達と一回来ただけで慣れていないし、女子と一緒は初めてだった。

「来たの、久しぶりだな」僕は意味もなく、草薙さんに言い訳をした。彼女も「私もそうだよ」と笑ってくれた。

「前に、すみれとたまにお茶したって言ったよね。あれ、ここなの」

懐かしそうに目を細めている。

「櫛屋さんは、かなり無口だったって聞いたけど――」

僕がそう言うと、彼女は小さく頷いて、小さく微笑んだ。

「うん。私が一方的に喋ってただけ。すみれは――」

彼女は、ステンレス製のフォークを手に取った。照明を受けて鈍く光るそれが、シフォンケーキの白の中に埋まっていく。

「いつも、このケーキを幸せそうに食べてた。懐かしいな」

僕はラテを飲み、窓の外を見る。春の夜を歩く人々の中に、髪の長い女の子の後ろ姿が見えた気がした。

僕から誘ったにもかかわらず、彼女にかける言葉が見つからない。

「もう、五月も終わるね。私達、どうなっちゃうんだろう」

今、クラスの皆はどんな気分なのだろう。時間はもう、ない。

「答えを見つけられなかったら、約束を守るよ。きみ達が決めた名前を書く」

彼女と豊崎さん、それから奏芽のチャットは、多分まだ生きているのだろう。迫り来る期限の中で、恐らく誰の名前を書くかという議論をしているはずだ。そして僕は、その人物の目星が付いている。

「本橋さん達三人。その中の誰かを、書けばいいんだよね」

最近、奏芽は不安そうに三人を眺めている。豊崎さんもそうだ。今までの軽蔑した目とは違う、哀れな生贄《いけにえ》を選ぶような視線だ。

草薙さんは目を伏せた。

「そういう話も出てはいるよ。何もしないよりは、そうしようって」

本橋達は、当然知らないと言うだろう。だが、彼女達を庇う人間は誰もいない。闇が信じるかは不明だが、ただ時間切れになるよりはマシなのかもしれない。

僕はいじめの主犯だった彼女達に嫌悪感を抱いている。でも、どんな人物であろうとも、僕に死刑執行のボタンを押す権利はない。

動揺が急に、喉元までせり上がる。調査すると言った時にわかっていたはずだが、何もわかっていなかった。

僕の恐れを読み取ったのか、草薙さんは微笑んだ。

「名前を書く時、私に言われたって書いてね」

優しい人だと思う。心に、新たな感情が巻き起こる。

「大丈夫だよ」この人と、奏芽の未来が壊されるのを止めたい――。

「必ず答えを見つけるよ」そう言うと、彼女は笑ってくれた。

僕はそれから、考え続けた。起きている間は教室を思い浮かべ、壮行会を頭に描いた。クラスの一人一人の顔を思い浮かべ、どうすれば櫛屋すみれの机に近づけるのかを想像した。すべての「あり得ない」を頭から消し去り、たった一つの「あり得る」を追い求めた。成績は物の見事に下がっていき、英語の小テストでは下から数えた方が早くなった。

三日が経ち、五日が経っても何もわからなかった。またゼロから考え、そして僕は遂に、一つの「あり得る」を手に入れた。

四

放課後、教室に現れた彼は僕に向かって手を上げた。

慣れないクラスでいつも僕を笑わせ、励まし続けてくれた友達の顔を眺める。奏芽は不思議そうに僕の顔を見つめた。

「じっくり話したかったんだ」

図書館で勉強をしていた彼に、さっきメッセージを送った。どうしても教室に来てほしいという僕に、彼は理由を尋ねなかった。

窓の外の夕焼けを眺める。やっぱりこの教室は西日が強い。でも、この時間まで待たなければ、誰かに聞かれる恐れがあった。

メッセージや通話ですませることも考えたが、でも、僕には確信があったし、違うなら顔を見て否定してほしかった。

「櫛屋すみれさんのリップを開けたのは、きみだね」

奏芽は一瞬だけ暗い顔をして、いつもの笑顔になった。そしてテストの難問について話すみたいに、「よくわかったな」と言った。

「随分あっさりだね」そう言うと、彼はしたり顔で笑った。

「最初から、お前だろと言われたら認めるつもりだったんだ」

その言葉に嘘はないと思う。それほど彼は清々しい顔をしていた。見え隠れする暗い表情は見破られた悔しさではなく、自分のやったことへの後悔だろう。付き合いは短いが、彼はそういう奴だ。僕の友達の矢住奏芽は、いつもそういう奴なのだ。

「きみがそんなことをした理由を、教えてほしい」

理由はいくら考えてもわからなかった。櫛屋すみれは、奏芽を信頼していたはずだ。どうしてきみは、裏切ってしまったんだ——。

「締まらないなぁ」と、奏芽はまた笑った。

「動機が明かされるのは最後だろ。名探偵くん」

そう言った後、彼は「お前がチビなのは、組織にクスリを飲まされたせいか？」とニヤリと笑った。本当にいつもの、これから先も友達でいたいと思う笑顔だった。

「まあね。子どものふりも結構大変なんだよ。それに仲良くなったデカブツは、ガキ大将じゃなくて犯人だったし」

僕もニヤリと笑ってみせる。

「今の、ちょっと良かったね」

「そうだな。映画っぽいやり取りだった」

二人で笑った後、僕は顔を引き締める。

今の僕は、メッセンジャーではない。犯人を追い詰める探偵役だ。それならば推理を犯人に浴びせ、逃げられないようにしてやろう。

「それじゃ、はじめるよ。奏芽」

「ああ、聞かせてくれ。七生」


「5W1Hでいこう。まずはいつ、リップは開かれたのか」

僕が言うと、奏芽は頷いた。

「リップに触れられたと櫛屋すみれが気付いたのは、壮行会の後だ。この直前の救命講習の時、ポーチを持った彼女が教室を出るのを、簗山くんが目撃している。恐らく彼女は、壮行会の前に、ポーチの中のリップを使った。その後、壮行会に参加するために教室を出た時にはポーチを持っていないから、リップは教室にあったはずだ。それなら誰かがリップに触れたのは、救命講習の終わりの方から、壮行会が終わって彼女が戻るまでだ。ただ、講習は終わるのが遅くて、その後の休憩時間はひどく短かった。やはり壮行会の途中と考えるのが自然だろう」

数学の証明問題を解くように、感情を省いて事実だけを列挙する。

「次に、どこで。さっき言ったようにリップは教室。恐らく彼女の机にあった。後で詳しく言うけど、机は壮行会の後で一度廊下に出されたと思われるが、その間も休憩時間と同じく、極めて短いものだった。よって、リップが触られた場所は教室で間違いない」

奏芽は腕を組み、目を閉じている。

「誰については、きみだ。これも後にする。あと、何故についても最後にきみが教えてくれるんだよね。次、どのようにしたかは――」

奏芽は動かなかった。

「壮行会の間は先生が教室にいて、最前列でいつものようにクラスを見ていた。先生は内職は見逃してくれるけど、席を立ったりは無理だよね。この時に櫛屋さんの持ち物に触れることは不可能だ。だから肝心なのはやっぱり、壮行会前の短い休憩時間だ。救命講習の後片付けで、教室の後ろに並んだ机を片付ける時、きみは――」

開かれた奏芽の目を、正面から見返す。

「きみは、櫛屋さんの机と自分の机を入れ替えたんだ」

奏芽はただ、頷いた。僕はとても哀しくなった。

「きみの机は後ろの方だ。後は壮行会中、内職してるふりを――」

奏芽は左手を挙げ、それに頭を傾けた。

「こうやって教科書で隠して、隣にも見えないようにして、な」

僕が頷くと、奏芽は言った。

「それじゃ、もうわかってるよな。どうやって机を戻したのか」

「もちろん。もっと上手くやってよ。そのせいで僕はきみが犯人だとわかってしまった」

僕は笑ったが、奏芽は笑わなかった。

「壮行会が終わって、櫛屋さんと築山くんが戻る直前、クラスではちょっとした混乱があった。放課後のワックスがけのために、机を廊下に出した人達がいたらしい。帰りのSHRが今日はないって話が出てね。その指示を出したのは去年もクラスの副委員だった豊崎さんで、僕は彼女にどうして勘違いをしたのか聞いてみた。彼女は、矢住くんから聞いたって怒っていたよ」

去年のことなのに、豊崎さんはよく覚えていた。市川に文句を言われたことが余程ムカついたのか、昨日のことのように教えてくれた。

「机を元に戻すための、強引な苦肉の策だったね。さあ、僕の推理はここまでだよ。間違いがあるなら教えてくれ」

僕は奏芽を見る。彼はひどく戸惑っているように見え、僕達はしばらく無言で見つめ合った。そして彼は突然吹き出し、爆笑し始めた。僕は意味がわからず、彼が笑い終えるのを待つしかなかった。

「ノリノリだな。前から思ってたけど、お前ってクサいよね」

奏芽はまだ笑っている。今までたくさんの冗談を言い合ってきたが、これほどウケている彼を見るのは初めてだった。

「いや、別に馬鹿にしてるんじゃないよ。それにしても、あはは」

奏芽の低い声が上擦っている。僕の好きないつもの笑い方だった。

「やっぱドラマみたいにはいかないな、名探偵。間違いだらけだよ」

僕はやっぱり何も言えず、赤い顔をしたまま立っていた。奏芽は真顔に戻ると、諭すように話し出した。

「まず俺は、講習の後は自分の机を戻していない。わからないことがあって、講師の救急隊員を捕まえて質問してたんだ。それで質問が終わったら、机は誰かが戻してくれていたよ」

そんな――。喋ろうとする僕を、奏芽は手で制止した。

「壮行会中に気付いたんだ。これは、櫛屋の机だって」

偶然――？　でも、そんなことがあり得るのだろうか。

奏芽は僕を見て小さく頷き、話を続けた。

「俺が櫛屋のリップを開けたのは正しいよ。でも、俺が机を廊下に出すように言ったってのは違う。豊崎の勘違いだよ。嘘じゃないぜ」

「そんな馬鹿な！」

「でも、勘違いだけど記憶違いじゃないと思う。壮行会の後、豊崎が机を出そうとしていて――。それで周りから、なんでって聞かれてた。それで豊崎は急に俺を見て、『先生がそう言ってたんだよね？』って言った。俺は、それに頷いただけなんだ」

話が見えない。豊崎さんは何故そんな思い込みをした？

「ま、でも、バラを折ったのは俺だ。そういう意味では、お前は正解したんだよ」

奏芽は少し目を細めて言った。

「疑問に答えるよ。俺が櫛屋のリップに触った動機だ」

「俺、本当に櫛屋が好きだったんだ」

そう言った奏芽は腕を組み、視線を落とした。

彼は櫛屋すみれとの出逢いをもう一度語り始めた。ほとんどが以前聞いた内容だったが、まるで別の話のように胸に響いた。

「ま、ありがちだけど、それで――惹かれたんだ」

僕は頷く。劇的でも何でもないありふれた出逢いを、奏芽は懐かしそうに語った。それは恋をした人だけが持つ優しい眼差しで、僕は少し羨ましく思う。

「壮行会のちょっと前に、櫛屋がLINEで相談してくれたことがあるんだ。誰にも言わないでって頼まれたけど、お前にだけ話すよ」

奏芽は僕を見た。僕が力強くそれを見返すと、彼は頷いてくれた。

「櫛屋、ストーカーに悩んでるって教えてくれた。話してくれたのは一度だけで、絵文字だらけだったし、自意識過剰かもって言ってたから忘れてたけど、ずっと怯えていたんだろうな」

ストーカー。突然現れた物騒な言葉に驚く。

「学校帰りに駅を歩いていると、スマホのシャッター音が聞こえたんだってさ。一日だけじゃなくて、何日も何日も。それから、ゴミ捨て場で自分の家のゴミだけ荒らされてたとも言ってた。カラスだと思うけどって、やっぱり付け足してたけどな」

たしか草薙さんは、明るかった櫛屋すみれが四月の終わり頃にナーバスになったと言っていた。それはストーカーの存在を疑っていたせいだったのだろう。そう考えると、その後の流れも理解できた。

「彼女がリップの件で周りを責めたのは、ストーカーが――」

「うん。クラスメイトの誰かだと思って、パニックになったんだ」

櫛屋すみれはナーバスな変わり者。そう思い込んでいた自分が恥ずかしい。彼女の不安やパニック行動は、理由があったのだ。

でも、話はまだ見えない。奏芽がリップに触れた理由は――。

「俺、インスタに裏アカあるって言ったじゃん？」

再び予想外の言葉が飛び出し、僕は戸惑う。フォロワーが五十を超えたら、僕に教えてくれるはずの裏アカだ。

「裏アカって言っても別に隠してるわけじゃないんだよ。気付かれても別にいいって感じで。学校の名前のタグ入れたこともあるし、クラスのベランダから撮った画像も載せてる。アカウントにも俺の名前が入ってるから、見る奴が見たらバレバレなんだよ」

奏芽の顎が、ゆっくりと下がっていく。

「そこに、ある日知らないアカウントからメッセージが来たんだ。keidouAAAって名前のアカウントだった」

奏芽は顔を上げなかった。そのアカウントは画像が一枚もなく、フォロワーもいない捨てアカウントだったそうだ。

「矢住くんだよねって名指しされてさ。驚いて、誰だって聞いたけど名乗らなかった。でも、自分もAクラスだって」

奏芽はようやく顔を上げた。その目はひどく憔悴していた。

「そいつ、俺のことを好きな女子がいるって言った。俺、馬鹿だからさ、おせっかいな女子がしゃしゃり出て来たと思った」

ありそうな話だとは思う。だからこそ、やっぱり話が見えない。

「俺のこと好きな子は臆病だから、見つけてあげてねって。俺、櫛屋だったらいいなと思って、その子の特徴を聞いたんだよ。そしたら、大人しくて髪が長い子って言われて、絶対櫛屋だって思って、すごく浮かれてたんだ」

話を聞く限りでは、小学生みたいだとは思う。でも、浮かれてしまった気持ちは理解できる。

「そいつ、それから何度もメッセージくれるんだよ。早く見つけないとその子に彼氏ができるとか、焦らせるようなことを言ってた」

微笑ましいエピソードのはずなのに、僕は不気味でならなかった。突如現れた謎の人物の目的が、何一つ見えなかった。

「俺、本当に舞い上がって――。もしかしたらこいつ、櫛屋本人なのかもって想像して、格好つけたり――。本当に馬鹿だよ」

顔の見えない匿名アカウントは、櫛屋すみれと奏芽の間を漂っている。何故か僕の胃は重くなり、背筋に冷たいものが走る。

「それで、その子はおまじないをしたって言うんだよ。健気でかわいいよねって。その頃、クラスでちょっと占いとかが盛り上がってたんだ。オカルト好きな張替が熱く語って――。皆小馬鹿にしてたけど、これ中学の時に流行ったねとか、ふざけてやってみようって女子もいて――。そのおまじないは、リップに好きな人のイニシャルを刻むというものだった」

「ちょっと待ってくれ。まさか信じてないよね。令和の女子高生だよ？　そんなの、天然記念物を通り越してＵＭＡや妖怪の類いだよ」

僕は敢《あ》えて笑った。茶化したら、この粘つくような嫌な空気から解放される気がしたのだ。

奏芽は頷いたが、笑わなかった。

「俺も、やっと変だなと思った。アカウントの奴がしつこいっていうか、必死な感じが気持ち悪くて。だから考えないことにした。でも、壮行会の日――」

奏芽の机は、櫛屋すみれの机と入れ替わっていた――。リップが手に届くところにあって、魔が差したということか――。

「俺、こっそり櫛屋のカバンからポーチ取り出して、リップを開けた。すごく甘い匂いがして驚いたけど、マスクのせいか周りは気付かなかった。イニシャルはなかったよ。俺は勝手に口紅みたいなのを想像していたけど、櫛屋のリップは筆みたいなやつだった。騙《だま》されたと思って、俺は焦った。壮行会が終わってどうしようと思っていたら、豊崎が机を廊下に出し始めて、俺に先生が言ってたんだよねって聞いてきて――。俺はそれに乗っかったんだ」

奏芽は頭を抱えた。そして「本当に、俺は馬鹿だ」と呟いた。

「そのアカウントって、まだある？」尋ねずにはいられなかった。

「壮行会の後、メッセ送った。櫛屋がクラスで誤解されたから何とかしたい、手を貸してくれって送った。そうしたら返事がなくて――。しばらくしてアカウントも消えた」

誰かの笑い声が、暗く深いところから聞こえた気がした。

「話を整理するから待ってくれ。まず、櫛屋さんは姿の見えないストーカーに怯えていた。それからインスタで匿名の誰かがきみにメッセージを送って、きみを誘導した。そして壮行会の日、誰かが櫛屋さんときみの机を入れ替えて、そして誰かが豊崎さんに偽情報を……きみが先生から聞いたって嘘を流して――」

誰かと誰かと誰か――。戸惑いと共に湧き上がる想像を、僕は押しとどめようとする。その誰かは、全部同一人物なのではないか――。偶然は一つもなく、すべて計算の内なのではないか――。

「やっぱり、そんなわけないよな」

奏芽は真顔でそう言った。驚いて顔を上げると、彼は震えていた。

「今話したのは嘘じゃない。でも、わからないんだよ。誰かに操られたって思いたくて、都合の良い妄想をしているだけなんじゃないか。怖くてインスタのメッセージも全部消しちゃったし……。本当にそいつがいたのかわからないよ。たまたま机が入れ替わったんじゃなくて、全部俺がそう仕向けたんじゃないか。俺は自分が悪くないと思いたいだけの、最低のクズなんじゃないか」

僕は戸惑い続ける。奏芽にとって最悪なその仮定は、僕にとって微かに魅力的だった。奏芽がその時、少しおかしかっただけ――。もしそうだったら、深すぎる悪意を持つ人間は幻だったことになる。

でも、僕は誰より知っている。矢住奏芽は罪悪感から逃れるために、都合の良い妄想を作り上げる奴なんかじゃない。

「七生、困らせるようなこと言ってごめん。本当のことはわからないけど、全部俺が悪い。それは間違いないから――」

奏芽は深い混乱に陥っている。彼は目を閉じ、そして髪をぐしゃぐしゃに掴んだ。

「何度も櫛屋に打ち明けようと思った。でも、あいつは俺を本当に信頼してくれていて、周りからシカトされても全然平気って、矢住くんがいてくれるから大丈夫って――。だから俺、言えなかった。その信頼してる奴がリップを触ったって知ったら、櫛屋は――」

僕はただ立ち尽くす。そして、また一つ嫌な想像が浮かぶ。

櫛屋すみれは奏芽を信頼していた。黒幕の目的は、リップを触った人間が奏芽だと彼女に伝えることだったのではないか。そして、ストーカーも彼に違いないと――。

姿の見えないストーカーが実はクラスにいて、それが信頼する相手だった。それだけで彼女の心はどん底に落ちる。ただ、彼女が大声で喚き周囲を責め、それが原因で周囲から白眼視されたことによって、黒幕は目的を変えた。そしていじめられ、追い詰められていく彼女を見て、そいつはほくそ笑んでいたんじゃないか――。

僕は必死に頭を振って想像を追いやる。いくら何でもあり得ない。たかが高校生一人に、それほど深い悪意を向けるなんて――。

奏芽は僕を見た。乞うような、救いを求めるような目だった。

僕は叫びたくなった。やめてくれ――。

「七生、俺の名前を書いてくれ」

僕は家に帰り、食事をした。父は近日公開の映画の話をして、母はクックパッドの新作レシピの味を僕達に尋ねた。僕は二人に生返事をして、部屋に戻った。

黒幕――。本当の悪の存在。それがいるかはわからない。

ただ、確実に言えることがある。バラを折ったのは奏芽だということだ。でも彼に悪意はなく、恋心から来たものだ――。

僕はグループチャットを開く。書き込むのは初めてだった。

「和泉です。突然だけどバラを折った人、闇は悪って言ってたけど、その人に事情があったってこともあり得るよね。悪気がなかったり、良かれと思ってやったとか」

闇がもしチャットを見ていたら、何か僕に示唆をくれるかもしれない。そう願って書いたコメントに、すぐに返信がついた。

「そんなこと考えずに、お前は名前を書くだけでいいんだ」

奏芽だった。彼の発言に次々と同意が続いていく。

「和泉、答えわかったの？　わかったなら今すぐ書いて」

「それは闇の判断だしそこまで求められてないだろ」

「余計なこととして私達の将来を棒に振らないで！！！」

僕はスマホを投げ出した。


僕はそれから、考え続けた。

教室ではほぼ全員が僕を不安そうに眺めていたが、奏芽だけはいつも通りだった。途中で中間試験があり、僕の成績は全教科下がったが、気にならなかった。

復讐に燃える闇に、大事な友達を差し出すしかないのか――。

僕はひたすら考え続けた。

五月三十一日、期日の日の夕方。僕は少し眠り、夢を見た。

ユーリが長い髪をかき上げ、僕に微笑んだ。そして胸で僕の頭を包み、そのままきつく抱きしめた。呼吸もできなくなった僕を見て、ユーリは微笑み続けた。僕はそれを、心から嬉しいと感じる。

僕の苦しみでしか、ユーリは救われないのだから。

悲鳴を上げ、僕は起き上がった。いつものようにベッドは汚れていたし、いつものように泣きたい気分だった。

僕は後始末をしてスマホを見る。奏芽からメッセージが来ていた。

「頼む。お願いだ。お前にしかできない」

僕は無言でＰＣを起動させ、ＹｏｕＴｕｂｅを開く。用意してあったアカウントに切り替え、闇の動画を開いてコメントを打ち込む。

＠和泉七生
　リップのバラを折ったのは、矢住奏芽。

そう書いて送信ボタンを押す。朝が来る前に、闇の返信がついた。

＠闇

ＯＫ。和泉くんお疲れ様。約束通り、この動画は削除します。
このコメントを皆に見てほしいから、一日くらいは残すかな。
そう。バラとはリップのことでしたー。
しかし矢住奏芽かー。実はぼくも、怪しいって予想はしてたんだ。
なんかずっとキモい目でウサギ見てたし（笑）
矢住がリップを開けて、ウサギを追い詰めたんだね。
矢住くんには罰として、全員とは別におまえ専用の動画を作ることにしたよ。
おまえがどれだけキモいかって、全世界に公開してやるよ。
クラスの告発動画と一緒に上映予定！　乞うご期待！　全米が引いた！
ＫＩＭＯＹＡＺＵＭＩ！　カミングスーン！
おまえはもう終わりだ。一足早く死んでお詫びすれば？
クラスのみんなもどん引きだよね？
こんな奴にまともな生活なんて送らせられないよね？
矢住くん、一足お先に地獄の高校生活へ逝ってらっしゃい！
おまえらにもっと言いたいことがあるけど、
疲れたから次の動画に回すね。
それじゃ、皆さんまた会いましょう。バイバイだギン！
僕はそれを見て、ようやく考えるのをやめた。

二章　髪を切ったのは、何故？

一

龍善駅で降り、改札をくぐる。駅の構内を抜けると強い日差しが降り注ぎ、思わず顔をしかめる。嫌な朝だった。

バス停にはYシャツ姿の恵堂生が並んでいる。僕もYシャツにカーディガン姿だが、今日から衣替えなんだなと改めて実感する。

バスの開け放たれた窓を、風が行き来する。暖かい日なのに、僕はブレザーが恋しくなる。寒くてたまらなかった。額に汗が滲みマスクが張り付くが、それでも嫌な寒さを覚える。触れた左腕には、鳥肌が立っている。

バスに揺られながら考える。昨日の闇のコメントを、クラスの大半が目にしただろう。まともな生活なんて送らせられない――。その煽《あお》りを、何人が真に受けるだろう。

心から信頼できる友人を、僕は追い詰めてしまった。もう後には引けないなら、最初の目的通りに舞台に上がり続けるしかない――。

いつの間にか到着していたバスを降り、校門をくぐる。僕は決意を固めながら、上履きに履き替えて教室に向かう。階段を一段上がる度に、心が重たくなっていく。内臓すべてを滅多刺しにされたような気分だった。

教室の扉を思い切って開ける。その瞬間に音も時間も止まり、教室には静止画が広がっていた。クラスメイト達は皆僕を見ている。誰もが感情を捨てたような顔だ。彼らがゆっくりと動き出す。僕を見ていた視線すべてが、僕の席の近くに向く。そこには奏芽がいた。

朝はいつも眠そうにしていた彼は、真っ直ぐ背筋を伸ばし、ただ前を見続けていた。僕は無言で彼の後ろの自席へ向かう。

ＳＨＲのために益城先生が来た時も、教室を出た時も、クラス内の空気は張り詰めていた。無遠慮な視線が僕達二人から離れない。

一限の授業まで、少し時間がある。僕は教科書の準備をしながら、安堵《あんど》の溜息を噛《か》み殺す。クラスの連中は、奏芽を遠巻きに見ているだけだ。それなら、ひとまず問題はない。クラスメイト達はきっと、奏芽を攻撃しろという闇の意図を計りかねている。昨年他人を排除したことで今苦しめられているのだから、罠ではないかと疑っているのだろう。

僕は前の席の、真っ直ぐ伸びた背中を見つめる。大丈夫――。少し時間がかかると思うけど、きみを操った奴がいるって周りにわかってもらう。そうすれば、誰もきみを攻撃したりなんかしない――。

本当は声をかけたかった。いつものように肩を叩いて、益城先生をダシにした冗談を言いたかった。でも、どうしても勇気が出ない。

ガラリと椅子を引く音と、上履きがタイルを踏む音がする。視線を向けると、市川がいた。

市川は奏芽に近づき、そしていきなり髪を摑んだ。女子の誰かが小さな悲鳴を上げ、クラスは一気に騒然となった。

取り巻きの真壁が、へらへらと笑いながら近づいてきた。

「マジかよ市川ぁ。ま、仕方ないよな」

奏芽の表情は見えないが、姿勢は崩さず微動だにしない。僕は目の前の出来事に、ただ言葉を失った。映画や漫画で何度も見たはずの暴力は、現実という服を着た途端に恐ろしい怪物になり、僕達を完全に石に変えていた。

市川が顔を上げ、周囲を見渡す。

「俺、こいつ許さねえから」不貞腐れた子どもみたいな顔だった。

僕は自分の考えが甘かったことを痛感する。去年の傍観者達が静観している今、市川と真壁は闇の言葉を愚直に実行することにした——。去年の主犯達にとっては、良いアピールタイムだ。二人は闇の登場から大人しくしていたが、周りに力を誇示するチャンスでもある。

「矢住、リップ開けた時は興奮した？　で、それどこに塗ったの？」

真壁はそう言い、自分の下半身を指でなぞって爆笑したが、誰もそれに続かない。市川は無反応の奏芽に腹を立てたのか、思い切り彼の机を蹴り上げた。机の中身が床にバラ撒かれ、緑色の蛍光ペンが僕のすぐ傍に転がった。

ペンが止まった時、僕は一際強い視線を感じる。

クラスの誰もが、僕の一挙手一投足を見守っている。市川の行動は正しいのか——。奏芽を処刑台へと送った僕に、その判断が委ねられていた。

市川と視線がぶつかった。彼は眉を吊り上げ、僕を凝視していた。

ペンを拾うなら、お前は敵だ——。彼はそう語っていた。僕は視線を落とし、ただ机を眺めた。身体が完全に恐怖に縛られていた。

「他に、こいつムカつく奴いないの？」

真壁が言った。それに合わせて、本橋花鈴がオドオドしながら手を上げ、梨木千弥もそれに続く。大槻奈央子は手を上げなかったが、二人を見た真壁は甲高い声で笑い、手を叩いた。

「他は？　お前らはどうなんだよ」

市川が指名したのは張替軍団の男子、鳥谷と岸和田だった。去年櫛屋すみれへの嫌がらせを楽しんでいた彼らは、困ったように愛想笑いを浮かべ、市川の隣に立った。それに合わせ、軍団の張替と根元も怖《お》ず怖《お》ずと立ち上がった。

男女八人——クラスの三分の一以上が、奏芽を囲んでいる。

「なあ矢住。お前さ、学校やめろよ。皆お前がキモいってよ。学校やめるまで、毎日説得しに来るから覚悟しとけよ」

真壁が奏芽を煽り続ける。僕は目を伏せ続ける。誰にも気にされない緑の蛍光ペンが、床で死体みたいに転がっていた。

それから毎日、罰は続いた。朝のＳＨＲから一限までの短い時間、市川達は奏芽に暴言を吐き、机やカバンを踏みつけ、蹴り上げた。

奏芽は動かなかった。何をされてもひたすら耐え、授業中も昼休みもひたすら背筋を伸ばし、ただ前を向き続けた。

一度、真壁が「怒りをぶつけろ」と、本橋を焚《た》きつけたことがある。彼女は無表情で奏芽の前に立ち、思い切り彼の頰を打った。それに合わせて、市川と真壁が大きな笑い声を上げる。どんなホラー映画も敵わない、ひたすらおぞましい光景だった。

クラスの他の連中は、去年と同じように傍観者だった。助けもせず、参加せず、ひたすらに眺めている。そして僕もその一人だ。

僕は認識の甘さに、絶望的な気分に陥る。かつてこのクラスを、純白だと思っていた――。いじめで自殺者を出し、今も生贄をいたぶり続けるこのクラスに憧れ、自分も同化しようと思っていた。

僕は、昨年のAクラスを幻視する。櫛屋すみれが耐え続けた地獄は、きっとこんな風景だったのだろう。


六月も半ばが過ぎた。日に日に暑さが増していく中、クラスで席替えが行なわれた。

「期末テストに向けて、いい刺激になるだろ」益城先生は名案のように言ったが、クラスはもう悪い冗談みたいな刺激を受けている。カンの悪い先生は、どうやら間も悪いようだ。

先生はあまったプリントを使い、くじを作った。クラスメイト達は教卓に集まり、それを一枚ずつ取っていく。僕が選んだくじには「1列2」と記されていた。

くじを引いた順に黒板に向かい、四つの列を模したマス目に次々と名前を書いていく。誰も騒がない静かな席替えだったが、僕が名前を書いた時、「うわ」と場違いな声が聞こえた。

声の主は都塚美潮で、「2列2」だった。僕の隣の席だ。

黒板を見ると、僕の前の席は真壁で、後ろの席は大槻奈央子のようだ。限りなく最悪に近いが、市川がいないだけまだマシだろう。

市川が面倒臭そうに最後のくじを引き、唯一空いていた二列目の四番目に名前を書く。それに合わせて僕達は一斉に机を動かす。

席を移動すると、真壁はつまらなそうに僕を一瞥した。隣の都塚美潮は舌打ちしてスマホをいじり、後ろの大槻奈央子はこの世の終わりのような溜息を吐いた。僕も溜息を吐き、クラスを眺める。

奏芽は、窓際の一番前の席だった。その後ろは築山くんで、奏芽の隣は木曽という女子で、彼女の後ろは草薙さんだ。奏芽の周囲の席の彼らが全員沈んだ顔をしているのは、明日から毎朝、奏芽の席に市川達がやってくるからだろう。

帰りのSHRを受けながら、僕は真壁の背中を見つめる。

嫌な席のはずなのに、心に抑えきれないほどの安堵感が押し寄せてくる。僕はもう、奏芽の背中を見なくてすむ——。市川や真壁の嫌がらせを間近で見ることも、落ちたペンに悩むこともない——。

最低な気分の中で、僕はその安堵を貪ることしかできなかった。

新しい席になって、一週間が経とうとしていた。

連日続いた雨が嘘のように、雲一つない晴れた朝だった。太陽が遅れを取り戻すように輝き続け、雨の跡を干上がらせている。気温もちょうど良い金曜日だった。

僕は教室を眺める。誰かが下敷きをパタパタと鳴らしている。草薙さんと豊崎さんの小さなお喋りが聞こえる。期末テストが近いためか、教科書や問題集をめくる音がする。

この一週間は、何事もなく過ぎた。教室を漂う不穏な空気も、日に日に和らぎつつあるようだ。闇は沈黙したままで、もう何もないのではないかという希望的観測が、ゆっくりと空中を漂っている。

ただ、平和の理由は別のところにあった。

市川達が突如、奏芽への嫌がらせをやめたのだ。

席替えの後、何故か市川はまったく奏芽に近寄らなくなった。真壁達も最初は戸惑っていたが、すぐに諦めたようだ。

何度考えても、その理由は摑めない。市川が奏芽を許したわけではないと思う。この一週間の間、体育の時に彼が奏芽に絡んでいるのを僕は目撃している。それなのに、教室では奏芽のことを彼は見ようともしていない。闇が市川に何かを吹き込んだのかとも思ったが、僕にそれを知る術はなかった。

緩んだ空気の中で、僕は考える。クラスのグループチャットも、最近は動きがない。先月までのことは全部夢だったのではないか、そんな風にさえ思えてくる。

少し眠い。朝のＳＨＲが始まるまで寝よう——。柔らかな空気の中で、僕は目を閉じた。

扉が開き、誰かの足音がする。足音は僕のすぐ傍で止まった。

目を開けると、奏芽がいた。

「七生」彼はそう言うと、僕の机の上に小さな紙片を差し出した。

「靴箱の、俺の上履きの中に入っていた。まだ見てないよ」

異変を察したのか、隣で都塚さんが立ち上がる音がする。それに合わせて、クラスの視線が僕達に集まるのを感じる。

紙片には、ＱＲコードが描かれていた。

*

パンパカパーン。パンパカパーン。も一つおまけにパンパカパーン。

見て見て、このクラッカー、いいでしょ。

動画のお勉強をしてたら遅くなっちった。

今回から、えふぇくとを追加してみました！

これからは動画が派手になるよ！　楽しみだね！

パンパカパーン。あそーれ、パンパカパーン。

改めてハローハロー。Ａクラスのみんなこと、クソゴミうんこ野郎たち。

またぼくだよ。闇ちゃんだよ。元気してた？　ぼくに会いたかった？

ぼくは会いたくなかったよ。当たり前だろ。おまえらのことなんか、一秒たりとも考えたくないからね。最悪の気分だよ。

久々に現れたそれは、以前と変わらない姿をしていた。相変わらず見慣れた教卓の上、見慣れた時間割を背にして立っている。前回と違うのは、彼の発言に合わせて画面にクラッカーが踊り出て、派手な紙吹雪をまき散らしていることだった。

　クラス全員が固唾《かたず》を飲んで、それぞれ動画を眺めていた。数分前の空気は完全に死に、絶望だけがただ降り注いでいる。

　その中で、僕だけが違う感情を覚えていた。

　復讐は終わっていない――。復讐心は消えない――。

　僕は顔を上げて、周囲を見渡す。目の前には奏芽が立っていて、自分のスマホを覗き込んでいる。隣の都塚美潮は今にも泣きそうだ。真壁と市川も顔面蒼白《そうはく》で佇《たたず》み、本橋達は完全に固まっている。

　離れたところで草薙さんが、強く拳を握っているのが見えた。

　最初の動画が消えた後、彼女は僕に計画を話した。教室に監視カメラを仕掛け、闇が再びメッセージを残した際にその姿をカメラに収めよう、それが彼女の考えだった。

　悪くないアイデアだったが、現実的ではなかった。長時間録画できるカメラは高価だったし、教室を一望できる上に誰にも気付かれないような場所が、そもそも見つからなかったからだ。それでも彼女は諦めず、別の方法を考えると息巻いていたが、結局他のアイデアが出ることはなかった。

　闇は第二のＱＲコードを、奏芽の靴箱に置いた。メッセージの置き場所が教室に限らないなら、隠し撮りは不可能に近い。草薙さんの何とかしようという気持ちも、きっと萎えてしまったに違いない。

前回、きみたちは見事に答えに辿り着きました。
本人も否定してないから正解みたいだね。
いやー、改めて、マジでキモいね矢住奏芽くん。
やべえよおまえ！　マジで引くわ。さすがにどん引きですわ。
やべえと言えば、おまえらもやっぱりやべえよ。
ぼくは、ウサギが望んだことをしろって言ったんだよ？
それなのに、「お墓参りに行こう！」ってなるかねフツー。
「あいつらにいじめられて自殺したので、墓参りに来てほしい！」
それってどんなマゾヒストだよ。マゾヒズムを超えた新しい概念だよ。
真面目にやれよ馬鹿共が。もっと真剣に考えろ。

矢継ぎ早に流れる字幕を読みながら、考える。

見慣れたせいだろうか、闇に対して以前ほどの不快感を覚えない。うじ虫のような縫い糸も無機質なガラス玉も、ティム・バートンが作ったキャラクターのように愛らしくさえ感じる。

ふと思う。こいつは元々、何のぬいぐるみだったのだろうか。今みたいにズタズタではなく、新品の頃は——。

二つのガラス玉の間にある、切り取られたような灰色がクチバシの跡ならば、やはり鳥だろう。傷のない灰色と黒はカラスかと思ったが、カラスのぬいぐるみなんてあまりない。それならペンギンの雛《ひな》か――？　そう思った瞬間、確信を覚える。これはペンギンだったものだ――。もしかしたら闇という名前も、ペンギンのギンから取ったものかもしれない。

僕の思考は、「あとさぁ」という声に遮られた。


あとさぁ、前回のコメントでは触れなかったけどさ。

きみだよ、きみ。和泉七生くん。

任命したのは僕だけど、ちょっとムカつくんだよね。

最初に言ったけど、きみは名前書くだけでいいんだよ。

それなのに、チャットで皆に「バラ折った奴に事情があったら」みたいな投げかけしたよね。見てたけど、どういうつもり？

事情なんか知るかよ。それに、きみには関係ないじゃん。

クラスがクイズに頭を悩ませてる間、きみが退屈しないよう、僕が優しさで役目をあげたんだよ？　そこわかってる？

きみは部外者なんだから、言われたこと以外は口を出すな。

あんまり調子に乗るようだったら、ぼくにも考えがある。

クラス全員に、おまえを潰せって命令することもできるんだ。

だから、余計なことをするな。ＯＫ？

僕の手が勝手に震えだした。闇が僕を認識した――。復讐者が僕のことを考え、僕の存在に苛ついている――。

ささて、そろそろ次の質問です。さくさくいこう。

彼女が髪を切ったのは、何故?

これさあ、本当にわからないんだよ。だから教えてほしい。
うーん、悩んだけど答えはやっぱり七生くんに書いてもらおう。
きみは前回、熱心に調査して、見事正解に辿り着いた。
その手腕は認めよう。ただもう一回言うけど、余計なことすんなよ。
期限は前回よりちょっと短いけど、キリがいいから七月二十二日にした。
終業式の日だね。この日までに書き込んでねー。
じゃないと、例によって爆弾がBOMB!
BOMB!　BOMB!　BOMB!
せいぜい頑張れー(笑)　それじゃ、バイバイだギン!

動画はそこで終わった。

クラス中がほぼ同時に動画を見始めたため、爆弾の破裂音がやまびこのように響いた後、一気に静寂が訪れた。

少しずつ日常を取り戻していたはずの教室は、ありがちなループものみたいに、また以前の暗いものに戻ってしまった。

僕は動画の内容を反芻《はんすう》する。彼女が髪を切ったのは、何故――？

意味はまったくわからなかったが、新しい情報もある。闇はクラスチャットの内容を、はっきりと見ていると言った。僕が周囲に話を聞いていたのを、見ていたとも語った。ブラフの可能性はあるが、少なくとも闇はクラスの中にいることを、隠そうともしていない。

ふと顔を上げると、奏芽が僕を静かに見つめた。

「七生、頑張れな」彼は静かに笑い、そう言った。

昼休みにベランダの戸を開けると、二人共青い顔で僕を迎えてくれた。簗山くんは口数が少ないし、谷村くんは溜息を吐いている。

六月に入ってから、僕は美術室で彼らと昼休みを過ごしている。

「髪って、あれのことだよな」谷村くんが言うと、簗山くんが頷いた。僕以外には「あれ」で通じるような事件があったようだ。

簗山くんが咳をした後、僕を見た。

「櫛屋ね、七月の頭だったかな。いきなり髪をベリーショートにしたんだ」

「ベリーショート？　それってどれくらい？」

「うん、かなり短めっていうか……」

僕の頭の中の櫛屋すみれは、とても長く綺麗な髪をしている。集合写真で見た彼女の姿がそうだったし、草薙さんや都塚美潮も、話す時に彼女の髪に触れていた。僕はスマホを取り出し、Ｇｏｏｇｌｅでベリーショートを画像検索する。単にショートより少し短い程度の髪型から、パンクロッカーみたいな坊主頭まで様々な画像が並んでいる。液晶を二人に向けると、谷村くんが一つを指さす。

そこにいたのは、パンクロッカーの坊主頭だった。

「いきなりだったよな」と谷村くんが言うと、「急にバッサリ」と簗山くんも頷いた。僕は坊主に近い櫛屋すみれの姿を思い描いてみるが、全然上手くいかない。

「それって、皆驚いたよね？」

「うん。やっぱこいつやべえなって思った」

「僕は驚いたと言うより、引いたかな。全然似合ってなかったし」

「肝心の、髪を切った理由は何なの？」

そう言うと、谷村くんはあっさり「わかんね」と言った。

「あ、でも大河くんは多分何か知ってる」

今はクラスにいない、檜川大河のことだ。簗山くんの言葉に谷村くんは「え、そうなの？」と尋ねたが、彼は強く頷いた。

「櫛屋が髪を切った日、大河くんは昼から来た。それなのに櫛屋を見て『予想より、いい感じ』って。だから何か聞いてたのかなって」

谷村くんが「記憶力エグっ！」と笑った。築山くんも「ま、天才だし」とふざけている。少し話すことで彼らは落ち着きを取り戻したようだが、僕はそれに何故か苛立ちを覚える。

「まだ檜川くんと連絡取ってる？」そう聞くと、谷村くんは頷いた。

「昨日ＬＩＮＥ来た。一年の時のノート見せてって言ってたから、画像送った。何？　七生、会うつもり？」

檜川大河を、そっとしておいてほしい――。草薙さんはそう言った。少し躊躇している僕を見て、谷村くんは豪快に笑った。

「遠慮すんな。あいつ超良い奴だから、喜んで話してくれるよ」

そう言うと、彼は僕の返事を待たずにスマホを操作した。

「大河に送ったよ。うちのクラスのお豆が会いに行くって」

また彼が笑った。僕は苛立ちを堪えながら、何とか笑う。

お豆とは僕のことだ。それでも平均より少し低いくらいだし、谷村くんと身長はそんなに変わらない。それなのに彼がそう言うのは、背の高い奏芽が僕のことを、よくチビとからかっていたからだ。

僕は、今もクラスの自分の席にいるであろう奏芽を思う。

市川は嫌がらせをやめたし、他の皆も第二の動画で頭が一杯だ。彼が孤独でいる必要はない。僕は彼と、話がしたかった。

昼休み終了の五分前を告げるチャイムが鳴った。僕は思い切って彼らに伝える。

「奏芽も、またここに誘わない？」即座に二人の顔に、影が落ちる。

「難しいか」すぐに笑って言うと、二人は硬い笑顔で頷いた。

僕はこの先も彼らと昼休みを過ごすことが、少しだけ憂鬱になった。

二

放課後、僕は階段を上る。三階の一年Cクラスにいる檜川大河に会うためだ。つい三ヵ月前まで毎日上っていた階段に、妙に懐かしさを感じる。

三階には、まだ多くの生徒が残っていた。Cクラスの扉を開けると、見慣れた風景が目の前に広がる。昨年僕はCクラスで一年間過ごした。以前と違うのは、そこにいる顔ぶれだけだ。

入り口の扉近くの男子生徒が、不思議そうに僕を見た。

「檜川くんは――」そう言うと、彼は教室を向き「大河」と叫んだ。

教室の奥で、男女が数人談笑している。その中の色白の男の子がひょっこり顔を出した。動画の集合写真で見た、檜川大河だ。

檜川くんは大袈裟に顔をしかめ、僕の元へゆっくりと歩いてくる。彼の周囲にいた生徒達も笑みを浮かべたまま僕に視線を向けた。

「初めまして。僕は二年Aクラスの――」

そう言いかけた時、一年生が「大河、誰?」と尋ねた。檜川くんはそれに真顔で「元カレ」と叫んだので、大きな笑いが起きた。

突然の冗談と、思ったより低音の声に少したじろぐ。正義感の強い真面目くんだと勝手に予想していたが、間違っていたようだ。

彼が僕を見つめていたので、僕もその顔を見返す。上がった前髪の下の目は切れ長で、黒目の小さい三白眼だが、眉尻が下がっていて冷たい印象は受けない。マスク越しでも鼻が高いことがわかる、やはり綺麗な顔立ちだった。

「谷村くんから聞いてないかな？　Ａクラスのことで――」

「あ、聞きたいことがあるとか」と、彼がしゃがれた声で言ったため、僕は音楽の授業で習ったルイ・アームストロングを思い出す。

聞きたいことはたくさんあるが、棒立ちでする話ではない。だが、初対面でいきなり場所を移そうと言うのも少し気が引ける。

「何？　友達じゃないの？」一年生達が集まってきた。誰もが笑みを浮かべていて、檜川くんを慕っていることがよくわかった。

檜川くんは一年生達を眺めた後、僕を見た。

「別のとこに行こう。ほら、俺、ここで珍獣扱いだから」

そう言って肩を竦める。そして左手を広げて見つめ、「珍しいもんな、左利き」とボソッと言ったところで、一年生達は大笑いした。

一人が「留年の方！」とツッコミを入れ、彼はわざとらしく頭を掻く。どうやら檜川くんは、自分の置かれた環境を上手くネタにしているらしい。嫌いじゃないタイプだった。


教室を出ると、彼は階段に向かった。僕は無言でその後に続く。

「櫛屋の話だよな」階段の途中で彼は言った。僕は「うん」と答えたが、周囲の喧噪《けんそう》のせいで聞こえたかはわからない。

階段の途中で彼は立ち止まり、僕の顔を覗き込むように見た。

「櫛屋と連絡取れてる？　あいつさ、既読がつかないんだよ」

とても不安そうな顔だ。僕は曖昧に頷きつつ、頭の中のメモ帳に情報を書き込む。彼は櫛屋すみれの死を知らない――。

「一旦、あそこに寄ろう」僕は近くに見える自販機を指さした。先にメロンソーダを買い、続けて彼の分の小銭を投入する。

「結構長くなると思うから、奢らせて」

彼は「じゃ、遠慮なく」とポカリのボタンを押した。彼が缶を取りプルタブを押し上げたところで、僕は一気にまくし立てる。

Ａクラスの中に、全員で櫛屋さんに謝ろうという動きがある。草薙さんが代表になっていじめの加害者達を説得しているが、櫛屋さんが髪を短くした理由は誰も知らなかった。もし誰かに無理矢理切られたなら、犯人を突き止めて謝らせて――云々。

昨夜、草薙さんと考えた嘘――いや、方便というやつだ。

「大河くんは優しいから、クラスのことをきっと心配する」と彼女は言っていたが、彼は僕の嘘に対して興味なさそうに頷いただけだ。僕はそれを見て、肩透かしを食らったような気分になる。

つるんとした顎を撫でながら、彼は言った。

「谷村達とはたまに連絡取ってるけど、他の奴らも元気か？」

僕は頷く。間違いなく元気ではないが、これも方便だ。

「あんた、新人だからって市川にパシられたりしてない？」

「今のところ大丈夫。ま、おっかないけど上手くやってるよ」

檜川くんは「はは」と笑った。

「あいつさ、最初に俺に絡んだ時、中坊の時に教育実習生をボコったとか、度胸試しで四階から飛び降りて大怪我したとか、超しょっぱいワル自慢してきてさ、何だこいつって感じだよな」

如何にも市川らしいエピソードだが、僕は笑えない。奏芽の隣に立った時の市川には、今思い出しても不快感と恐怖がこみ上げてくる。

檜川大河は、ポカリを一気飲みした後で呟いた。

「でも、気をつけろよ。あいつは自分が小物なことを、周りにバレてないと思ってる。だからそれを暴こうとする奴がいたら、全力で攻撃してくる。力の加減を知らないんだよ。ああいう奴が一番面倒臭い。自分を肉食獣だと信じてる草食獣が、一番厄介だよな」

その言葉を聞いて、僕は素直に感心する。市川の怖さは、半グレや不良と呼ばれる人種とは少し違う気はしていた。常に周囲を威嚇しているが、彼の目はいつも卑屈で余裕がない。「肉食獣だと信じている草食獣」という言葉は、市川克斗を表すのにぴったりだった。

「さて、そろそろ行こう」彼は歩き出した。僕はその後を追う。

学校図書館の自動ドアをくぐると、檜川くんは真っ直ぐにカウンターに向かった。カウンターには学校司書の中年女性がいて、彼を見ると紙が挟まったバインダーを差し出した。

彼はそれを受け取り、カウンターのボールペンを取って一番下に「1－C　檜川大河（2）」と書いた。紙にはたくさんの知らない名前と数字が並んでいる。カッコの数字は多分、同行者を合わせた人数だろう。

彼がそれを返すと、司書は館内の時計をちらりと見て、バインダーに何かを書き足した。それを見て、彼は躊躇わずにカウンターの中に入って行く。後に続くと、カウンターの内部に小さな作業部屋があったが、彼は足を止めずに更に先へと進んでいく。

「ここって――」奥には、地下へと続く薄暗い階段があった。

「秘密の部屋だよ、ポッター。グリフィンドールに百点だ」

彼は真面目にそう言った後、階段を下りていく。

図書館は二階建てで、一階は書架、二階は自習スペースだった。僕は図書館をよく利用するが、地下の存在はまったく知らなかった。

階段を下りると、どん詰まりの壁に大きなクリーム色の扉があった。彼はやはり躊躇なく、それを開く。

中の一室はかなり広く、二十畳はあるだろう。いくつもの本棚があり、大量の本が並んでいる。ここは――書庫だろうか。

檜川くんは部屋の奥に向かって行く。本棚で死角になっていた最奥にぽっかりとした空間があって、そこに台車と大小様々な椅子、それから大きな作業机が置いてあった。物置と作業部屋を兼ねた空間のようだ。机や台車には、ライトノベルや人気映画の原作本等、比較的新しい本が並んでいる。

檜川くんはリラックスした様子で椅子に座ると、マスクを外して息を吐いた。僕もそれに合わせて、彼の隣の椅子に座る。

「ここは、傷んだ本を直す修理工場だ。だから全部持ち出し禁止」

彼はそう言って、荷台から表紙にアルマジロが描かれた本を手に取ってページをめくり、僕に突き出した。そこにはチョコレートのような薄茶色のシミがあり、ページの一部がくっついていた。

「ボランティアが直してたらしいが、コロナで休止中。可哀想だよな、こいつら。ちょっと傷んだくらいで暗いとこに追いやられて」

彼は大きな溜息を吐いた。僕はリアクションに困り、「きみは本が好きなんだね」と、当たり前のことを言う。

ところが彼は、「本なんか、一冊も読んだことないよ」と言った。

冗談なのか判断に困っていると、彼は作業机を指さした。

「そこのハサミを使って、櫛屋は自分で髪を切ったんだ」

この場所は、檜川大河の隠れ家だという。

昨年の四月下旬、彼は英語の辞書を忘れて図書館で借りようとしたが、貸出禁止のものしかなかった。ダメ元で司書に頼んだら、「書庫の古い辞書なら貸出可能」と言われたそうだ。

地下に降りて辞書を探している時、彼はこの空間を見つけた。コロナのために一階から間引かれた椅子がたくさんあり、並べたら横になることさえできたと言う。彼はこの場所を、大いに気に入った。

意外なことに、書庫には何時間いても問題なかった。入る前と出た後に申請すれば、閉館までいても何も言われなかったそうだ。

彼はちょうど悩みがあって、一人の空間が欲しかったらしい。だから人と会いたくない時は、いつもここに来たと語った。

彼の悩みについて、僕は何も聞かなかった。話がそれに触れそうになると、彼は明らかに早口になったし、目を逸らしたからだ。

多くの時間を、彼はこの場所で過ごした。たまに書庫を訪れる人はいたようだが、一番奥のここまでは誰も来ず、声も聞こえなかったそうだ。

櫛屋すみれがこの場所に現れたのは、去年の六月初めのことだった。

その時、「めちゃくちゃしんどい時」だった彼は、放課後にここで、頭を抱えて長時間塞ぎ込んでいたそうだ。

書庫の扉が開く音と、小さな足音が聞こえ、それがすぐ近くで止まった。彼が顔を上げると、クラスメイトの櫛屋すみれが傍にいた。

彼女は彼を見て、「大丈夫ですか」と言った。今にも消えそうなほど小さな声で、最初は聞き間違えかと思ったそうだ。

その頃、檜川くんは彼女を「変な女子」だと思っていた。壮行会の後、彼女が教室で大声を出して周囲に詰め寄ってから、一週間ほど経った頃だった。

彼は「何でもないです」と言った。彼女は「すみません」と言った。やっぱりその声はとても小さく、静かな場所でなければ聞き漏らしてしまうほどだった。彼女は台車の一番上にあった一冊の本を手に取り、そして彼から離れ、立ったまま本のページをめくった。

櫛屋すみれはしばらく本に集中していたが、十五分も経たないうちに満足そうに顔を上げた。それを盗み見していた彼は、「思ったより普通の子だ」と思い直したそうだ。

「櫛屋さんは何の本を読んでたの？」僕が思わず口を挟むと、彼は作業机から一冊の文庫本を抜き出して、僕に渡した。

表紙に、そばかすのある金髪の女の子がいる。彼女は憧れと期待に充ちた表情を浮かべ、遠くを見上げている。

タイトルは、『たったひとつの冴えたやりかた』。

何となく、聞いたことのあるタイトルだった。裏表紙のあらすじを読むと、どうやら連作短編のＳＦ小説らしい。それを見て、僕は奏芽と話した時のことを思い出した。櫛屋すみれには好きなＳＦ小説があると言っていたが、この本のことかもしれない。

ペラペラと本をめくると、真ん中あたりのページがむしり取られていた。ここにある本は、全部訳ありだということを思い出す。

「後で聞いたんだが、櫛屋は最初に載ってる話の前半が好きだから、別に困らないって。以前から図書館の一階で読んでたけど、最近破られて地下送りになって、持ち出し禁止だからここで読んでるってさ。この本が綺麗で楽しくて、大好きなんだってよ」

綺麗で楽しくて、大好き——。とても素敵な感想だった。

「話を戻す。櫛屋は本を読み終えて、元の台車に戻した。それから俺を見て、何かを言いかけて、黙って頭を下げた。何となく、俺は救われた気がしたよ。それから櫛屋も、たまに来るようになった」

初めは、顔を合わせれば会釈する程度の関係だったが、すぐにポツポツと——彼の言葉を借りるなら、「堅物のお父さんと思春期の娘くらいのポツポツ」と——話すようになったと言う。

二人のささやかな会話は、クラスや檜川くんの抱える悩みには一切触れない、素朴で何気ないやり取りばかりだったそうだ。

話を続ける彼はとても穏やかな目をしていた。心地よい関係だったのだろう。二人の出逢いは奇跡のように思えたが、もう今は二人共Aクラスにいない。その事実が、僕の胸に哀しく響く。

彼の顔に、突然雨雲のような影が差す。

「でも、三週間くらい経った時——」

聞きたくないという思いを噛み殺し、僕は言葉を待つ。

「櫛屋、機嫌が良さそうでさ。クラスできつい目にあってるのにウキウキしてて——。理由を聞いたら、剣道部の学内合宿が近いんだって。恵堂会館でやるとか」

恵堂会館は学校の外れにある三階建ての建物だ。色々な部活がそこを合宿所としているので、剣道部もそうだったのだろう。

「俺の誕生日だったから覚えてる。合宿は六月二十五日。金曜だったかな。それで、それから一週間後だったと思う」彼は声を潜め、俯いた。

「その頃、俺も学校になかなか来れなくてさ。自分のことで精一杯で、あんまり人に構ってる余裕なくて――。だから、櫛屋がどうしてあんなことをしたのか、今でもわかんないんだ」

低い声に、悔しさが滲んでいる。しばらく沈黙した後、意を決したように彼は、「ひどい雨の日だった」と言った。

「書庫につくと、もう櫛屋がいた。本を戻すところで、声をかけるとビクッとしてた。変だなと思ったけど、あまり気にしなかったな。櫛屋が帰るなら閉館まで寝ようと思って椅子を並べてたら――」

彼は作業机を指さす。机の上には、大きなハサミが置いてある。

「ジャキジャキって音がして、見たら櫛屋が――。俺は急いで止めようとして、でもあいつは顔を真っ赤にして――。俺の手を振り払った」

音のない書庫に、響き続けるハサミの音が聞こえた気がした。

「あいつ、髪を大事にしてるって言ってたのに。それしか取り柄がないって笑ってたのに――。めちゃくちゃになっちまった」

彼は顔をくしゃくしゃにして言った。僕はただ、動けない。

「全部切り終わった後、櫛屋は口を押さえて座り込んだ。髪は、ところどころ頭皮が見えるくらいに――。誰かを呼びに行こうとしたけど、大事《おおごと》にしたくないから黙っててって言うんだ。それで、机の引き出しにゴミ袋が入っていたから、俺は髪を全部放り込んだ」

ひどくシュールな映画を観ているような気分だった。不気味で不穏で、意味不明で不条理だ。

「髪をゴミ袋に入れた時、あいつはポケットからビリビリに破いた紙切れを取り出して、一緒に袋に入れた。紙には字が書かれていた」

「紙？　それって、本のページとか？」

「いや、小さい手書きの文字だった。一枚だけ紙切れが見えて、そこには他より大きな字で――」

彼はそこで言葉を切り、少し黙った。

「――こ」

「え？」

「子どもの子って字が見えた。辛そうだから何も聞けなかったけど」

やはり、何一つ理解できなかった。

それから二人は図書館を出て、生徒に見られながらもバス停に辿り着いた。彼女はハンディタオルで頭を覆ったが、幸い雨が降っていたので、それを変に思う人はいなかったと言う。

「バスの中で櫛屋、ずっと泣いてた。その後別れて、それからあいつはここに来なくなった。ゴミ袋は近くのコンビニで捨てたよ」

檜川くんが沈黙したので、僕は必死に考える。

気になるのは、髪と一緒に捨てられた紙片だ。何が書かれていたかは不明だが、彼女はそれを見てショックを受けたのだろう。それをビリビリに破いた後、彼女は髪を切った――。

紙片があった場所の予想はできる。この場所にある数々の本の中で、彼女だけが触る唯一の本だ。

僕は、『たったひとつの冴えたやりかた』を手に取った。

この本に、手書きの何かが挟まっていたのではないか――。ふとページをめくると、むしり取られた箇所が露《あら》わになった。

櫛屋すみれは最初、階上でこの「綺麗で楽しい」本を、何度も何度も読んでいた。図書館でページを繰る知らない少女が頭を過《よ》ぎる。

去年、高校に入学したばかりの少女は、ストーカーの影に怯えていた。不安から逃げ出すために、彼女は図書館で好きな本を読んでいたのかもしれない。

恐らく、だからこの本は破かれた――。

考え過ぎかとも思う。でも、確信に近いという自負もある。

他の嫌がらせとは違う、粘ついた悪意。奏芽を誘導した深く暗いそれ――。不鮮明な黒幕の存在が、霧となって僕の頭を覆う。

黒幕は、本を破いた後も図書館を訪れる彼女を見て、書庫の存在に気付いたのかもしれない。そして、彼女にメッセージを残し――。

僕の思考は、そこで止まってしまった。櫛屋すみれは自分の意思で髪を切ったのだ。そんな方法なんて、あるわけがない――。

僕は檜川くんを見つめる。

「他に何か気付いたことはない？　髪を切った前後でも――」

彼は強く目を閉じ、眉間に皺を寄せた。

「多分関係ないとは思うんだが、剣道の合宿の日に体育があった。五限だったかな、グラウンドで短距離走のタイム計ってる時に、恵堂会館に先生が集まってた。気になって見に行って、何があったのか聞いたんだよ。そしたら、三階のガラスが割れてたってさ」

「それって、誰かが侵入したってこと？」

「わからない。でも先生達にも緊迫した様子はなかったし、合宿も中止にならなかったみたいだから、事件とかじゃないんだろうな」

僕は首を傾げる。関係があるとは思えないが、無関係と断じる根拠もない。ひとまず記憶に刻み込む。

「俺の知ってるのはそれくらいだ。力になれなくて、ごめんな」

彼は唇を強く嚙みしめている。僕はそれを、黙って見つめていた。


僕達は書庫から出ると、再びカウンターに向かった。

檜川くんはバインダーを受け取り、自分の名前の横にチェックマークをつけた。これで退室したということらしい。時計を見て、書庫を出た時間を書いている学校司書に、彼は笑顔で声をかけた。

「すみません、聞きたいことがあるんですが」

彼は僕との打ち合わせ通りに、本についての質問を投げかける。司書の目が彼に留まった時、僕はバインダーの用紙をめくる。

思った通り、バインダーには過去の入退館記録が挟まったままだ。用紙一枚に二ヵ月分の記録が記されていて、その枚数は五、六枚はある。僕は一年前の記録を辿っていく。
7／2　1—A　櫛屋すみれ（1）15：57—17：28
これ以降に彼女の名前はない。この日が髪を切った日で間違いないだろう。だが、僕が探しているのは、その名前ではない。
その少し前。書庫に紙切れを残した人間の名前があるはずだ。
彼女の一つ前に、僕はその名前を見つけた。
7／2　1—A　井地目津呼（1）12：32—12：37
角張った字で書かれた名前を凝視し、それがいじめっこの当て字だということに気付く。全身が熱いのに、頭の芯が冷えていく——。

「何それ！」僕が話し終えると同時に、草薙さんは、大声を出した。

ふざけた当て字を見た後、僕と檜川くんはほとんど無言で別れた。そして帰宅した後、僕は苛立ちが抑えきれず草薙さんに連絡した。

「タチが悪すぎるよ。本当にあり得ない。絶対許せないよ」

怒る彼女の声を聞き、僕はようやく家に帰れた気になった。

「すみれ、可哀想——。書庫って地下だったよね。あんな静かで暗い場所に——」

草薙さんは声を詰まらせている。僕は彼女が落ち着くまで待った。

「——これからどうするの？　メモを残した人間を捜すの？」

「それなんだけど、閻の質問は前と違って『何故』だから、髪を切った理由をひとまず考えようと思う。情報が足りないし――」

僕は彼女と自分に、必死にそう言い聞かせる。

奏芽の時とは違い、僕は「誰か」の痕跡をはっきりと見た。本を破いたとか、奏芽を誘導した人物と本当に同じ奴なのかはわからない。でも間違いなく、正体不明の「いじめっこ」は存在している。

ただ、それでも僕は強い恐怖を覚えて動けない。底知れない悪意で一人の女の子を自殺に追い込んだ人間を、直視する勇気が湧いて来なかった。立ち止まって、耳を塞いでしまいたかった。

今、闇が望んでいるのは、櫛屋すみれが髪を切った理由――。それを捜すんだ――。逃避に違いはないが、立ち止まりたくはない。

「そうだね。余計なことするなとも言われてるし。メモの内容、何だったんだろう」

彼女の言葉に、僕は大きく安堵した。

「うん、それは僕も気になってる。他には、合宿の日に恵堂会館のガラスが割れたことかな。関係あるかどうかもわからないけど」

「聞いてて思ったんだけど、それ覚えてるかも。体育の時間に先生がすみれを呼んだの。それから、他にも剣道部の女子いるかって」

剣道部員は、既に恵堂会館に荷物を置いていたのだろう。だから先生は部員を呼び、なくなったものがないか調べさせたのだ。

「すみれは十五分くらいで戻ってきたけど、全然普通の感じだった」

　ガラスは鳥か何かがぶつかっただけかもしれない。そもそも櫛屋すみれが髪を切ったのは合宿の一週間後で、時間的にも離れている。

　ただ、彼女は合宿をとても楽しみにしていた。それをぶち壊すために、「誰か」がやったのではないか――。そんな思いが拭えない。

「今、クラスのチャットで詳しい人がいないか聞いてみる」

　草薙さんが文字を打つ間、僕は今日一日を振り返る。

　ガラガラ声と綺麗な顔を持つ檜川大河は、櫛屋すみれについて語る時、とても優しい目をしていた。それは、彼女に恋をしていた奏芽の目と似ているようにも思えたし、まるで違うようにも見えた。

「お待たせ。今送ったよ。しばらく様子見かな」

　明るい声で草薙さんが言ったので、僕は率直に疑問をぶつける。

「檜川くん、櫛屋さんのこと好きだったのかな」

　草薙さんは「ないない。絶対ないよ」と笑い出した。

「大河くんはお家のことがあるから、彼女を作る暇がないと思う」

「それ、前も言ってたね。家庭の事情って――」

　少しだけ黙った後、彼女は「おじいちゃんのこと」と呟いた。

「大河くんはお母さんしかいなくて、おじいちゃんの家で暮らしてるの。でも、おじいちゃんが重い病気になって、介護が必要で――」

　そういうことだったのか。彼の大人びた目を思い出す。

「すみれもすごく潔癖だったから、あの二人はないよ」

「潔癖？　櫛屋さん、綺麗好きだったの？」

「違う違う。男性恐怖症みたいな感じ」

一度納得したが、すぐ違和感を抱く。彼女は奏芽と頻繁にメッセージのやり取りをしていたはずだ。奏芽の欲目もあるかもしれないが、それでも男性恐怖症とは言えない気がする。

僕が考えていると、草薙さんがぽつりと呟いた。

「男子にあんな嫌がらせをされたら、怖くもなるよね」

僕は改めて納得する。市川達の嫌がらせが、彼女を変えた。

「でも、元々そういう部分はあったと思うよ。リップ触られて怒ったのもそうだし。あと、すみれが嫌われ始めた頃、大槻さんが――」

後ろの席の嫌われ者、大槻奈央子のことだろう。

「彼氏ができて浮かれててね。体育とか女子だけの時に、彼氏と何したってきつい下ネタを言ってて、すみれがすごく困った顔してて。あの子達、それで面白がって『すみれって男子によく見られてるよ』とか、『皆ヤリたがってる』とか、そういうこと言ってた」

あまりに幼稚すぎるやり取りだが、僕はとても驚いていた。

「大槻さん、彼氏いるんだね」

「あ、知らなかったっけ。入学してすぐ付き合ってた。すぐ別れたけどね。皆知ってたよ」

「誰？　僕の知ってる人？　全然想像もつかない」

「大槻さん、結構スタイル良いからモテるよ。でも教えない。ま、今はお互いいなかったことにしてるみたいだけど」

意味ありげに笑った後、彼女は「あ」と残念そうに呟いた。

「もう寝なきゃ。あーあ、毎日英単語十個覚えるって決めてたのに」

「そろそろ寝よう。僕はこれから、英単語十一個覚えるよ」

彼女はとても楽しそうに笑う。僕はそれが、とても嬉しかった。


熱を帯びたスマホから頬を離し、僕はキッチンでコーラを少し飲んだ。

長い一日が終わる。疲れているはずなのに、妙に目が冴えている。長く話したからか、草薙さんの声がまだ耳に残っている気がした。充電しようと再びスマホを手に取った時、メッセージが来ていることに気付く。通話中に来たのだろう。

送信者は知らない相手だった。「ＪＯＥ」という名前で、アイコンは吠えるクリスティアーノ・ロナウドの画像だった。

「月曜の放課後、恵堂会館に来てくれ。櫛屋のことで話がある」

僕はしばらく考えた後、アイコンの主が誰なのか気付く。

真壁穣。市川の腰巾着だ。

三

校庭を抜け、それから球技用のグラウンドを越える。グラウンドの先にはバックネットがあって、そのすぐ隣に二本のイチョウの木があった。学校の創設時に植えられたもので、健全な成長の規範となるべく云々という長い話を、僕は聞いたことがあった。

青々と茂る樹々の間に立つと、恵堂会館がようやく目に入った。

三階建ての三角屋根の建物で、ベージュのペンキがところどころ剝げている。敷地は大きな一軒家くらいで、田舎の公民館や海沿いの民宿と言っても違和感のないほどだ。

建物の隣には、外付けの非常階段があった。鉄骨が剝き出しで、上がり口の格子戸には南京錠がかかっている。踏み板の間隔が離れていて、三階まで昇るには結構骨が折れそうだ。階段の下には、古タイヤや破れたソファが放置されている。その隣には入り口のガラス扉があるが、中は光が反射してよく見えない。

僕は少し悩んだ後、放置されたソファに座る。

金曜の夜、僕は真壁からのメッセージに、「わかった」とだけ返信した。週明けの今日、教室で会っても彼はいつも通りで、僕に話しかけることはなかった。

十分程待ったところで、ようやく彼は現れた。

「遅くなった」真壁はそう言い、慣れた様子でタイヤに腰をかけた。

彼が気付いているかは不明だが、これが僕達の初の会話だった。

「ごめんな。待ったか?」彼はそう言って僕の顔を覗き込んだが、その目に表情はまったくなく、僕は混乱する。

やはり、僕は彼のことがわからない。市川にはいつもへらへらしているが、他のクラスメイトと話す時は無感情で、ひどく冷たい。周囲をゲームのモブキャラか何かだと思っているのではないかと疑うほどだ。

「話って何？　僕だってそれなりに忙しいんだ」

少し強気に言うと、彼は「フッ」と息を漏らした。多分、鼻で笑ったのだろう。それからマッシュの頭を乱暴に掻き、僕を見た。

「そう嫌うなよ。櫛屋の話の前に言わなきゃいけないことがある」

そして深々と頭を下げ、言った。

「矢住にウザ絡みしてたの、マジでごめん。俺、市川を何度も止めようとしたんだけど、やっぱり意気地がなくて――」

彼は頭を上げなかった。僕は大きく戸惑い、彼の姿を見続けた。

「お前は矢住と仲良いもんな。見てて嫌だったろ。ごめん――」

真壁の声は、震えている。

「僕より前に、奏芽に謝るべきなんじゃないの？」

僕は精一杯の皮肉を言うが、声が裏返ってしまった。それでも真壁は微動だにせず、地面を眺めている。

「そうだな、お前の言う通りだ。いつも俺は駄目なんだ」

「まあ、とりあえずわかった。話を聞かせてよ」

そう言うと、ようやく彼は顔を上げた。目に怯えたような光が灯《とも》っている。僕は、彼も人間なんだなと当たり前のことを思う。

「お前にはバレてると思うけど、俺、市川が怖くてさ。中学でいじめられっ子だったからかな。身体が勝手に媚びを売っちゃうんだ」

奏芽の蛍光ペンを拾わなかった僕に、彼を否定する資格はない。

「でも、そんな自分を変えたい。だから話すよ。市川と櫛屋のこと」

真壁は、正面から僕を見た。

「グルチャで草薙がここのガラスのことを言ってたろ。あれは市川のせいだ。櫛屋は市川の異常さに気付いて、髪を切ったんだ」

強い風が吹き、イチョウの木の葉がさざめく音がした。


「ここ、市川と俺のたまり場なんだ」

真壁はそう言って空を見上げた。檜川大河は書庫、谷村くん達にも美術部のベランダがある。もしかしたら学校には数々の居場所があって、皆それを早い者勝ちで奪い合っているのかもしれない。

「入学したての頃、授業サボってたまにここに来た。その頃の市川はただの痛い奴って印象で、ヤバいとは思わなかったな。ここであいつ、櫛屋の話ばっかりだった。櫛屋が周りに嫌われる前から、市川はマークしてたんだ。地味目だけど顔がいいとか、結構胸がでかいとか」

彼はまたうなだれ、頭を抱えた。

「櫛屋が本橋達にハブられたら、市川も嫌がらせするようになった。その頃から、市川の話がどんどんヤバくなった。櫛屋をここに呼び出して、髪を摑んで顔が腫れるまで殴ってヤリまくりたいとか、奴隷にするとか。冗談だと思ったけど、超目をギラつかせて——」

強い寒気と、小さな違和感が湧く。先日の檜川大河の言葉を借りるなら、市川は肉食獣のふりをした草食獣だ。わざと大それた言葉を使い、自分を大きく見せているだけで、本気なわけじゃ――。

いや、わからない。性が絡むと僕達は、いつも少しおかしくなる。

「あいつ櫛屋の髪がお気に入りでさ。フェチなんだろうな。教室でも急に櫛屋の髪を掴んで匂い嗅いだりして。それであいつ、抜けた髪をニヤニヤしながら見てた。櫛屋、悲鳴上げてて可哀想だった」

市川の櫛屋すみれへの嫌がらせは、コールタールみたいに黒くベタついている。そして市川ほど乱暴でなくとも、僕達はその粘ついた性欲を、いつも大なり小なり抱えている。

「朝、ＳＨＲで益城が出席取る時に、櫛屋に『今日、合宿だな』って言った。それで市川は、一限サボろうって俺をここに誘った」

真壁は目を伏せて片手を上げた。その指は非常階段を指している。

「見てこいって俺に言ったから、仕方なく階段を上った。その頃南京錠はなかったな。窓から覗くと二階と三階に大部屋があって、それぞれカバンが並んでた。降りてから、三階のカバンが女子っぽかったって報告したら、市川はニヤついた」

僕は怒りを覚える。辛い日々を過ごす彼女にとって、部活の行事は心安まるものだったはずだ。市川は、それを汚そうとしたのだ。

「その頃、本橋達が櫛屋のナプキンを黒板に貼ったことがあって。それ見て思いついたのかな、市川は櫛屋の下着パクッて貼り出そうって。だから窓割って盗ってこいって、俺に命令したんだ」

「じゃあ、きみが窓を割ったの？」僕がそう尋ねると、真壁は必死に首を振った。妙に艶のある髪が左右に揺れる。

「無理って拒否ったよ。さすがにヤバいし、益城とかにバレたら退学になる。そうしたら、市川は冗談だってまた笑った。でも、その日の五限目だったかな、体育の時に窓が割れてて――」

教師達が集まり、三階を見つめる姿を僕は幻視する。

「何度俺が聞いても、市川は知らないって言い張った。だから――」

「待って。市川が割ったって確証はないんだよね？」

思わず口を挟むと、真壁は一瞬だけギラリと僕を睨んだ。

「あいつ以外に誰が割るんだよ。だから俺は――」

おかしな話だった。学校だって馬鹿じゃない。ガラスの割れ方がおかしかったり、侵入された痕跡があったらすぐに警察を呼ぶだろう。

それにもし市川が割っていたとしても、櫛屋すみれの持ち物は盗まれていなかったはずだ。彼の行動は無意味だったことになる。

考える僕を無視して、真壁は話を続けた。

「俺、市川が割ったって益城にチクった。櫛屋に嫌がらせするためとはさすがに言えなかったけど。俺達がここをたまり場にしているの、益城は知ってたみたいで話は聞いてくれた。でも、教師なんて信用した俺が馬鹿だったよ。全然信じてくれなかった」

彼はタイヤを拳で叩いた。間の抜けた、ボンという音が響く。

「それで、櫛屋さんが髪を切った話に、どう繋がるの？」

僕がそう切り出すと、真壁は舌打ちして眉間に皺を寄せた。どうやら、かなり苛ついているようだ。

「最後まで聞けよ。俺、その頃からヤバいと思った。市川が櫛屋を襲う前に、止めなきゃって思ったんだ。それで放課後、教室で櫛屋に話した。市川に気をつけろって。あいつはお前を本気で狙っていて、ヤるつもりだって。ガラス割ったのもお前に嫌がらせするためだから、先生に言った方がいいって全部ぶちまけた。それで櫛屋は、市川が自分の髪に執着してるって知ってたから、あいつは髪を切って来たんだよ。市川の興味を逸らそうとしたんだ」

筋は通っているかもしれないが、どこかすっきりしない。

グループチャットで、草薙さんは皆に恵堂会館のガラスについて知らないかとだけ尋ね、僕が檜川くんから得た情報はシェアしなかった。だから真壁は、櫛屋すみれが書庫で髪を切った事実を知らない。何かが書かれたメモを見て、ひどく動揺して突発的に髪を切ったということを、草薙さん以外のクラスメイトは知らないのだ。

そう考える僕を尻目に、真壁は力強く言った。

「髪を切った理由は、市川が粘着してたからだ。そうコメントに書いてくれよ。それで動画を消してもらおう」

違和感が収まらない。本当にそれだけなのか？　メモは見間違いか何かで、彼女は自分にどす黒い欲望を向ける市川が怖くて、髪を切ったのか？　戸惑う僕を睨み、市川は血走った目で言った。

「お前は市川の怖さをわかってない。それに――」

彼の真剣な目が、一瞬歪んだ気がした。

「気をつけろよ。あいつは最近、お前のことが気に入らないみたいだ。闇に気に入られて調子に乗ってるから、そのうちボコるってさ」

心臓が急に高鳴り、身体が一気に凍えそうなほど寒くなる。動揺する僕に、真壁は猫なで声で言った。

「だから、闇に報告しよう。市川は超ビビりだから、報復を恐れてる。もし闇が市川に罰を与えろってクラスに命令したら、絶対あいつは学校に来れなくなるよ。俺も協力するし。だから――」

たしかにそうかもしれない。市川は卑屈でビビりな臆病者だ。だからこそ怖いのだが――。

「考えさせてくれ」僕がそう言うと、真壁は立ち上がった。そして僕に近寄り、肩をぽんと叩いた。

「止められるのはお前だけだ。頼むぜ、七生」

その手は妙に温かく、僕は何故かひどく不安になった。

*

「最近どうしたの？　大丈夫？」

草薙さんに声をかけられ、僕は我に返った。いつの間にか授業は終わっていたようで、一気に耳が教室の喧噪を感知する。

「何でもない。気にしないで」僕は力なく笑う。

真壁の話から二日が経った。あれ以来、僕は市川を意識している。彼が僕に不快感を抱いているのは間違いないようで、時々僕を睨《ね》め上げるように見ていることがわかった。

胃が重たく、キリキリと痛む。強いストレスが人体に悪影響を及ぼすということを、僕は身をもって知った。もちろん、クラスの大半にいじめられていた櫛屋すみれは、この比ではなかっただろうが。

「それならいいんだけど――」草薙さんはそう言うと前屈《まえかが》みになり、僕の耳元に顔を近づける。

「この後もいける？　無理しないでね」

マスク越しに鼻に絡みつく甘い匂いと、彼女の八の字に下がった眉に、僕は痛みと暖かさの中間のような感情を覚える。

「――ちゃんとやるよ。大丈夫だから」

そう言う僕を心配そうに見た後、彼女は教室を出て行った。それに続くように、教室のあちこちで生徒達が移動を始める。

今日はこの後、夏休み中に募集されるボランティアの説明会がある。今年はコロナもあって、オンラインでの活動が主になるようだ。Aクラスでは、多くの生徒が参加を希望している。

もちろん、彼らが心を入れ替えたとか、博愛精神に目覚めたわけではない。単に来年、推薦入試を受けるためのアピールだ。

説明会は一時間で、授業を潰して行なわれる。参加しない連中は自習なので、皆それぞれ自由に過ごし始めている。

クラスに残ったのは、市川や都塚美潮ら素行が良くない生徒と、僕を始めとした推薦に興味がない連中だ。まだ進路を決めかねている生徒達も、友達の付き合いで説明会に行ったようだ。

そんな教室の中、二人だけが浮いていた。

一人は奏芽。彼は成績も良いし、以前推薦を狙いたいと言っていた。でも今は、いつものようにただ前を見続けている。

もう一人は大槻奈央子。加害者三人組の一番背が高い女子だ。いじめが発覚しない限りは素行に問題がなく、英語関連の成績が抜群に良い彼女は、何故か一人で教室に残っていた。

大槻が立ち上がり、教科書を片手に教室を出た。僕は後を追う。

昨日、僕に彼女の話を聞くことを勧めたのは草薙さんだ。

「うちのクラスで大槻さんだけなんだよね。名前に子がつくの」

メモに残された謎の文字、「子」。それが人名かどうかは不明だが、当たってみる価値はある。だが常に他の二人と行動している彼女に一対一で話を聞くことは、ほとんど不可能に近かった。

「チャンスかも。明日の説明会、大槻さんだけ出ないっぽいよ」

草薙さんは興奮していた。彼女はその日、偶然三人の会話が聞こえたそうだ。

「大槻さん、説明会行かないの？　成績良いのに」

「言われてみれば、たしかに変だね。でも、他の二人もそんなに強く誘ってなかったと思う。何か理由があるのかな？」

とにかくチャンスだった。一人なら切り崩せるかもしれない。


購買近くのラウンジ席で、大槻奈央子は教科書を広げた。天窓から太陽光が降り注いでいるが、彼女の顔は物憂げだ。

僕は自分の両頬を軽く叩いた後、思い切って彼女の対面に座る。

「よければ、少し話さない？」

僕の下手な愛想笑いを、彼女は不愉快そうに眺めた。

「大槻さん、推薦興味ないの？　僕も面倒で――」

「消えてよ」温かく迎えてくれるとは思わなかったが、容赦のない一言に思わずたじろぐ。それでも諦めるつもりはない。

「少し話を聞かせてほしいんだ。榊屋すみれさんのこと」

大きく溜息を吐いた彼女の眉間に、深い皺が刻まれる。

「私は関係ない。どっか行ってよ」

僕は彼女の日を見つめ、はっきり大きな声で「書庫のメモ」と言った。それでも彼女の表情は揺らがず、意味がわからないといった風に敵意を浮かべている。

「何の話？　書庫って何？」

「『たったひとつの冴えたやりかた』」そう言っても、彼女の表情に変化はない。何も知らないか、演技が上手いかのどちらかのようだ。

「意味わかんない。いい加減にしてよ。私には関係ないから――」

まくし立てる彼女に、僕は少し意地悪な気持ちになった。

「関係はあるよ。きみは櫛屋さんをいじめていたんだから」

ぶっきら棒にそう言うと、彼女は目を逸らした。どうやら後ろめたいという気持ちはあるようだ。

「櫛屋さんが髪を切った理由。それについて、何か心当たりは？」

「私、本当に知らない。すみれが髪短くして、普通に驚いたし」

自分を心から哀れんでいるような声だ。勝手だなと思う一方、やはり嘘を吐いているようにも思えない。

「じゃあ別の質問をするよ。きみ達は何故彼女をいじめたの？」

「……わかんない」小さな子どものように、彼女は言った。

「本当にわかんないの。すみれがオドオドしてて苛ついたのもあるけど、でも私、それより花鈴に嫌われたくなくて――」

花鈴とは三人のリーダー格、本橋花鈴のことだ。

「本橋さんが櫛屋さんを嫌い始めたの？　理由は？」

僕の言葉を聞いて、彼女は虚を突かれたように黙った。それから首を傾げた後、もう一度

げだ。
「わかんない」と言った。
「わかんないし、あんたには関係ない」
　これではらちが明かない。僕は苛立ちを抑えつつ、質問を変える。
「櫛屋さんは髪を大事にしていたみたいだけど、何か覚えてる？」
　動揺していた彼女の目に、嫌な輝きが灯った。やっと自分の得意な話になったとでも言いた
げだ。
「社交辞令で褒めたら、嬉しそうに自慢してたよ。有名な店で切ってもらってるとか、そこで
買ったシャンプー以外は絶対使わないとか。超小さい声でマウント取ってきた」
　僕が黙っていると、彼女はきつく腕を組んだ。僕は胸から目を逸らす。
「だから、すみれにも悪いところはたくさんあったんだよ。ね、闇に言ってくれないかな。私
達も悪いけど、すみれも――」
　チャイムが鳴る音がした。僕はそれを聞きながら、目の前の醜悪な人間をただ見つめる。彼
女の中で、マウントばかりの調子に乗った人間はいじめられても仕方ないらしい。
「七生、何してんだ」突然肩を抱かれ、声を上げそうなほど驚く。
　すぐ傍で真壁が怪訝《けげん》そうな表情を浮かべている。説明会が終わったのか、ほとんど無人だっ
たラウンジに人が集まってきた。
　恵堂会館で話して以来、彼は僕によく話しかけていた。もちろん市川がいない時だけだが、
そんな時は愛想の良い普通の奴に思えた。
　彼は僕と大槻を見比べ、呆れたように言った。

「お前、こんな奴の話まで聞いてんの？　時間の無駄だよ」

大槻は黙り、俯いている。教科書に置かれた手は拳を握り、力を入れているのか指先が白くなっている。

「教室戻るわ。お前も来いよ」

真壁は心底つまらなそうに言うと、去って行った。そろそろ潮時かと思い、僕も腰を浮かせる。

「ねえ」俯いたまま、ぞっとする程に低い声で大槻奈央子は言った。

「最初に聞いたよね。なんで推薦受けないか」彼女が顔を上げた。

生気のない能面のような表情に、僕は言葉を失う。

「受けないんじゃなくて、受けられないの。三日の自宅謹慎食らったから。推薦狙ってたのに。勉強必死にやったのに……」

突然、彼女の目が大きく見開かれる。

「私、ストレス溜まってガラス割ったんだって！　あはは！」

僕が思わず仰《の》け反《ぞ》り、椅子が大きな音を立てた。周囲の視線が集まる中、彼女はとても楽しそうに笑っていた。

「私は悪くないのにね。全部あいつのせいだから」

まるで歌うように呟き続ける彼女を置いて、僕は逃げ出した。意味が一つもわからなかった。

大槻奈央子が、ガラスを割った――？

背中に彼女の笑い声だけが響いていた。

四

天気の良い昼休み、築山くんと谷村くんは先週末に終わったテストの話を始めた。僕はそれに相づちを打ちながら、憂鬱な気持ちになる。

テストは散々だった。半分も書けなかったので、追試かもしれない。そうすれば両親もさすがに異変に気付き、僕を叱るだろう。

このまま成績が下がり続ければ、来年僕はAクラスを追放されるかもしれない。一応、成績によって追い出されることはないらしいが、校則に余計な一文がある。

特進クラスの生徒は全校生徒の模範として、生活態度が適当ではないと担任教師に認められた場合、普通クラスへの編入が云々。いじめまみれのAクラスが模範とは笑えるが、成績が下がり続ければ先生に再編入を勧められるかもしれない。最悪だった。

太陽が眩しい。それが僕の憂鬱を加速させる。もう七月になってしまった――。

大槻奈央子の話を聞いて以来、調査はさっぱり進んでいない。あと二十日足らずで答えに辿り着けるだろうか。僕はジリジリとした焦りを感じる。

谷村くんのスマホが鳴った。ＬＩＮＥの受信音だった。

「鳥谷からだ。今どこにいるって。あと、七生も一緒かって」

僕は軽く首を傾げる。鳥谷――。張替軍団の一人と、僕は話したことがないはずだ。何か用事でもあるのだろうか。

次に震えたのは、僕のスマホだった。真壁からのメッセージだ。

「今隠れて打ってる市川急にキレてお前探してる気をつけろ」

目眩《めまい》がして、全身の毛が一気に総毛立つ。その様子を見た二人が、僕のスマホを覗き込んだ後で青ざめた。

「鳥谷は市川に聞かれてんな。俺、ここだって言っちゃったよ」

僕はどうしていいかわからず、ただ立ち尽くす。暴力と敵意が目の前に迫っていた。鼓動は高鳴り、心に重いものがのし掛かる。まだ昼休みは始まったばかりで、今捕まればひとたまりもない――。

「ってか、早くどっか逃げなよ」築山くんが強い口調で言い、谷村くんも不安そうに頷いた。迷惑だ――そう言われた気がした。

僕はベランダを出て、駆け出した。みっともなくて惨めで、重たくて馬鹿馬鹿しくて、あまりにひどい気分だった。

午後の授業が始まる直前、僕は教室に戻った。谷村くんがくれたメッセージによると、結局市川は来なかったらしい。教室で市川は僕を睨み付けたが、気付かないふりをする。谷村くんも築山くんも、僕と視線を合わせなかった。

授業が終わり、教室から先生が出て行った。僕は不安でたまらなくなり、思わずその後を追う。先生はすぐに振り向き、一瞬怪訝な表情を浮かべたが、僕が話しかけないのを見て歩き去ってしまった。

廊下で一人、僕は呆然と立ち尽くす。

逃げ場所なんて、どこにもない。どこに行ったって、必ず教室に戻らなくてはならない。今までの当たり前が、気付けば圧倒的な絶体絶命に反転していた。

突然、太い腕が僕の肩に絡みついた。

「お前、俺のことを嗅ぎ回ってんだってな」

隣に立った市川は、僕より頭一つ分は背が高かった。

「来いよ、直接聞いてやっから」

顎で男子トイレを指している。恐ろしいのに、逃げ出したいのに僕の身体は彼に引かれるままに、トイレに向かおうとする。

「おーい」

背後から、場違いに明るい声が響いた。市川が僕の肩から手を離すと、魔法が解かれたように身体が自由になった。その隙を狙ったように、彼女は僕と市川の間に割って入った。

「ね、この前誘ってくれたじゃん？　あん時は素っ気なくてごめん」

媚びた表情を浮かべ無邪気に笑っている。都塚美潮だった。

「テスト終わったから打ち上げしようよ。いいカフェ見つけたんだけど、一人じゃ行きづらくて。いつ空いてる？」

市川は眉間に皺を寄せたまま、「別にいつでも」と言った。

「じゃ、今日の放課後行こうぜ。あと、金ないから奢ってくんね？」

そう言って彼女は一人で笑った。僕は呆気に取られたままだ。

市川はニヤッと笑った後、僕を一瞥みして「あんま調子のんなよ」と小声で釘を刺した。都塚美潮は教室に戻る市川に手を振り続け、その姿が見えなくなったところでふうと息を吐いた。

「あいつ馬鹿だから、前からギャルならイケると勘違いしてんの」

数分前の明るい声が嘘みたいな、冷め切った声だった。

「ドーテー捨てたくて必死なんだろうね。哀れな奴」

そう呆れたように言った後、彼女はキッと僕を睨んだ。

「気安く首を突っ込むから、こんなことになんだよ」

「……ごめん」自分でも、何を謝っているのかわからない。

「あたし、意外にあんたのこと応援してるよ」

背中をパンと叩かれた。思ったより、彼女はいい人のようだ。

「相手がガタイ良くてもビビんなよ。あ、そうだ！」

何かを思いついたのか、付けまつ毛で盛った目を輝かせている。

「市川じゃなくて、なんかちいさくてかわいい奴だと思えばいいじゃん。でかくてキモいけど。わあわあとかヤーとか騒いでるだけ。ウケるよね」

なかなか斬新な意見だった。僕がどうにか微笑むと、彼女はフンと鼻を鳴らして去って行った。

僕が教室に戻ると、市川は機嫌が良さそうに真壁と笑っていた。

翌日になっても、市川の機嫌は変わらなかった。くだらない話を周りに付き合わせ、いつも真壁を引き連れる普段の市川に戻った。そして彼は、何度も都塚美潮に話しかけていた。彼女は上手くあしらっていたが、僕のせいなので気が引ける。

今のところ僕のことは忘れているようだが、恐怖は消えない。櫛屋すみれが髪を切った理由を考えようとしても、市川のことを思い出して胃が重たくなり、集中できなかった。

仕方ない――。都塚美潮の意見を取り入れたわけではないが、まずは僕の中に根付いた恐怖を取り除かなければならない。世の中の怖いことは大体、知ることで怖くなくなる。そう思い、僕は市川を観察することにした。そうしたら、すぐにいくつかのことがわかった。

授業中、教師に何を言われても生返事するだけの市川は、意外なことに益城先生にだけは心を許しているようだ。授業の後、先生に近寄って何かを話し、たまに笑みを浮かべていた。その時の市川は普通の高校生に――いや、中学生にも見えた。

水曜日の放課後、彼は購買近くのラウンジ席で時間を潰した後、四時三十分ちょうどに校舎一階にある木製の茶色の扉――後でわかったが、ＳＣ《スクールカウンセラー》室――をノックした。

ＳＣについては詳しくないが、恵堂のカウンセラーは老人らしいということと、結構生徒に人気だということは聞いたことがあった。

市川も何かを抱えている――。そう思うと、ほんの少しだけ怖くなくなった。

七月九日、土曜。週末に返ってきたテストは、僕の予想の点数をわずかに超えていたため、何とか追試は免れた。しかし、両親の予想を遥かに下回っていたために、僕は大いにお説教を受けた。

結局、夏休みに予備校の夏期講習に参加することを条件に、僕は解放された。お説教する母は怒りよりも心配の方が強いように見えた。最近僕が、シーツを濡らすことが多くなってきたせいもあるだろう。

クラスメイト達も焦っているようで、無言で僕を見ている。それは当然市川も同じようで、日に日に機嫌が悪くなっている。また僕の中に、不安と恐怖が湧き上がる。

僕は考える。もうすぐ一学期が終わる。高二の夏が目前だった。闇が設定した締め切りまで、あと二週間もない。

櫛屋すみれが髪を切った理由は、何一つわかっていない――。

ただ、答えがわからなくてもできることが、一つだけある。

真壁の言葉に従って、動画のコメント欄に市川のせいだと書き込むことだ。それに対して市川が怒り狂っても、闇が何とかしてくれるかもしれない。それに真壁の言う通りに市川がチキンなら、学校に来なくなることもあり得る。

もう、それでいいじゃないか――。時間もないし、市川が櫛屋すみれにひどい嫌がらせをしていたことは、間違いないのだから――。

空回りする頭の中で、その答えだけがたしかに輝いていた。

ふと喉が渇き、キッチンへ向かう。冷蔵庫を開けても何もなかったので、散歩がてらに買いに行くことにする。

玄関を出ると、雲一つない夕焼けが僕を包んだ。

家の近くのコンビニに辿り着き、コーラと新商品のアップルサイダーを手に取る。店を出て車避けポールに腰をかけ、僕はサイダーを開ける。虫の声と、遠くから聞こえる子どもの笑い声。配達中なのか、短い距離を走っては止まる原付の音も聞こえる。

喉元を過ぎる清涼感と夏の音に、頭が冴えていくのを感じる。

しばらくぼんやりしていると、スニーカーがアスファルトを蹴る音が聞こえた。ふと見ると、ランニング中の若い女性だった。

女性はコンビニの前に辿り着くと、腰に下げた水を取って飲み始めた。何気なく見ていると、薄手のシャツにぴったりしたパンツ姿で、僕は少しドキリとして目を逸らす。

そして、サイダーを飲みながらまた夏の音に耳をすませる。

「七生くん？　和泉七生くんだよね」

ランニング途中の女性が目の前にいて、嬉しそうに僕を見ていた。そして僕は、その女性が誰か気付く。

「――葦名《あしな》先生」

彼女は葦名結唯《ゆい》。中学時代に国語を教えてくれた先生で、僕が恋をした相手だった。そして、ユーリの母親だ。

「久しぶりだね！　元気だった？」

昔と変わらない人懐っこい笑顔を見て、僕は無様に後ずさった。急に動いたせいでサイダーを落とし、腹のところに少しかかった。

「どうしたの？」先生は、不思議そうに見ている。

やめてくれ――。そう叫びたかった。お願いだから――。

僕は駆け出した。先生が怖くて仕方なかった。市川のことなんか消し飛ぶほどの、本当の恐怖だった。背後から僕を呼び止める声が聞こえたが、振り返らずにひたすら走り続ける。肺が爆発しそうになっても、手足が言うことを聞かなくなっても、僕は走った。家に帰って玄関にコンビニ袋を放り投げ、自室に駆け込む。

そしてベッドにうずくまり、止まらない震えの中で呟き続ける。

ごめんなさい――。ごめんなさい、葦名先生。ユーリ――。

僕はベッドの中で、ひたすら謝り続けた。

雨が降り出した。ぼんやりと空を見上げる僕の傍を、見知らぬ女の子が走り去っていく。長い髪を振り乱し、怯えた顔で逃げていく。

「待って。待ってよ」僕はその子が、ユーリだと気付いていた。

彼女を止めなければ――森の奥には腐った釘があるから血で汚れてしまう――。僕はユーリを、もうそんな目に合わせたくなかった。

彼女は振り返り、綺麗な白い顔を歪め「助けて」と叫んだ。僕が謝りたくてその髪を摑むと、彼女は簡単に転んだ。怯えた顔をもう見たくなくて、僕は彼女に覆《おお》い被《かぶ》さる。

壊れた時計が並ぶ浴室の、真っ白なベッドの上で彼女は暴れた。僕は何度も謝りながら、その身体を押さえ付ける。

彼女の脚が――ブレザー姿の彼女の脚が、僕の両脚の間に伸びて絡みつく。彼女が暴れる度に、彼女の脚は微動を続ける。僕が思わず吐息を漏らすと、彼女は――葦名先生は暴れるのを止めた。

「大丈夫。怒ってないよ。七生くんのことが大好きだよ」

彼女は笑う。僕が恋をしたあの顔で笑い続ける。そして、脚を動かし続ける。髪の香り、白い首筋、吐息、刺激――。刺激。

ごめんなさい。ごめんなさい。僕は幸福感に包まれていく――。

＊

下着の濡れた感覚に気付き、叫び声を上げる。

時計は日曜の朝九時を指している。僕はあれから、ずっと眠っていたらしい。家に両親の気配はない。どうやら出掛けているようだ。

僕は急いで部屋を出て、洗面台で汚れた下着を洗った。

夢の中で、先生は怒っていないと語った。あまりに勝手な考えに、僕は心から呆れていた。

そんなわけないだろ――。

そうだ。選択肢なんかないのだ。将来を見据えたり、足掻いたりする権利は僕にはない。最低な人間には、最低の未来しかない。

僕は必死に下着を洗う。どうしようもなく嫌な臭いがする。

下着を洗い終え、手を何度も洗った後で僕は気付いた。

ああ、そういうことか――。

気付いた後は、簡単だった。

その夜、僕は動画にコメントを書いた。十分もしないうちにスマホが鳴ったので、僕は溜息を吐きながら通話ボタンを押す。

「ふざけんな、言いがかりつけやがって！　何考えてんだ！」

大声にうんざりして、スマホを耳から離す。それでも彼は、数分間喚き続けた。声が荒い息に変わったところで、僕は言った。

「どうって、コメントに書いた通りだよ。髪が切られた理由に、きみは大きく関わっている。ま、上手い具合に利用された形だけどね」

真壁が黙ってしまったので、僕は思わず笑いそうになる。

一年前、真壁はずさんな計画を立てて失敗した。そして誰かがその結果だけを掬《すく》い取り、メモ一つで櫛屋すみれの髪を切らせた。今回も懲りずに真壁は同じことを企んだが、彼の目論見《もくろみ》は再び失敗したわけだ。哀れ以外の何物でもない。

「一応説明するよ。きみが恵堂会館で話したことは、大体正しいと思う。市川はあの場所で櫛屋さんに対する下品な妄想をしていただろうし、下着を盗む話もしたのかもしれないね。ま、僕の予想では本気じゃなかったと思うけど」

市川の話を聞いて、真壁は思いついたのだ。恵堂会館のガラスが本当に割れれば、騒ぎになるんじゃないか。そこをたまり場にしていて、櫛屋すみれに執着している市川が疑われるんじゃないか――。

「なかなかエグいこと考えるね。それに結構綱渡りだ。市川がやったと証言するのはきみだけだから、バレたら睨まれる。それにきみもたまり場は同じなんだから、条件は一緒だ。ま、それは一旦置いておこう。とにかくきみは、市川が嫌いだった。いや、今もそうだね」

通話は繋がっているのに、何の音もしなかった。

「きみは市川を陥れるために、ガラスを割った。器物損壊だけなら弁償と自宅謹慎ですむらしいけど、市川はいじめの加害者でもある。櫛屋さんがいじめを告発すれば、上手く転べば退学か、Ａクラスから普通クラスに編入するかもしれない。きみの狙いは市川の追放だ」

猿山のボス争い、または王の座を巡っての草食獣同士の衝突か――。いや、真壁穣は腐肉食獣に違いない。

「でも、誤算だったね。きみは益城先生にガラスは市川が割ったと訴えたが、まったく相手にされなかった。その段階できみの計画は崩れた。きみは知らないだろうけど、市川には不可能だったんだよ」

「……意味わかんねえ。不可能って何だよ」

「教えない」きっぱりそう言うと、彼は黙ってしまった。

僕は市川のことが大嫌いだが、彼の弱点を真壁に晒《さら》すつもりはない。腹は立っているが、そこまで卑怯ではないつもりだ。

市川がガラスを割れない理由は予想に過ぎないが、確信に近い。恐らく彼は、高所恐怖症だ。それもかなり重度で、日常生活に支障を来すレベルのものだろう。

違和感は、席替えからあった。市川は奏芽に毎日嫌がらせをしていたが、それがピタリと止んだのは、奏芽が窓際の席に移動した時だ。そう考えれば、昼休みに市川が僕の居場所を探った後、結局来なかった理由もわかる。五階の美術室のベランダに彼は立ち入れない。

恐怖症のことを、益城先生は把握しているはずだ。谷村くんに見せてもらった一年次の席替えの結果も、今年の二度の席順も、市川は窓際から離れている。最近の席替えで市川は最後にくじを引いたが、恐らくあれは彼専用の空クジだったのではないか。市川の席は、先生が最初から用意していたのだ。

恐怖症に陥った理由も、何となく予想できる。市川は檜川大河に、四階から飛び降りて大怪我をしたと自慢している。SC室に通っているのも、多分そのためだろう。

そんな市川が、恵堂会館の急な非常階段を上ることは絶対にない。だから、益城先生は疑わなかったのだ。

「とにかく、市川は疑われなかった。予想外の事態に、きみは不安になった。自分を陥れようとしてガラスを割ったことがバレたら、市川は怒り狂うだろう。それに、きみこそが素行不良でAクラスから追い出されるかもしれない」

「そ、そんなの俺、知らないし――」

「だからきみは、最低な手段に出ることにした。付き合ってた大槻奈央子に、ガラスは自分が割ったと自首させたんだ」

大きな舌打ちが聞こえたが、否定の言葉は聞こえない。僕はそれに落胆を覚える。二人が付き合っていたことを草薙さんに確認した後も、真壁がそこまでするとは信じられなかった。

でも、今の僕は確信している。真壁は舌打ちをしながら、いつもと同じ目をしているに違いない。他人を利用することしか考えない、とても冷たい目を――。

「きみ、本当に最低な奴だね。それで大槻さんは推薦を諦めた。彼女は超ブチギレてたから、他にも色々ひどいことをしたんだろ」

「知るかよ、あんな――」

「そして今回、きみは再び市川追放を目論んだ。僕に市川が犯人だと動画に書き込ませて、罰を与えさせようとした。市川を焚きつけて僕に絡ませたのも、きみの仕業なん――」

「黙れよ！」真壁は半狂乱になって叫ぶ。僕も頭に血が上っていたので、お互い荒い息を吐きながら黙る。しばらく経った後、彼は言った。

「許さねえからな、お前のこと。絶対に許さねえ」

憎しみの塊みたいな声で、彼は宣戦布告をした。

「お前のこと、市川と潰してやるよ。味方する奴も許さねえ。絶対に後悔させてやるから、覚悟しとけ」

市川が動画のコメントを見れば、真壁に嵌《は》められそうになったことを知るだろう。確実に怒るだろうが、それでも真壁の弁解を聞いて許すと思う。その方が楽だからだ。真壁に目を光らせるくらいはするだろうが、結局は何も変わらない――。そんな気がした。

「勝手にしろよ、クソ野郎」僕は通話を切り、スマホをベッドに投げた。たまらなく怖いが、それで良い。僕にはそれがお似合いだ。

ＰＣの電源を入れてブラウザを開き、ブックマークから闇の動画に飛ぶ。僕がつけたコメントに、まだ返信はない。

@和泉七生
去年、剣道部の合宿の日に、合宿所の恵堂会館のガラスが割れた。
ガラスを割ったのは真壁で、市川を陥れることを狙ったもの。
この件がある人物の耳に入り、利用された。(続きを読む)

随分長くなったが、これでも詳細をかなり省いたつもりだ。

真壁が櫛屋すみれに忠告した時、周囲に誰かがいた。その人物は、明確な悪意を持って櫛屋すみれにメモを書いた。

その人物への恐怖心は、今眠っている。恐怖だけではない。様々な、ありとあらゆる感情が深い眠りに就き、二度と目覚めないのではないかという気さえする。僕に残っているのは、疲労だけだ。

マウスカーソルを合わせ、続きを開く。

その人物は井地目津呼と名乗り、書庫に侵入して
ウサギにメモを残した。現段階でその人物の正体は不明。
存在が不確かだったために言及は避けたが、
リップの事件でも犯人を誘導したと目される存在がいた。

恐らく、それと同一人物ではないかと思われる。

その人物は、髪を切らせようとしたわけではないと思う。ただひたすら、彼女の大事なものを汚そうとしたのだ。

正体はわからない。今はとにかく、何も考えたくない――。

メモは捨てられたために、内容は予想でしかないが

「子」という文字が記されていたという証言があった。

恐らくメモには、市川がガラスを割って恵堂会館に侵入し、

ウサギのシャンプーに、精子を混入したと記されていた。

ウサギは髪が大事で、いつも同じシャンプーを使っていた。

メモを読んだウサギは半狂乱に陥り、書庫にあったハサミで

髪を切り落とした。（一部を表示する）

櫛屋すみれは、合宿に愛用のシャンプーを持ち込んでいたのだろう。旅行用の小ビンに小分けしたか、あまり大きくないボトルならそのまま持って来たのかもしれない。

彼女は合宿の後もそのシャンプーを使い続け、そして黒幕の嘘を信じて髪を切り落とした。

黒幕は丸坊主に近い彼女を見て、どう思ったのだろうか。予想以上の効果に驚き、後悔しただろうか――。いや、大喜びして笑い転げたに違いない。

日付が変わる前、闇のコメントがついた。そして翌朝、僕が家を出る前に動画は消えた。

＠闇
キモっ！　それ以外の感情ねえよ！
ＯＫ。七生くんお疲れぃ。そういうことだったんだね。
市川のキモさと真壁のキモさが混じり合って紡ぐ、
キモさのハーモニー。こりゃウサギも髪切っちゃうわ。
こいつらの専用動画、Ｒ18になっちゃうかも！　でも頑張る！
おし、おまえら、わかってるよな？　仲良くこいつらと
お喋りなんかするんじゃねえぞ。
夜道とかで後ろからやっちゃえよ。覆面してたらわかんねえよ。
ま、臆病者のおまえらには無理だろうけどねぇ……。

七生くんさ、ちょっと聞いてほしいんだけどさ。
髪を切った理由としては、納得できたよ。
如何にも市川と真壁っぽいキモ＆クズムーブって感じで。
でもさ、黒幕みたいな奴が出てきたのは、さすがに無理がない？
きみ、フェイクニュースとかに騙されるタイプだろ（笑）
ちゃんと調べてくれてるのは知ってるけど、リアリティがないよ。

メモは真壁が念を押してやったとか、あの馬鹿女子三人組が、面白がってやっただけだと思うよ。

矢住奏芽を誘導したってのも、単なる矢住の言い逃れだろ。

きみは仲良かったみたいだから、信じちゃうのはわかるけどさ。

黒幕的存在は話半分だな。悪いけど。

七生くん、馬鹿共の言い逃れに惑わされるなよ。


ま、ひとまずクリアでいいや。納得したし。

ぼくも忙しいから、次は二学期だね。

ここで一句。夏休み、震えて眠れ、Ａクラス。

じゃあなクソ共。バイバイだギン！


教室に入ると、二人が待ち構えていた。

「でたらめ書きやがって」身体を壁に叩きつけられた後、僕は床に倒れ込んだ。カバンが回転して床を滑り、そして止まった。

クラスメイト達は、命令されたかのようにただ前を向いていた。

「調子乗ってんじゃねえぞ」市川の後ろで、真壁が吠えた。

「僕が調子に乗ったからといって、きみ達には関係ない」

僕の声は、まったく震えていなかった。それが何より嬉しかった。

予想通り、市川は僕の書き込みよりも真壁の弁解を信じたようだ。陥れられそうになったことにも気付いているのだろうが、収まらない腹立ちを僕に向けることにしたのだろう。

不思議と、まったく怖くはなかった。自分でも不思議なくらいだ。

市川が拳を振り上げた。今度は誰も助けてくれないだろう。

痛み――あんなに怖かったものが、今の僕には救いに思える。

それが僕には相応しい。殴られて、唾を吐かれるべきなんだ――。

その時、大きな影が僕の隣に立ち、市川の拳を摑んだ。

――奏芽だった。

真壁と市川は呆然と口を開け、彼を見つめている。

「七生に手を出すなら、お前を許さない。俺も全力でやり返す」

奏芽は堂々と顎を上げ、市川を睨み付けている。

「お前は関係ないだろ、矢住」真壁が喚いたが、奏芽は動かない。

「聞じゃなくたって去年のお前らのこと、バラすことはできるんだ。それをわかってるのか?」

市川と奏芽は睨み合いになったままだ。僕はその傍らで、心が動くのを感じる。

奏芽は馬鹿だ。僕のことなんか放っておけばいいのに――。

市川が舌打ちして背中を向けた。真壁は僕を睨んだ後、市川を追って行く。奏芽は床に落ちた僕のカバンを拾い、渡してくれた。

「ありがとう」僕はそう言った。奏芽は首を振った後で微笑むと、自分の席に帰ろうとした。

僕は思わずそれを呼び止める。

「待って。もっと――話そう」

ずっと、きみと話したかったんだ。

「いや、もう授業始まるし――」僕は奏芽の手を取って、教室を飛び出した。そして二人で、生まれて初めて授業をサボった。


僕達は階段の踊り場で息を吐く。奏芽が一人でクククッと笑った。

「お前、結構無茶するよな」久々に見る、彼の笑顔だった。

僕は市川達に殴られる覚悟をしていた。でも、奏芽が僕を救ってくれた――。その行動が僕の全身を揺り動かし、死んでいた感情を叩き起こしてくれたのだ。

「決まってたな、あれ。僕が調子に乗って何が悪いみたいな」

「僕が調子に乗ったからといって、きみ達には関係ない、だよ」

「え、お前もしかして練習してた？」

二人で思う存分大笑いした後、奏芽は真面目に言った。

「頑張れとは言ったが、無理はするな。もう周りが傷付くのは嫌だ」

「うん」照れ臭くなり、僕は友達から視線を逸らす。

「これからどうするんだ？」

「さあね。とりあえずは、勉強するかな。遅れを取り戻さなきゃ」

その後のことは、後で考えよう。今は、ただこの気持ちを噛みしめていたい――。

「ま、とりあえず今日昼飯を一緒に食うか。そこで考えよう」

奏芽が笑ったので、僕はどうしようもなく泣きそうになりながら、強く頷いた。

三章　破壊したのは、誰？

一

朝八時の目覚まし時計。顔を洗って歯を磨いて、簡単な朝食を取ってから自室に戻り、ＰＣの電源を入れる。適当にネットのニュースサイトを眺めて、八時五十五分になったら予備校のサイトにログインし、九時からリモート講義を三時間。

十二時からは昼食を取り、読みかけの本を少し読んで、それから三つのゲームアプリでデイリーミッションをこなす。そして二時になったら再び三時間の講義――。

五時から夕食までは眠り、その後で今日の復習を行ない、余裕があればサブスクで映画を一本観るか、音楽を聴いて過ごす。

僕の夏休みは、見事なまでのルーティンだった。感情の起伏はなく、ひたすら知識を詰め込むだけの生活だ。食事は母が与えてくれるし、考えるべきことは問題集の中にある、静かな日々だった。

一日のやるべきことを終えたところで、カレンダーを見る。明日は金曜日――。僕は我に返り、目覚まし時計を朝九時にセットする。

金曜の朝、僕は制服に着替え家を出る。そして電車とバスで恵堂学園に行き、校門をくぐって上履きに履き替えて、茶色の扉を叩く。

ノックと、「どうぞ」と言う声。軋む扉の音と、コーヒーの匂い。このSC室を訪れるのも、少し慣れてきたと思う。

「やあ、こんにちは」つるりとしたはげ頭と縁なし眼鏡、それに絵本に出てくる年老いたヤギのような目。シバさんは今日も優しく微笑んでいた。


一学期が終わる直前、母は僕に心療内科の受診を勧めた。

僕の下がり続ける成績と、ほぼ毎日ベッドを濡らすことを見かねての、もっともな意見だった。

中学の時、僕は心療内科を受診したことがある。医者の妙に綺麗な歯並びと、彼のことが嫌いだったことはよく覚えているが、治療内容は何も覚えていない。少なくとも、それで僕の夜尿症が改善されなかったことだけはたしかだ。

僕はまた行っても無駄だと主張したが、聞き入れてもらえなかった。それでも病院はどうしても嫌だと伝えると、母はSCでも良いから一度行ってほしいと懇願した。

一学期の終わり、学校が夏休みを前に浮き立っている（もちろんAクラス以外だが）中、僕はSC室を訪れた。

室内は思ったより広く、観葉植物が多く並べられていた。その前には穏やかな微笑みを浮かべた老人がいて、彼は名乗る前に、僕に「犬派と猫派、どっち？」と不安そうに尋ねた。

僕が、強いて言うなら犬派だと答えると、老人はホッと息を吐き、白衣の胸をなで下ろした。

「それでは、私のことはシバと呼んでほしい」

意味がわからずにいると、彼は「柴犬のシバだよ」と笑った。

「友達がつけてくれたあだ名だ。私の苗字が柴村《しばむら》で、おまけにその子が昔飼っていた柴犬に似ているらしい」

はあ、と僕は頷いた。闘牛士の人気ランキングくらい、興味がない話題だった。

「柴犬だからシバ。とてもシンプルで清々しい名前だね。それに、そのシバくんは、生前その子に笑顔と安らぎだけを与え続けたそうなんだ。私もシバくんのようになりたいから、あやかっている」

四位の闘牛士のお祖母ちゃんが作るパエリアの隠し味くらい、興味がない話題だった。ただ、別のくだらないことは気になった。

「僕が大の犬嫌いで、大の猫派だった場合はどうしてたんですか？」

そう尋ねるとシバさんはとても真面目な顔をして、「その時はミケ村とでも名乗って、語尾に〝にゃん〟と付けただろうね」と答えたので、悔しいが少し笑ってしまった。

その後、シバさんは僕に「好きなもの」について尋ねた。

「何でも良い。頭に浮かぶ好きなものを教えてほしい」

物腰はとても柔らかい。僕は素直に従った。

映画、炭酸飲料、粋な台詞《せりふ》、渋いおじさんキャラ、冬、夕立、制汗スプレー、煙、アスパラガスのベーコン巻き、友達、両親、唐揚げ、優しい人、ラッコ、老夫婦、雪、完結している海外ドラマ、シャーロック・ホームズ……。

彼の「他には？」に答えるうち、僕はアスパラガスのベーコン巻きが好物ということに初めて気付き、幼い頃に水族館で見たラッコの愛くるしさが忘れられないことにも気付いたが、メリットは一つもない。

「それじゃあ、今日はここまでにしよう。私は水曜日と金曜日、学校にいる。夏休みも金曜はここにいるから、来たければ来てほしいな」

一時間後、シバさんは満足げにそう言ったので、思わず尋ねる。

「僕の悩みとか、聞かないんですか？」

彼は不思議そうな顔をして、「言いたい？」と言ったので、僕は首を振った。そうするとシバさんは「そうだよね」と笑った。

一度SC室に行くという母との約束は、もう果たした。それでも僕は夏休みの間、金曜日になるとSC室を訪れた。その方が母も安心するし、勉強の息抜きにもなるからだ。

シバさんはいつも僕のために冷たい炭酸飲料を出してくれて、自分はコーヒーを淹《い》れた。そして穏やかに微笑みながら、僕に尋ねる。綺麗だと思うもの、素敵だと思うものを教えてほしい――。

中身のない会話なのに、終わると僕はいつも疲労を覚えた。勉強とは違う疲労感で、少しだけ心地よくもあった。今のところ、金曜日の夜はぐっすり眠れて、夜尿症も出ていない。

シバさんは渋くはないが冗談の好きな優しい人で、嫌いではなかった。でも、僕が彼に対して完全に心を許すことはないと思う。

シバさんは、市川の話も聞いているはずだ。そして僕に向けるものと同じ笑みを浮かべ、同じ質問をしているのだろう。そして気を許したら、中学の時の医者みたいにわかったふりをして、ダサい歌の歌詞みたいに「ありのままのきみでいい」なんて言うに違いない。


今日は「楽しいもの」の日だった。それを終え、僕は家に帰って少し眠った。目を覚ましてスマホを見ると、大量の未読のメッセージが溜まっている。クラスチャットで長い会話があったようだ。

話し手は草薙さんと、豊崎さんだった。二人は今日古羽町を訪れ、櫛屋すみれが飛び降りたマンションに花を手向けたらしい。現場には真新しい花束が一つあり、その中に紫の花が数本入っていたようだ。二人はそれを櫛屋すみれに捧げられたものだと主張していたが、他の人間は半信半疑だ。たしか現場は自殺の名所だったはずだから、信じられないのももっともだ。

チャットを読み終えると同時に、草薙さんから通話が来た。

「近所の人に聞いたけど、花束を置いていったのは若い男性だって。よく来てるみたい。誰かな？」

僕はただ、「ふうん」と唸った。

「……ちょっと元気ない？　どうかした？」

「いや、そんなことないよ」

慌ててそう答えたが、彼女は拗《す》ねたように言った。

「今日はもう寝るね。おやすみ」

通話が切れた。僕は溜息を盛大に吐く。

夏休みの間、僕は櫛屋すみれについて考えるのをやめていた。彼女のことを考えようとする度に思考にもやがかかり、ひどく落ち着かない気分——焦りのようなものがこみ上げてくる。

それでも彼女のことを考えると、頭の中からひどく冷たい声が聞こえる。お前が考えるべきは、それじゃない——。

僕はその声から耳を塞ぎ、いつも自分に言い訳をする。

僕は葦名先生を哀しませ、消えない苦しみを刻み込んだ。そしてユーリから永遠に引き離した——。それだけが事実で、そこに救いが入る余地はない。どうしようもないんだ——。

いつものように、僕は泣きそうになってベッドへ逃げ込んだ。

早く朝が来ればいいのに——。

*

九月が来て、学校が始まった。

退屈な始業式を教室のモニタで見て、単調な授業を受けて、いくつかの小テストを終えたところで、僕は夏の成果を感じた。

成績は面白いように上がり、クラスの半分より上に落ち着いた。以前はそこで限界を感じたが、頑張れば更に上も夢ではないと思う。

受験の志望校はまだ決めてはいないが、現状維持で合格できる大学や、ちょっと無理をすれば行けるところも見えてきた。その中からいくつか志望校を絞れば、僕の受験勉強は本格的に始まるだろう。

僕は秋が苦手だった。暗くて静かな夜が日に日に長くなっていく秋は、いつも僕をひどく憂鬱な気分にさせる。でも、今年は少し気が楽だ。将来のこと、それから閻が再び現れたら、彼の疑問の答え。考えるべきことは、たくさんある——。

「起きろよ。もうチャイム鳴っちまうぞ」

奏芽に揺り動かされ、僕は目を覚ました。数学Bの授業はとっくに終わり、大半の生徒が既に教室を出て、次の化学基礎の授業のために化学実験室に向かっている。

「昨日あんまり寝てないんだよ」大きく伸びをしながら机に手を突っ込み、教科書を探す。

「まったく、たるんどるなぁ」と奏芽が鼻を鳴らしたので、僕は苦笑する。そう言う彼は進路を私立に絞り、最近では捨て科目の授業を堂々と睡眠時間にしている。

やっと教科書を見つけた。教室にはもう誰も残っていない。

廊下の向こうから、益城先生が歩いてきている。多分隣のクラスで授業を行なうのだろう。

時計は、授業開始の二分前だった。僕と奏芽は小走りに駆け出した。

入り口傍の席しか空いていなかったので、僕達はそこに座る。

窓の外を見ながら、ぼんやりと頬杖を突く。この授業も大半の生徒が捨て科目にしているためか、緩んだ空気が流れている。また寝ようかと思ったが、さっき中途半端に覚醒したために眠れそうもない。僕は退屈しのぎに、クラスメイト達を眺める。

二学期になり、Aクラスのヒエラルキーは大きく変化した。

市川に睨まれて以降、僕の周辺の空気が変わった。簗山くんは僕が近寄ると露骨に迷惑そうな顔をしたし、他の連中もよそよそしい。

だが、同時に市川と真壁の立場も弱くなっていた。クラスメイト達は闇の言葉に従ったのか、二人と話すことをやめた。シカトとまではいかないが、愛想笑いをやめて、遠巻きに見守ることにしたようだ。

二学期に入ってから、市川は僕に一度も絡んでいない。奏芽の脅しが効いたのか、周囲の目がきついのか、最近では妙に大人しくしている。皮肉にも真壁が評した「超ビビり」は、的を射ていたようだ。

真壁の方は哀れみすら感じるほどだ。大槻奈央子を身代わりにしたことを理由に、女子を中心に盛大に嫌われている。僕は大槻の濡れ衣については草薙さんに話しただけなのだが、彼女が怒って女子全員にぶちまけたせいで、絵に描いたような因果応報を受けている。

なかなか興味深いのは、本橋達三人だ。真壁のポジションが下がれば下がるほど、大槻奈央子へ同情が集まるようだ。あの三人が、別の女子と談笑している姿を見た時は本気で我が目を疑った。結局のところ他者の評価なんて、自分の努力以上に空気や流れで変わるものなのかもしれない。

他に変わりがあるとすると、張替軍団の四人だ。最近では張替が「櫛屋さんの霊と話す」と言い出し、他の三人を動揺させた。張替と仲の良い女子の根元は信じているようだが、男子二人は内心引いているだろうと、僕と奏芽は踏んでいる。

関係の変化と立場の崩壊。それから現実逃避――。闇はクラスを壊すと言っていたが、その目的はもう達成しているようなものだろう。マスクの下に、つい冷笑が浮かぶ。

授業が早めに終わり、僕と奏芽は化学実験室を出た。チャイムが鳴る前の廊下は無人で広々としていて、雪が降った次の日の朝みたいだった。奏芽と話をしながら、教室へと向かう。

音楽や動画、映画や最近読んだ本の話に、くだらない冗談を交ぜて僕達は互いを笑わせた。二学期に入ってから、奏芽はよく笑うようになった。僕はそれに、以前と同じような嬉しさを覚える。

教室の扉を開けると、奏芽の動きが止まった。彼の視線の先を見て、僕の身体も硬直する。

黒板に貼られた、Ａ４サイズのＱＲコード――。

次々と教室に入ってくるクラスメイト達が、会話をやめていく。そしてそれぞれがスマホを手に取り、示し合わせたように黒板へと群がっていく。また始まる――。

よっすよっす。闇ちゃんだよ。
夏休みはどうだった？　楽しかった？　のんびりできた？
ふざけんなよ馬鹿共が。

おまえらにそんなもんが許されると思ってんのか。
後悔と苦しみに充ち満ちた、最悪の未来を思って絶叫してろ。
あ、ぼく？　ぼくは忙しかったよ。大忙しでした。
ある人と連絡を取っていてね。なかなか緊張したよ。
見て見て。ぼくの夏の成果。指をパチン！（ぼく指ないけど）

画面一杯の闇が砂嵐に飲まれ、そして画面に文字が浮かび上がる。短文系ＳＮＳでのＤＭ画面のようだ。右には丸に闇と書かれたアイコンが、左にはアニメ調の狼が舌なめずりをするアイコンが見える。

それに僕は見覚えがあった。クラスメイトも同じようで、絶望的な空気が色濃くなっていく。狼のアイコンは、オオカミ探偵局という有名配信者のものだ。いわゆる暴露系で視聴者から集めたタレコミを中心に、怖い物知らずの配信を行なっている。内容は企業の闇や有名人の不祥事だけに止まらず、一般人の炎上も取り上げる。興味のない僕でも知っているくらいだから、知名度は高い。

「タレコミありがとうございます。事情は把握しました。まずはお友達のご冥福を心よりお祈り致します。お伝えいただいたいじめが事実であれば、告発はかなり大きな反響を呼ぶでしょう。ただ、学校名は別としても、加害者の実名につきましてはこちらでは暴露できません。一般人の実名を晒せば、当方の背負うリスクが大きくなってしまうのです。ご理解ください」

「配信の後でこちらが勝手に実名を暴露するのは自由ですよね？」

「もちろんです。でも、実名を明かすということはとても危険で、訴訟に発展した場合、そちら様の肉体・精神に多大なダメージを与え、時間も取られます。どうかご再考ください」

「わかりました。実名については、少し考えてみようと思います」

「それが良いです。それでは、学校名をいただきましたら、配信で使わせていただきます」

「了解です。ちょっと覚悟を決めるので、時間をください」

「もちろん、いつでも結構です。何卒《なにとぞ》よろしくお願い致します」

覚悟なんて、とっくにガンギマリなわけよ（笑）
拡散の準備は万端だ。外堀はもう埋まっている。
ぼくの合図で、おまえらは何十万人に晒される。
ネットだけじゃ収まらないかもね。覚悟はいいか？
うふふのふ。しっかり首を洗っておけよ。

ふーっ。ま、ここからは真面目な話。

たまにはいいだろ？　付き合ってよ。

ぼくはね、正直に言うと疲れてきちゃったよ。終わりにしたいんだ。

おまえら、勝利条件を忘れてない？

ぼくは、ウサギの望んだたったひとつのことをやれって言ってるの。

おまえら何もしてないじゃん！
墓参りとか、現場に花を置くとか、そんなのばっか。
もう疲れた。おまえらは馬鹿すぎる。
とっとと全員地獄に叩き落として、ウサギの思い出に浸りたい。
おまえらのことを考えるだけで、心が焼かれるのを感じる。
本当はね、バラとか髪とかさ、謎だったものがわかれば
少しは楽になると思ったんだ。でも全然駄目だね。
わかるかな、心がいつも分厚い雲に覆われてる感じ。
それでもね、どうしても知りたいことがある。
これがわからない限り、僕は自分の心に決着を付けられない。
絶対に許せない相手が、一人いる。いや、一人とは限らない。
目星はついている。でも、確信がない。
そいつのことを許せなくて。許せなくて許せなくて——。
そいつが呼吸しているのが許せない。毎朝目覚めるのが許せない。
食事を取るのが許せない。会話してるのが許せない。
心臓が動いているのが許せない。未来があるのが許せない。
矢住奏芽よりも、市川克斗よりも真壁穣よりも許せない。
ウサギを一番苦しめたのは、そいつだ。絶対に許せない。
だから、そいつの名前を捜し出せ。

そしておまえらの中からそいつを引きずり出し、ぼくに捧げろ。
デッド・オア・アライヴだ。ぶっ殺したって構わない。
耳をかっぽじれ。ぼくからの質問だ。

破壊したのは、誰？

意味がわからない？　当たり前だ。少しは考えろ。
おまえらはウサギの痛みや哀しみを考えなかった。
だから必死に考えろ。そして、破壊した奴を必ず見つけ出せ。
期限は十一月二日。この日までに、名前をコメント欄に書いてくれ。
書くのはもちろんきみだよ。和泉七生。
頼むぜ兄弟。ぼくはきみのことだけは、少し信頼してるんだ。
それじゃバイバイだギン！

＊

闇の激しい怒りに、教室の空気は未だかつてないほど張り詰めている。誰もが友達に疑いの視線を向け、睨み合っている。
破壊したのは、誰――。

僕は終わりを感じる。闇は悩み、傷付いている。その怒りはもうどうしようもない程に膨らんで、Ａクラスにとっては破滅的な終わり方を迎えるだろう。

考えなければならない。櫛屋すみれのことを――。突き止めなければならない。破壊された物と、破壊した者を――。

終わりが近いのなら、与えられた使命を貪ろう。思う存分考えて、考えて考えて、考え抜こう――。

クラスメイト達の顔を眺める。どいつもこいつも怪しく見える。

破壊したのは、誰だ――。

心の中に、圧迫感が押し寄せてくる。しかし同時に、視界は妙に冴え渡っている。不思議な感覚だった。

二

一夜が明けた。

昼休み、僕と奏芽は体育館の裏口に辿り着いた。最近はこの場所の、四畳くらいの三和土《たたき》で昼休みを過ごしている。小さなひさしがあって、雨が降っていても問題はない。一学期はここに見知らぬカップルがいたが、二学期からは無人になった。

「動画、どう思う？」奏芽が暗い面持ちで言う。

「いつもより短かったけど濃かったし、強い怒りを感じたよ」

音声合成ソフトの声からも滲み出る、たしかな怒り。闇はその相手に対し、殺したって構わないとさえ語った。今までとは決定的に違う。

「昨夜考えたんだけどさ。いつもと問いかけも違うよな」

僕は頷く。今までは彼女のバラ、彼女が髪を切ったのはと、クドいまでに主語があったが、今回はない。漠然とした問いかけだ。

他にも、回答の締め切り日が気になる。今までは月の最終日や一学期の終わりまでだったが、今回は十一月の二日。実に中途半端だ。

期日について言おうとした時、奏芽は唸りながら言った。

「破壊されたものってのも、全然想像がつかない。いじめで壊されたものなんて、何もなかったと思う」

「そうなの？」

「うん。証拠が残るとヤバいって意識があったのかな。俺の知っている限り、誰も櫛屋の物を壊したりはしなかったはずだよ」

僕は密《ひそ》かに鼻白む。狡猾《こうかつ》なAクラスらしいやり方だ。

闇がぼやかした、破壊された何か——。やはり今回も、一筋縄ではいかないようだ。

しばらく悩んでいると、奏芽が急に顔を輝かせた。

「でも俺、一つひらめいたよ。闇の使ってるPCが何かわかった」

随分得意げだ。僕は黙って続きを待つ。

「DM画面に移る時、砂嵐にじわっと画面が滲み出たろ。あれってムビタク——ムービータクティクスってソフトのエフェクトだよ」

「それ、どれくらいメジャーなの?」僕の質問に、彼は歯を見せた。

「ムビタクはMAC専用編集ソフトだ。結構高いし、かなり専門的なソフトなんだよ。だから闇はMACを使っていて、動画編集にも実は慣れてるんじゃないかな。今までの動画はショボかったけど、多分ブラフだ。詳しくないふりをしていたんだよ」

僕が「ふうん」と声を上げると、奏芽は口を尖らせた。

「なんか、ノリ悪くないか? 大発見だと思うんだけど」

僕は苦笑する。闇とは話したいし、彼のことを知りたいとも思う。でも彼の正体を捜すことは、僕の仕事ではない気がする。

「クラスでMACを使ってる人って、誰かいる?」

彼は肩を竦め、「そこまではわからないな」と言った。

「じゃあ、専門的なソフトを使えるくらい、PCに詳しい人は?」

「意外だけど谷村は詳しいよ。大学も情報系に行くっぽいし」

谷村くんの顔が頭に浮かぶ。築山くんが僕を露骨に避けているために最近交流はないが、たまにこちらを申し訳なさそうに見ていることがある。考えが顔に浮かぶ人なので、闇の可能性は低そうだ。

「逆に壊滅的なのは都塚と豊崎。去年、エクセル使って統計取る授業があったんだけど、あいつらはマジで縄文人レベル。豊崎はタブレットの設定も、誰かに助けを求めてた」

都塚さんはイメージ通りだが、豊崎さんは少し意外だ。いや、わざと詳しくないふりをした可能性も――。

そこまで考え、思い出す。去年、僕も数学の授業で情報処理室のＰＣを使ったが、それは春――五月の初めだった気がする。授業の流れは大体一緒だから、Ａクラスも同じだろう。それなら櫛屋すみれが孤立する前なので、ＰＣに詳しくないふりをする意味はない。もちろん後から勉強し、技術を身につけたという可能性もあるが――。

奏芽はしばらく黙り、それからぽつりと呟いた。

「今まで俺達、闇はクラスにいるって思ってたじゃん」

僕はあっさりと頷く。それは多分、間違いない。

教室にＱＲコードを貼れる以上、闇が学校内にいるのは間違いない。彼がクラスのチャットの内容を知っていることについては、誰かが横流ししている可能性もあるが、僕はそれに否定的だ。

その理由は、闇が僕の書き込んだ答えを、正しいと信じてくれていることにある。恐らく闇は僕が教室で情報収集をし、市川達と揉めている姿を見ている。適当に書いたわけではなく、情報を集めて導き出した答えだということを、闇は知っているのだ。

それに、闇は彼自身のことも告発するつもりだと思う。動画でＡクラスをからかうような言葉選びをしているが、いつもどこか自棄っぱちで悲壮感に溢《あふ》れている。カンに過ぎないが、それは櫛屋すみれを救えなかった自分自身への怒りから来ているのではないか。

だから、闇はＡクラスにいるはずだ。一つも確実ではないのに、僕はそれを確信している。

「でもさ、昨日授業の後、教室にＱＲコード貼れた奴っていたか？」

あ――。思わず声を漏らす。

誰もいない廊下が記憶に蘇る。化学基礎の授業が終わり、一番後ろの席で扉が近かった僕と奏芽は、最初に実験室を出たはずだ。その後二人で教室に向かったが、誰にも追い抜かれなかったと思う。

「教室を最後に出たのも俺達だし、授業中は誰も抜け出さなかった」

どういうことだ――。僕達はしばらく黙って考えた。

「破壊されたものも、破壊した奴もわからない。闇が誰かもわからないし、闇の怒りの理由もわからないな」

僕は静かに頷いた。何一つ、わからない――。


その日の七時間目はＬＨＲ《ロングホームルーム》だった。テーマは十一月に行なわれる文化祭の出し物で、益城先生は苦しそうに僕達を見渡した。

「すまないが、今年も食べ物を取り扱う出店は禁止だ。去年と一緒で一般客を入れることもない。学校側の判断だ。申し訳ない」

自分が悪いとでも言うように、深々と頭を下げている。そんな先生を放置して、話し合いは始まった。

「やりたい出し物がある人は手を挙げてください」

クラス委員で司会の草薙さんが言ったが、誰も手を挙げない。闇の動画が出たばかりだから、それも仕方ないだろう。

「それではこちらから指名します。──築山くん、何かありますか」

築山くんは嫌そうな顔をして、「去年と一緒で」と応じた。

僕は去年何をやったのか知らなかったが、副委員で書記の豊崎さんが、黒板に「スピーチコンテスト」と記した。

「他にありませんか？」草薙さんは何人かを指名したが、誰も何も考えたくないようで「築山と同じ」「スピーチコンテスト」が続く。

「本当にそれで良いのか？　三年になったらもう余裕はないぞ。これが高校最後の文化祭だと思え」先生の言葉が虚しく響く。

結局、賛成多数でスピーチコンテストに決まった。

「それでは十一月の文化祭は、スピーチコンテストを行ないます。それぞれが主張したいことを五分程度のスピーチにまとめ、発表します。去年と同じで、それぞれ良かったと思うスピーチに投票し、上位三名を表彰する形で良いですよね。それと、同じように一位の方には、再度同じスピーチをしていただきます」

草薙さんのまとめに、誰も返事をしない。そこでチャイムが鳴り、皆一斉に帰り支度を始めた。そんな僕らを見て、先生は涙ぐましくも笑顔で言った。

「よし、決めたからには楽しもう。今回も最先端の、色んなカメラの貸出があるぞ。必要なら言ってくれ。最高の思い出にしような」

そう言えば去年、学校は業者からたくさんのカメラをレンタルしていた。希望したクラスにはＶＲや全方位カメラも用意するという大盤振る舞いだったが、それを上手く活用したという話は聞いたことがない。結局いつも、学校側のやることは空回りだ。

廊下に出ると、奏芽の背中が見えた。僕は彼を追い、声をかける。

「スピーチコンテスト、去年は誰が優勝したの？」

奏芽は暗い表情を浮かべ、それから静かに「櫛屋だよ」と呟いた。

もっと詳しく聞きたかったが、彼はふいと歩き去ってしまった。


ＳＣ室で、シバさんは僕をしげしげと見つめた。そしてすぐに心配そうな表情を浮かべ、

「何か、あったのかい？」と言った。

「特に何もありません。いつもと違いますか？」

「試合前のアスリートのような、厳粛な緊張と熱気を感じる」

僕は苦笑しながら、言い得て妙だと思う。

闇の新しい動画を見て以降、僕の中に覚悟が生まれている。思考のすべてを使い、Ａクラスの中から「破壊した人間」をあぶり出さなければならない。それが僕に与えられた使命なのだ。

「少し心配だ。何というか、思い詰めているように思える」

「まるで、カウンセリングみたいですね」

そう軽口を叩くと、シバさんは苦笑した。

「今日は、もし良ければ心配事の話をしてみないか。きみが考えていることを少しわけてほしい。こう見えても、助言には自信があるんだ」

実は、クラスが脅迫されていて、僕の手にすべてがかかっているんです――。

そう言ったら、この人はどんな顔をするだろうか。僕は笑いを嚙み殺して顔をしかめ、目を伏せて「深刻」を作り出す。

「今度の文化祭の出し物でスピーチコンテストをやることになりました。今から上手く喋れるかどうか、とても心配です」

口にして気付いたが、あながち嘘でもない。僕は今までの人生で、人前に立つことは多くなかったし、クラスメイトの冷たい目に晒されることも憂鬱だ。

シバさんは一瞬、何かを乞うような表情を浮かべた。嘘だと思っているのかもしれない。そしてすぐに微笑みを作り、静かに僕を見た。

「緊張を和らげる方法でよければ、いくつか教えられるよ」

僕が頷くと、彼は自分のマスクを指でトンと叩いた。

「このご時世なら――そうだな。つけているマスクの下に、自分がリラックスする匂いを仕込んでおく。家族やペットの香りをつけた布きれとかね。そうすれば、少し落ち着くことができる」

適当に聞き流すつもりだったが、なかなか興味深い話だった。

「他に、どんなものがありますか？」

「今のはリラックスした状況を作るものだが、逆に緊張状態を日常時から作る方法もある。部屋に人の写真を並べて――」

「あ、視線に慣れておくってことですね」

そう言うと、シバさんは頷いた。

「ただ、ほどほどが良いと思うよ。慣れるまでは気が休まらないからね。本番でリラックスする方が、精神衛生上は良いだろう」

知識が増えることは、いつも楽しい。今日はシバさんに会わず、家で闇の新しい動画について考えようと思っていたが、来て正解だったかもしれない。

「匂いや視線以外にも、何かありますか？」

「まずは気持ちが安らぐもの、または自分が安らぎを保てるものを知ることだね。そして、それの何が自分をそうさせるのか。五感の何が刺激されるのか。ものではなく、たとえば家族や友人の存在なら、客席に招待して目につきやすい格好をしてもらうというのもある」

シバさんはそう言った後、「ごめん、今年の文化祭も外部のお客さんは入れなかったね」と申し訳なさそうな顔をした。

「恵堂の文化祭は有名だから、残念に思う人も多いだろう。今年も例年通り、文化の日の前日にやるのかな？」

僕は軽く頷いた後、気付く。

闇が設定した期日、十一月二日は文化祭当日だ。昨年の文化祭のスピーチコンテストで、櫛屋すみれが表彰されたことと、何か関係があるのかもしれない。

僕は去年の文化祭について、もっと知るべきかもしれない。


今日は奏芽に、去年の文化祭について詳しく聞かなければ――。そう意気込んで教室の扉を開けたが、そこに彼の姿はない。僕は留守番中の犬のように奏芽を待ち続けたが、朝のＳＨＲ

が始まっても彼は現れなかった。益城先生が出欠を取る前に、「矢住は風邪で休みだ」と言い、そして肩透かしを食らった僕の顔を見て、「コロナじゃないみたいだから、心配ないぞ」と優しく微笑んだので、僕はマスクの下で思い切り舌打ちをした。

授業が始まる前に、草薙さんにメッセージを送る。

「今日の放課後、時間ある？　去年の文化祭について教えてほしい」

すぐに既読がつき、返信が来た。

「ごめん、今日は一日用事があって、ちょっと難しい」

視線を彼女に送ると、両手を合わせて頭をぺこぺこと下げている。

早く情報を得たいのに、奏芽も草薙さんも協力してくれない――。急に苛立ちが湧き上がり、僕は彼女から目を逸らした。

放課後になっても、苛立ちは収まらなかった。自分でも不思議だったが、まだ破壊されたものの糸口さえ摑んでいないのだ。気がはやるのも当然だろう。

仕方ない、他のクラスメイトに聞いてみよう――。そう思い、立ち上がって周囲を眺める。

築山くんと目が合った。彼は一瞬だけ顔に戸惑いを浮かべ、すぐにそれを卑屈な笑顔で覆い隠し、僕の方へとやって来た。

「和泉くん、どうしたの？」

甲高い、ひどく不快な猫なで声だった。

「聞に言われたからじゃないけど、何か手伝わせてよ」

僕を避けていたくせに――。笑っている彼の後ろから、谷村くんが顔を出した。こちらは少し後ろめたいらしく、眉が下がっている。

さすがAクラス。強いものには露骨に巻かれるんだね——。

ふと気付くと、他のクラスメイト達も僕を見ていた。市川の一件以来、僕を腫れ物扱いした奴ら——去年櫛屋すみれを殺した奴ら——が、下から見上げるように僕の顔色を窺っている。

僕はひどく残酷な気持ちになり、ほくそ笑む。

いいぞ、もっと怯えろ、もっと苦しめ。他人を傷付けた人間に、救いなんかない——。

気付けば僕は、Yシャツの胸を握りしめていた。心臓の鼓動は高鳴り、一瞬強い目眩がした。築山くんが笑ったまま僕を見ている。

僕は笑みを浮かべて、「何でもないよ」とだけ言った。そして逃げるように教室を出て、自分に何度も言い聞かせる。

余計なことは考えるな——。今は集中しろ——。

＊

「じいちゃん……」軽く揺らすと、彼はそう言った。

相変わらず書庫は静かで、人気がない。檜川大河はその奥で、椅子を並べて赤ん坊のように眠っていた。

もう一度揺さぶると、彼は目を開いた。半分夢の中にいるような目の焦点が合い、瞳に僕の顔が映っている。

彼がいたのは幸運だった。これで情報収集ができる——。

「久しぶり」僕がそう言うと、彼は伸びをして「ああ」と言った。

何から話そうか迷っていると、檜川大河は両の手のひらで目を擦り、小さく呟いた。

「櫛屋、死んだってな」

彼は無表情だった。相変わらずとても綺麗な顔をしている。

「誰に聞いたの？」そう尋ねると、彼は小さく「草薙」と言った。

「あいつを責めるなよ。俺、家のことの片が付いて、時間ができたからさ。櫛屋に連絡を取ろうと思った。それでクラス委員だった奴なら連絡先を知ってるかと思って、草薙に連絡したんだ。あいつ、最初は元気だったのに、櫛屋のことを聞いた途端に泣き出してさ。それから全部教えてくれた。櫛屋が自殺したことも、闇て奴のことも、動画のことも」

意外だった。夏の間、草薙さんは僕に何度か連絡をくれたが、彼にすべて話したとは聞いていない。恐らく急に去年のクラスメイトから連絡が来て、張り詰めていた糸が切れてしまったのだろう。別に不思議な話ではない、そう思ったが、少し心が重たくなる。

彼はあくびをした後、再び目を擦った。

「で、何か用か？　俺は闇じゃないし、もうAクラスでもない」

「去年の文化祭について、少し調べてるんだ。きみの話を聞きたい」

彼はもう一度、まじまじと僕を見た後で「ええと——」と言った。

「和泉。和泉七生」

「うん、和泉くん。あんた、そんな感じだったたっけ？」

何を言っているのか、さっぱりわからない。

「もっと……軽やかって言うのかな。上手く言えないけど、良い意味で他人事って感じじゃなかったっけ」

　彼はボリボリと頭を掻きむしり、僕の顔を無遠慮に覗いた。

「なんか今のあんた、ひどく暗いよ。眉間に皺が超寄ってるし、顔色も悪いのに、それが当たり前って顔してるから不気味だよ」

　ひどい言われようだが、的を射ているかもしれない。

「いじめで人が死んだんだ。明るくはいられない。それに、僕もＡクラスの一員だからね」

　そう言うと、彼はひどく苦いものを食べたような顔をした。

「あんたまでそんな感じじゃ、意味ないんじゃないの？　それじゃ、多分上手くいかねえよ」

　きみに何がわかる――。僕は急に叫びたいほどの怒りを覚え、それを必死に堪える。真実のためには、彼の協力が必要だ。

「ま、いいや。文化祭の話だったな。いいよ、話すよ」

　彼はそう言って、目を閉じた。

「別に、大きな何かがあったわけじゃないよ。スピーチコンテストに決まったのは、準備が楽そうだったから。俺、あんまり学校行けてなかったけど、準備とかリハーサルはやらなかったと思う。当日は最初に全員分のスピーチをやって、それで一旦終わり。皆、他のクラスの出し物を見に行ったり。それで午後から投票で、上位三名の表彰と優勝者のスピーチを最後にやった。当然だけど、Ａクラスのガリ勉共のスピーチなんて、誰も聞きたがらないだろ？　だから、他のクラスからの客はゼロだった。それで俺は全員のスピーチを聞いたけど、結構面白かったよ。家族への感謝とか、将来の目標とか。こいつら、こんなこと思ってたんだって。普段の姿からは想像できないくらい真面目で、本音だった。それで、櫛屋の番が来た。あいつは演台に立って、胸に手を当てた。そして二回深呼吸をした後、いつものようにキッとクラスを睨んだんだ。それからゆっくりと、たどたどしくだけどしっかりと話し始めた。心配してたけど、上手くやってたよ。内容は、光についてだったな。心の中にいつも光があって、どんなに暗く深い海にいても、それがあれば進んでいけるって。とても良いスピーチだったよ」

彼はそこで言葉を切った。宙に向けられた視線は、昨年よりも更に遥か遠くにある何かを見ているようだった。

「俺、真面目に感動しちゃってさ。櫛屋の強さの理由がわかった気がした。死んじゃったけど、本当に立派な奴だったよ」

暗く深い海の中、光を信じていた少女は自死を選んだ。その事実が、この世のどんな悲劇よりも重く残酷に思えてならない。

「クラスの奴らも、ちょっと圧倒されてたな。終わった後に本橋が、櫛屋に投票しろって周りに頼んでた。もう一回やらせて失敗させようって魂胆なんだろうけど、なんか変だったな。お願いだからって必死に懇願してた。それで櫛屋がダントツ一位になった。それでもう一回、櫛屋は演台に立って――」

彼はそこで息を吐いた。魂すべてが抜け出すような、長い長い吐息だった。それからとても哀しい目で、僕を見つめた。

「よく覚えてるよ。あいつは目を閉じて、強く頰を撫でた。それで目を開けて――そのまま動かなくなったんだ」

僕は静かに息を呑む。

「当然クラスはざわついたよ。市川が『早くやれよ』って野次飛ばしてさ。司会やってたのは草薙で、大丈夫かって声かけてた。でも、櫛屋は動かなかった。しばらくそのままだったけど、櫛屋は――」

また長い溜息。

「櫛屋は、最初の一言目を、派手にドモったんだ」

「え？」

「妙に大きい声で、舌がもつれた感じだった。クラスは一瞬呆気に取られたみたいに静まって、それから皆が笑ったんだ」

状況が上手く摑めない。

「それで、櫛屋さんはどうしたの？」

「泣きながら、すぐに教室を飛び出した。クラスの連中はまだ笑ってたな」

敵をいつもキッと睨んでいた櫛屋すみれが、泣きながら逃げた？

「よくわからない。櫛屋さんは、たったそれだけで――」

そう言いかけた僕に、彼は強く「やめろ」と言った。とても大きく厳しい声が、書庫に響き渡る。

「それだけとか言うなよ。本人にしかわからないこともあるだろ」

腑に落ちないところもあるが、たしかに彼の言う通りだ。

「ごめん。無神経だった」

「とにかく、これで終わりだよ。櫛屋はそれ以降、ずっと学校を休んだ。俺も留年決まってからは休んだから、後は知らない」

檜川大河は、そこで思い出話を打ち切った。

「そう言えば聞いてなかったな。俺のとこに来たってことは、闇の新しい動画が出たんだろ？今度は何を聞かれた？」

彼はもう全部知っているはずだ。隠す必要はない。

「破壊したのは誰って。何のことかはまだわからない」

そう言うと檜川くんは目を伏せ、呟いた。

「破壊されたのが高校生活とか櫛屋自身のことだったら、壊したのはやっぱり本橋達だろうな。多分皆、そう思ってるよ」

僕は頷く。新しい動画が出て以来、あの三人は針のむしろのような生活に逆戻りをしていた。無遠慮な視線を投げかけられ、彼女達が歩く周囲には、ヒソヒソ話が溢れている。彼の言う通り、クラスメイトも同じことを考えているのだろう。

背の高い大槻奈央子と、中肉中背の本橋花鈴、そして小柄な梨木千弥。三人の怯えきった顔が頭に浮かぶ。彼女達はコンテストで櫛屋すみれを一位にすることを画策し、そして異変が起きた。

あいつらは絶対に何かを知っている。突き止めなければ――。

三

九月の最終日。公民の教師が体調を崩し、授業が自習に変わった。席を立ってコソコソ話す生徒もいるが、大体が机に向かい黙々と勉強している。

僕はひたすら考える。破壊されたもの——。

窓から生暖かい風が吹き込む度に、身体にじんわりと汗が滲む。何もかもが不快でならなかった。

僕は、袋小路に入り込んでいた。

檜川大河と会った翌日、風邪が治ったという奏芽に話を聞いた。

「以前きみが言った、簗山くん達が『笑った』って意味がわかった」

そう言うと、彼は檜川くんと同じように深く俯き、「うん」と呟いた。やはり奏芽だけが、罪と真剣に向き合っているようだ。他の連中は去年の文化祭でひどいことをしたという自覚がなく、平然と今年もスピーチコンテストをやろうとしている。

奏芽は去年の文化祭で、撮影担当だった。張り切る益城先生が全方位カメラを借りたので、慣れない操作で大変だったと語った。

「皆が笑った後、益城は今までにないくらいキレてたよ。櫛屋がいない教室で、全員を怒鳴り散らした。俺、後で撮った動画を編集しようと思ってたんだけど、それもウヤムヤになったな」

僕は少しだけ、益城先生を見直した。

「文化祭の後、櫛屋が休み始めて皆ちょっとヤバいって思い始めた。あいつらは、超はしゃいでたけどな」

彼はとても冷たい目を、本橋達三人に向けた。彼女達の話はまだ聞けていない。何度か話しかけようとしたが、やはり三人だとガードが堅く、まったく相手にされなかった。

草薙さんは通話で、当日の櫛屋すみれの様子を教えてくれた。

「あの日のすみれは怯えてて、顔色もひどくて——。可哀想なくらい緊張してた。私、司会だったから後ろから見てたけど、最初のスピーチの時にすみれは、ブレザーの下にサコッシュを付けっぱなしだったの」

「サコッシュ？」

「長いヒモの小さいバッグみたいなの。スマホと財布と、文庫本を入れたら満杯くらい。ロッカーにしまうのを忘れたんだろうね。お尻のあたりだったから、皆からは見えなかったけど。やっぱり気になるみたいで、本番中もたまに後ろに手をやってモゾモゾしてた」

「そのサコッシュとやらを、櫛屋さんはいつも持ってたの？」

「どうだろう？　グレーの地味なやつだったけど……」

文化祭の日は他のクラスで買い物をするために、僕も去年は財布とは別に小銭入れをポケットに入れていた。制服の形を崩したくない人なら、小さなバッグに入れることもあるのかもしれない。ただ、しまい忘れというのが少し気になる。

「それでね、スピーチは本当に上手だった。すみれ、こんなに大きな声も出せるんだって思った。内容も良かったから、本橋さん達が周りに投票させなくても、きっと一位だったと思う」

そう言った後、彼女は声を落とす。

「だから、二回目のスピーチはびっくりした。緊張が解けちゃったのかな。前に立った時も呆然ていうか、小さく震えてて……。それで失敗して、皆に笑われて……。すみれが教室を飛び出しちゃった時、私は追いかけたかったけど固まっちゃって――。皆ひどいよね……。すみれ、可哀想だよ」

緊張が解けちゃった――草薙さんはそう言ったが、それだけにしては様子がおかしい。一回目のスピーチの後に、何かがあったのかもしれない。僕はその事実を頭に刻んだ。

「ちなみに二回目のスピーチの時、サコッシュは？」

「なかった。だから、やっぱり最初の時はしまい忘れたんだと思うよ」

二人の話を聞いても、「破壊されたもの」の影は見えなかった。途方に暮れた僕は、仕方なく他の連中の話も聞いた。

文化祭での櫛屋すみれについて、何か覚えていることはないか。

築山くんと谷村くん、都塚さんと豊崎さん、張替軍団や他の連中にも話を聞いた。でも、完全な無駄足だった。

彼らは櫛屋すみれを笑ったことに対して、必死に主張した。

「ボケたと思ったから笑っただけ」「馬鹿にしたわけじゃない」「周りが笑ったから」「笑わないと感じ悪いから」。

そして、最後は皆同じように「悪いのは周りを焚きつけて、櫛屋を優勝させたあいつら」と言って、例の三人組を睨んだ。

わからない――。話を聞く度に苛立ちが募る。最近の僕は苛立ってばっかりだ。

結局、何も得られなかった。文化祭にこだわったのは失敗だったのかもしれない、その思いが頭を過ぎり、また苛立ちがこみ上げる。


「大丈夫か、お前」突然の声に顔を上げると、奏芽が立っていた。

「ひどい顔色だぞ」心配そうな彼に僕は微笑もうとするが、吐き気を覚えて上手くいかない。

何とか「平気」と言うと、奏芽は僕の頭を軽く叩き「無理するなよ」と言って去って行った。

僕は一人で考え続ける。わからない。何もわからない――。暑いはずなのに身体が震え、吐き気がこみ上げてくる。

最近、僕はひどく嫌な夢を見る。夢の内容は、大体一緒だ。

ひどく哀しそうな顔をして、ユーリが僕を見ている。僕はいつも何も言えず、彼――時々彼女から目を逸らし、必死で逃げる。どこに行ってもユーリはいて、僕はその度に悲鳴を上げる。怖くて怖くて、どうしようもないほど怖くて、僕は逃げ続ける。そして逃げ疲れた僕は、いつも階段の踊り場で倒れ込み、同じことを言い続ける。

ユーリ、許してください。先生、ごめんなさい。

だから、僕は眠らないことにした。時間と思考のすべてを闇のために費やし、明け方に訪れる数分のまどろみ以外は、休むのをやめた。食事もあまり取っていないので両親は心配しているし、授業にもまったく身が入らないが、そんなことはどうでもいい。

破壊したのは、誰？　――それが今の僕の考えるべきことだ。

僕は目を塞いで耳を閉じる。全部余計なことだ。全部余計だ――。

葦名先生も、ユーリのことも今は忘れろ。考えろ――。

破壊されたものは何だ。破壊したのは誰だ――。

「静かにしてよ！」少し離れたところで、女子の怒鳴り声がした。

顔を上げると、豊崎乃々香が立ち上がっている。怒りの対象は隣の席の本橋花鈴と、その席に集まっていた大槻と梨木のようだ。彼女達の元に、慌てた草薙さんが駆け寄っていく。

「うるさいんだよ！　っていうか、なんであんた達は笑えてんの？」

豊崎さんは本橋の机を思い切り叩いた。バンという大きな音が、既に無音の教室に響き渡る。

「全部あんた達のせいじゃん！」

張り詰めていたものが爆発したらしい。彼女は目を潤ませている。

「どうせ破壊したってのもあんた達なんでしょ。早く罰に謝んなよ。早く私達を解放してよ！」

豊崎さんの大声に、本橋は首が折れそうなほど俯いた。その後ろに立っている二人も似たようなものだ。

「乃々香、落ち着いて。皆見てるし――」

草薙さんが手を伸ばして肩を摑みかけたが、その手は乱暴に振り払われた。そして豊崎さんは急に僕の方へと視線を向けた。

「和泉、こいつらの名前書いてよ。それでもう終わらせてよ」

怒りと深い哀しみに充ちた目だった。僕の隣の席から笑い声が聞こえ、見ると都塚美潮が手を叩いて笑っている。

「いいぞー豊崎。やっちゃえやっちゃえ」

豊崎さんはそれを完全に無視して、また三人に向き直った。

「もう自殺してよ。あんた達が死ねば、闇はクラスのこと許してくれる。あんた達のせいなんだから、少しは役に立ってよ！」

ひどい言い草だが、クラスの連中はそれを否定しなかった。それで終わるのならばという空気が一気に蔓延《まんえん》し、虚ろな視線が三人を取り囲んでいく。草薙さんは息を呑み、様子を見守っている。

僕は頭を掻きむしる。うるさい。うるさいうるさい！

僕は今、必死に考えているんだ。邪魔をするな――。

空気に耐えきれなくなったのか、本橋花鈴は立ち上がり、目に涙を浮かべて教室を出て行った。大槻と梨木は俯いたまま動かない。

本橋は、今一人でいる。千載一遇のチャンスだった。

僕はもつれる足で立ち上がり、教室を飛び出す。

本橋花鈴は廊下の手洗い場の前で座り込み、泣いていた。子どものような背中に近づき、ふと足を止める。

彼女は自分のスマホを覗き込んでいた。液晶には、CGで描かれたキャラクターが映っている。派手な赤い髪で、金色の鎧《よろい》を着た少年だ。

「……私――悪く……知らな……そんなに大事な……もの……」

彼女はその少年に、泣きながら語りかけていた。

「千弥が勝手に……だから……私――悪く……よね」

彼女は言い訳を繰り返しては、何度も頷いていた。僕には液晶のキャラクターが知らん顔をしているようにしか見えないが、彼女にとっては違うのかもしれない。

僕の気配をようやく感じ取ったのか、彼女は振り返り、目に驚きを浮かべた。僕は両手を広げ、敵意がないことをアピールする。

「ごめん。見るつもりはなかった。それ何？　Vチューバー？」

彼女はひどく怯えた表情を浮かべた後、立ち上がって後じさった。スマホはポケットにしまったようだ。

「千弥って、梨木さんのことだよね？　何やったの？」

そう言うと彼女の顔が大きく歪んだ。涙でぐしゃぐしゃの目と、ズレたマスクの下から覗く鼻の穴が、限界なまでに開かれる。

僕は確信する。この子は、何かを隠している――。

「本橋さん。破壊されたものが何か、きみは知ってるね」

頭が痺《しび》れるほどの興奮が湧き上がる。ようやく手がかりを見つけた。本橋は三人の中ではリーダー格で、気も強い方だ。ただ、今の弱っている彼女なら切り崩せる――。

本橋は何も言わない。頭がおかしくなりそうだ。

「知ってるんだろ？　早く話してよ」敢えて声に苛立ちを滲ませる。彼女は身体を翻し、僕から離れようとする。

「梨木さんが何かを壊した？　大槻さんは知ってるの？」

無意識のうちに僕の手が伸び、彼女の肩を摑む。彼女の目に、明らかな恐怖が宿る。離すものか——。早く、早く教えてくれ——。

その時、急に背後から肩を摑まれた。

「何やってんだよ！」奏芽はとても強く怒っていた。

僕は意味がわからず、ぼんやりと彼の顔を見続ける。

「どうしちゃったんだよ、お前。そんな奴じゃないだろ」

違うよ奏芽。僕は、知らないといけないんだ。邪魔しないでくれ。

「ごめんな、本橋。七生にはよく言っておくから——」

ああ。逃げていく。手がかりが逃げていく——。

全身が震えだす。手足が一気に冷たくなり、僕は思わず座り込む。

「七生、おい！」

僕は、そのまま意識を失った。

ユーリの夢を、見てしまった。

保健の先生はベッドの有様に驚き、小さく悲鳴を上げた。

「今、職員室で下着とズボンを借りてくるね。大丈夫だからね」

そう言ってパタパタと駆けていく。僕は顔を覆い、泣きじゃくりたい衝動と、今すぐ死にたい衝動を抑え込む。

戻ってきた先生は、替えのズボンを差し出しながら言った。

「ちょっと吐いて汚れちゃったことにしたから」

とてもありがたいのに、僕はその顔を見ることができない。

先生はいくつか質問し、僕が最近ほとんど寝ていないと知ると、意識を失ったのは貧血のせいだと結論づけた。

「明日の土曜日は、思いっきり朝寝坊して、栄養のあるものをたくさん食べること。約束してね。あと誰にも言わないから、安心して」

僕が着替える間、カーテンの向こうで先生はそう言っていた。

着替えを終えて、保健室を出る。窓から強い西日が射し、廊下をオレンジ色に染めている。

僕はしばらく歩き、そして立ち尽くす。

まとまった時間を眠ったせいだろうか、ここしばらく僕の中にあった衝動は消え去り、ぽっかりと大きな穴が開いているようだ。

その穴から、絶えず声がする。

考えろ。考えろ。お前が殺した命について、考えろ――。

泣きたくなった。元に戻ってしまった――。無駄なんだ――。

僕は歩き出す。自分から――罪から逃れるために。悲鳴がせり上がり、右手で口を塞ぐ。こみ上げる涙を抑えるために、左手の拳を強く握る。

もう駄目だ――。もうどうしようもない――。

そう思った時、ぼやけた視界に茶色の扉が浮かび上がった。


シバさんはいつものように、僕に飲み物を出してくれた。そして僕の顔を見て静かに頷き、テーブルの上で手を組んだ。

「きみは今、とても怯えているね。話を聞かせてくれるかい？」

彼の顔を見て、僕は少し冷静さを取り戻した。同時に気恥ずかしさがこみ上げる。結局、僕の口から出たのはガキ臭い戯言《たわごと》だった。

「話しても意味ないです。シバさんは、僕のことを何も知らない」

話すことが、とても怖い。怖くて仕方がない――。

「そうかもしれない。でも、きみの好きなものはたくさん知っているよ。嬉しいと思うものも、楽しいと思うものも」

彼は穏やかに言った。そして微笑みながら、僕の顔をじっと見た。

「僕は、おかしくなってしまったようです」

自然に、口から言葉が飛び出した。

「最初は、推理小説を読んでるみたいでした。あと、デスゲームもの。もちろん同情も……人助けしたいって思いもあって――」

シバさんには意味不明に違いない。それでも僕は、自分勝手に喋っていたかった。

「その人は僕に答えをくれたんです。ずっと探してた答え――」

復讐。それはとても魅力的だった。僕はずっと、どうして良いのかわからなかった。光の射さない海の底で、僕はずっと溺れていた。

そうだ、復讐すれば良いんだ。ユーリのために――。そうすれば僕はきっと、どこか違う場所に行けるはずだ――。

「好きな人がいました。初めて人を好きになって――中学の国語の先生でした。担任じゃなかったけど委員会の担当で、色々相談に乗ってもらいました。その人のことが、本当に大好きだったんです」

葦名先生。笑う時に細める目が好きだった。ちょっと八重歯が見えるところが大好きだった。委員会の後、こっそりお菓子をくれるところも、いつも「内緒ね」と指を口に当てるところも――。お菓子を食べながらたくさんお話をした。僕は先生が大好きだった。

「先生は、僕が中二になった時に結婚しました」

ショックだった。傷付いたりもした。でも、先生が嬉しそうで、だから僕も喜ぶことにした。嬉しいって思い込んで、先生の前ではにこにこして、良かったですねって、おめでとうって何度も言った。

「でも、僕は疲れちゃったんです。先生の前にいるのが辛くて、少し避けるようになりました」

それでも先生は、僕をいつも気に掛けてくれた。どうしたの？　何か心配事？　先生にできること、何かないかな？

「二学期に入って、ちょうど今くらいの時期でした。階段の踊り場で、先生に会って――」

心臓の鼓動が早くなっていく。舌がもつれていく。この時のことを思い出すと、僕はいつもそうだ。

「先生は笑って、僕に話しかけました。でも哀しくなって僕は――逃げようとしました。先生が肩を摑んだから、それを僕は――」

強く振り払った――。

「悲鳴が聞こえて、あ、あ、先生が――。先生が階段から――」

僕は胸を押さえ、必死に呼吸を整えようとする。

「倒れた先生は、周りに足を滑らせただけって笑って言いました。でも、すぐにお腹をギュッと押さえて、救急車が来て……」

先生は身体を丸めて――消えそうな声で、ユーリと呟いて――。

「先生はそれから学校を休みました。先生は前に、女子と話してる時に言っていました。子どもにつけたい名前があるって。男の子でも女の子でも、名前はユーリって。響きと同じで、優しい人になるようにって。ユーリ、ユーリ。ぼ、僕が――殺した」

誰も僕を責めなかった。生徒達は何も知らなかったし、教師達も何も言わなかった。久しぶりに学校に来た葦名先生も、何も変わらない笑顔を見せてくれた。ごめんなさいって言っても、何がって笑った。でも、ふとした時に先生は、とても哀しい目をしていて――。

やっぱり僕が殺したんだ。先生の赤ちゃんを、僕が殺したんだ。

ごめんなさい、葦名先生。ごめんなさい、ユーリ――。

「僕は――ずっと考えたけど、わからなくて。許してもらえる方法が、ちっともわからなくて――」

僕の意識を無視して、身体が震え出す。

何をやっても、逃げられなかった。純白のAクラスに入っても無駄だった。だから僕は闇に惹かれた。僕はユーリのために、復讐をするべきだと気がついた。復讐の対象は、僕自身――。そうすればユーリは、きっと僕を許してくれる。だから僕は、闇に近づきたかった。復讐者の心を教えてほしかった。それにもしも闇が、他の奴と一緒に僕も罰してくれたら――。僕は、救われるような気がした。

闇の出す謎を解いているうちは、他に何も考えずにいられた。眠る時以外は、ユーリのこともほとんど思い出さなかった。

でも、駄目だった。コンビニで葦名先生と再会して以来、常に頭の中にユーリがいる。どんなことをしても、僕は逃げられない。

ユーリを殺した日から、僕はずっと考えていた。

許される方法を、償える方法を、ずっと考え続けた。でも、どれだけの時間考えても、どれだけ深く考えても、思い浮かばなかった。

シバさんは立ち上がり、僕の肩を強く摑んだ。目眩がするほどその手は温かく、力強かった。

「大丈夫だ。大丈夫だよ」

僕は、あれからずっと泣いていない。先生の方が哀しいのに、僕に泣く権利はないと思ったからだ。僕は歯を食いしばる。

「きみは忘れなかったんだね。ずっと自分を、罰してきたんだね」

罰してなんかない。ただ怯えて過ごしていただけだ。

「きみはとても優しくて、とても強い子だ。よく頑張ったな」

シバさんはしわしわの手で、僕の頭を撫でてくれた。

「反省するのは大いに結構。でもね、きみは少しだけ間違っている。許される方法じゃなくて、許す方法を考えるんだ。きみが自分自身を許す方法だよ。きみは自分と仲直りしなさい」

自分を許す――。その言葉が、心の中に沁みていく。

「きみの体験が罪か否は、私からは何も言わないよ。多分きみはもう、その言葉を求めていないだろうから。ただ、ずっと自分を苦しめているのは、緩やかな自殺と一緒だよ」

自殺――。頭の中に、一人の少女が浮かぶ。

「人間は幸福を目指すから生きていける。それは、その先生も一緒だよ。当時は哀しみ、もしかしたらきみに怒りを覚えた瞬間もあったかもしれない。でも、今は幸せになるために前を向いているさ。きみの大好きな人は、そういう人だったんじゃないか？」

あの時コンビニで会った先生は、昔と変わらない笑顔を僕に向けてくれた。八重歯を覗かせて、僕の大好きだった、あの笑顔を――。

いや、駄目だ。僕はきっと、自分を許すことなんてできない。あの笑顔を、僕は破壊したのだから――。

「――僕には難しいです」

「いや、できるよ。苦しまないこと。食事を楽しみ、音楽を楽しみ、冗談を言って日々を楽しむこと。恋をしたり、幸せになるための努力を続けるんだ。そうすれば、いつかきみは自分を許すことができる」

僕はしばらく、泣くまいと耐えた。シバさんがコーヒーを飲む間、僕はひたすら耐え続けた。ようやく僕が落ち着くと、彼は言った。

「まずは、百パーセントやりたいことをやってみよう。炭酸を飲みながら映画を観たり——。そうだ、ラッコを見に行ったっていい」

「——ラッコは、実はそこまで好きではないです」

僕はそう言うと、シバさんは微笑んだ。

「何でもいいよ。やりたいことをやって、自分を労《いたわ》りなさい」

家に帰り、僕は奏芽にメッセージを送った。

自分の行動が軽率だったことと、本橋にも謝りたいことを伝えると、奏芽は古い漫画のキャラクターが「許さねえ！」と激怒しているスタンプを送ってきた。そしてすぐに「ごめん、間違えた」と言ってくれたので、僕は少し笑うことができた。

ユーリと葦名先生のことを忘れることはできないし、忘れたくないと思う。でも、ただ苦しむだけの日々はもう終わりにしたい。考えることは好きだから、自分を許すことを真剣に考えたい。

やりたいことをやってみよう——。シバさんはそう言った。

僕の頭に浮かぶのは、あの不気味なぬいぐるみだった。

闇――。暗く深い怒りと、消えることのない復讐心を抱いた存在。

クラスを怯えさせ、苛つかせ、悩ませる存在。

彼に言えることなんて、僕にあるだろうか――。

それでも僕は、どうしても闇と話がしたかった。


その夜、僕は夢を見た。

どこまでも青く美しい花畑の中で、ユーリが微笑んでいる。僕が謝罪の言葉を口にしようとすると、彼は人差し指を突き出し、そっと唇に当てた。その仕草が葦名先生にそっくりで、思わず涙を流す。ごめんなさい――。ユーリはにっこり笑って、僕の身体を包んでくれた。それが暖かくて、暖かくて暖かくて、僕はただ泣き続けた。

とても優しい夢だった。

四

「ごめん。この前はどうかしていた。本当に悪かったと思ってる」

深く頭を下げると、本橋花鈴はじっと僕の顔を見た。そして疲れたように溜息を吐き、「別に」と呟いた。

彼女がスマホに語りかけていたように、梨木千弥が何かを壊したのは間違いない。でも、彼女はもう僕に話してくれないだろう。

それなら、僕は自分で「破壊されたもの」を見つけるしかない。

「なんか、久しぶりにお前に会ったたって感じがするよ」

奏芽はそう言ってくれた。

「無事帰ってきたよ。色々心配かけたね。ごめん」

「馬鹿。気にするなよ、友達だろ。チビ。豆粒。小粒」

「優しい言葉の帳尻を合わせるが如《ごと》くの罵《ば》詈《り》雑言《ぞうごん》、やめてくれる?」

僕達は顔を見合わせ、たくさん笑った。

「何か俺に手伝えることはあるか?」

奏芽は少しだけ、心配そうな表情を浮かべている。きっと僕がまた暴走しないか不安なのだろう。その気遣いが嬉しかった。

「じゃあ、前に言ってたこと――闇はPCに詳しくて、MAC使いってやつを調べてくれないかな。クラスメイトの誰が闇なのか、本格的に調べてほしい」

「意外だな。闇の正体には興味がないと思っていた」

「うん。でも事情が変わったんだ」

闇という存在ではなく、哀しんでいるその心と話がしたい――。奏芽は強く頷いてくれた。

「あと、もう一つだけお願いがある」

無理だとは思うが、僕がやるよりは上手くいくだろう。

「益城先生に頼んで、去年の文化祭の動画を手に入れてほしい。まだあればだけど」

やはり、鍵は文化祭にあると思う。二回目のスピーチの直前、櫛屋すみれは激しく狼狽《ろうばい》した。そこに秘密があるとしか思えない。

先生は奏芽を信頼していると思う。動画が残っていたら、彼にならば渡すかもしれない。

「ＯＫ。それなら――」

奏芽は不意に僕から離れると、草薙さんと会話して戻ってきた。

「今年も撮影係に立候補した。去年の撮影で機材いじったところが、動画でどうなっていたのか気になるって言えば、益城も嫌とは言えないだろ」

僕は頼りになる親友の顔を眺める。彼はニヤリと笑って言った。

「さ、しまっていこうぜ、相棒」


それから二日後の夕暮れ、奏芽からメッセージが来た。

「益城、データは消したって言ってた」

僕は不思議な気分に陥る。とても残念だが、櫛屋すみれのことを考えるとそれで良かった気もする。別の方法を探るしかないか――。そこまで考えたところで、またスマホが震えた。

「話はここからよ。俺、思い出したんだ。全方位カメラのデータは、バックアップがクラウドに保存されてるって。それで、ダメ元でカメラのアプリを落として、益城に学校のクラウドサーバー聞いたら、ビンゴだったぜ。有効保存期限が一年だったから、危ないところだった。昭和世代のリテラシーの低さに乾杯だな」

棚からこぼれ落ちた大きなぼた餅に、僕は声を漏らしそうになる。

「やった。素晴らしいよ！」

「更に朗報がある。うちの親父殿は今日仕事で帰って来ない。親父殿のＶＲゴーグルが、今ならなんと使い放題！　だから家に来いよ」

「今から行っていいの？」

「おう。一人でエロ動画見るつもりだったけど、今日は我慢してやる。駅についたら連絡しろよ。ナビるから」

僕は急いで家を飛び出した。


奏芽の家は、龍善の隣にある栄馬《えいま》市だった。駅から近いマンションで、タワマンほどではないが充分に大きい。ここで彼は、両親と姉の四人で暮らしているそうだ。

扉を開けると、奏芽が顔を出した。

「お、来たな」妙に真顔で言う彼に、僕は頷いた。

優しそうな奏芽のお母さんに簡単な挨拶を済ませ、部屋に入る。ＰＣ机の前の座椅子には、結構ゴツいゴーグルが置いてあった。

「僕、これ使うの初めてだ」

「データはもう落としてある。二つあって、一個は全員のスピーチが入っているやつ。二つ目が、投票後の櫛屋のやつ」

「一つ目も気になるけど、やっぱり二つ目を見たい。そこに、櫛屋さんが狼狽した理由がきっとある」

奏芽はそう言うと、真っ直ぐに僕の顔を見つめた。

「再生チェックしただけで、まだ見てない。でも、多分俺は見れない。胸くそが悪くなるからな」

それでもお前は大丈夫か？　そう言われている気がした。

大丈夫――。大丈夫だ。今の僕は、とても冷静だと思う。それに、どれだけ深い海に潜っても、隣には奏芽がいてくれる。それだけで、僕は必ず浮上できるはずだ。

僕は頷いてＶＲゴーグルをセットする。思ったより軽く、付け心地も気にならない。これなら、動画に集中できそうだ。

「再生するぞ」奏芽の声が、少し遠くに聞こえた。

目の前にパッと強い光が現れ、僕は一瞬目をつぶる。

＊

目を開くと、間近に教室の一番前――黒板が見えて、右耳から教室の雑音が溢れ出した。突然の音に驚いて、思わず視線を右に向ける。すると黒板が視線から消え、見慣れた教室の壁が現れた。

誰かがあははと笑った。僕は不安に駆られ、また首を動かす。教室の後ろに机が集められ、その前に椅子が並んでいる。そこに座ったり、教室を歩き回ったりしている生徒達の顔には、全員見覚えがあった。

谷村くんと築山くんの二人が立ち話をしている横で、張替軍団が集まってお喋りをしている。都塚美潮がスマホをいじっている近くで、市川と真壁がニヤニヤした顔で座っている。本橋達三人は後ろの窓側に立ち、縮こまって身を寄せ合っている。

檜川大河の姿もあった。彼は心配そうな表情を浮かべ、ただ黙って腰掛けている。一番端の椅子には益城先生が目を閉じて座っていた。眠っているようにも見えるが、何か考え込んでいるのかもしれない。

教室の前の教卓は片付けられ、教壇だけが見える。その左端に近い場所には椅子と机が二つずつ並んでいて、草薙さんと豊崎さんが座っている。司会席のようだ。豊崎さんの机にはプッシュ式のベルが置いてあるので、時間を計測する係なのだろう。

奏芽がいないと思ったが、僕の傍――カメラのすぐ近くに座っていて、不安そうにこちらを見上げている。

くぐもった荒い息の音。それは僕の呼吸音だった。

ここは昨年の文化祭会場で、僕はそこに存在している――。

「一旦止めて、少し早送りするわ」ゴーグルの外から聞こえてくる奏芽の声に、僕は頷く。再び目の前に光が現れ、僕は目を閉じる。

急にガラッという扉が開く音と、生徒達が椅子に座る音、それから女子の笑い声と拍手が響いた。目を開けると再び教室が見える。頭を扉の方に向けると、視界が少し遅れて移動する。

扉の傍に、その人はいた。とても短い、男の子みたいな髪型。怯えきった目は捕食される小動物のようで、それが白い――病的なまでに青ざめた顔色を際立たせている。僕の胸は何故か、息苦しいまでに締め上げられた。

櫛屋すみれだった。クラスの連中にいじめ抜かれ、身を投げて死んだ同い年の女の子と、僕は初めて出逢った。

「それでは、投票によって優勝した櫛屋すみれさんに、もう一度スピーチをしていただきます」

司会の草薙さんが言った。ひどく不安そうな顔で彼女を見ている。

「櫛屋さん、大丈夫ですか？　具合が悪いなら、無理にやらなくても――」

草薙さんの言葉は、ブーイングでかき消えた。市川と真壁だ。

櫛屋すみれは二人がいる方を、小さく、でも強くキッと睨んだ。

彼女は何をされても睨むだけ――。多くの人がそう言っていた。それを聞く度に僕は、彼女を可哀想に感じていた。弱者の哀しい威嚇、そう思い込んでいたからだ。

でも、想像とまったく違った。それはまるで宣戦布告のように、決意と悲壮感を伴った、とても力強いものだった。

「無理しなくてもいいぞ。もう、一度聞かせてもらったからな」

先生が言う。それでも彼女は首を振り、壇上に向かう。

彼女は小さな両手で拳を作った。気付けば僕も拳を握っていた。

市川が早くしろと野次を飛ばす。櫛屋すみれは真っ直ぐ全員を眺めている。怯えた目に力が籠もり、僕は彼女の声を聞いた気がした。

負けない。こんな奴らに負けるものか――。

「それでは、優勝した櫛屋さんにもう一度スピーチをしていただきます。テーマは『光源』。お願いします」

草薙さんの言葉に、ほんの少し彼女は頷いた。そして大きく息を吸い、教室の奥を見るように顔を上げて――。

異変が始まった。

彼女は、動かなくなった。瞳の色がわかるほど瞳孔が開き、ただ一点を見つめている。マスクがゆっくりと歪み、口を開けたことがわかる。彼女は手で胸を押さえ、Yシャツに大きな皺ができた。

聴衆達も異変に気付き、ざわめきが広がって行く。それでも、彼女は動かない。動けないようだ。

「櫛屋さん？」

草薙さんの声が響く。櫛屋すみれはそして、泣き喚くように――。

「どっどど、どどっどど――どどっどうっどうし」

僕は思わず、大きく頭を振る。ブレた視界にクラスメイト達が割り込んでくる。彼らは一瞬黙った後、その顔を大きく歪ませて――。

笑った。

それは爆笑だった。テレビのバラエティみたいに、大袈裟で無遠慮な笑い声だった。世界一面白い冗談を聞いたみたいに、馬鹿馬鹿しい大笑いだった。

谷村くんも簗山くんも笑っていた。真壁は天井を仰いで足をばたつかせ、市川は猿のように手を叩いている。都塚美潮は両手で顔を覆って肩を震わせ、草薙さんの隣では豊崎乃々香が腹を押さえて俯いている。檜川大河と草薙さんだけが、固まったように動かない。

　悪夢のような光景だった。

　笑うな。この人を笑うな――。叫びたくても声が出ない。

　笑い声の響く中、櫛屋すみれは呆然と、ただ立ち尽くしていた。

「静かにしろ！」益城先生が怒鳴り、ようやく笑いが収まっていく。

　櫛屋すみれの目から、大粒の涙が溢れ出る。そして呻《うめ》き声のような、怒りのような喚き声を上げ、彼女は教室を出て行った。また笑い声が起きる――。

　すぐ近くで足音がした。振り向くと、奏芽が手を差し出していた。とても哀しそうな顔をしている。奏芽の手が伸びると同時に、僕の視界は真っ暗になった。


「大丈夫か？」ゴーグルを外すと、奏芽が言った。

「――許せない」僕は袖で顔を拭う。汗が全身から吹き出て、動悸《どうき》も怒りも収まりそうになかった。

「あいつら、最低だよな」奏芽は顔を伏せ、哀しそうに言った。

「……あのさ、もしかして――」

　僕は意を決して言う。それはひらめきではなく、気付きだった。櫛屋すみれはほとんど喋らない子で、小学校時代は保健室登校だった。そして僕が話を聞いた何人かは、彼女の声がとても小さかったことを語った。

考えれば考えるほど、確信を覚えていく。リップのことがあって教室で叫んだ後も、書庫で髪を切った時も、彼女は口を押さえていたはずだ。漏れ出しそうな言葉を圧《お》し殺すように――。

「櫛屋さんは、吃音《きつおん》だったんじゃない？」

昔、仲が良かった友達の家に、よく遊びに行った。友達の兄は優しそうな人で、いつも僕達が遊んでいるのを楽しそうに眺めていた。僕は物静かな彼が好きで、一緒に遊ぼうと声をかけたことがある。彼の喋り方を聞いて、僕はとても驚いた。彼は僕の顔を見て、とても寂しそうに笑っていた。思い出したくない、苦い思い出だった。

友達の兄が吃音だということと、絶対にからかってはいけないことは後で両親が教えてくれた。その人の発音と彼女のそれは、とてもよく似通っていた。

吃音が出ることに不安を覚えていたから、彼女は声が小さかったのではないか――。

「多分、そうだろうな。俺、最近まで吃音のこと知らなかったよ」奏芽が俯き、呟いた。

僕は吃音を知っていたが、クラスの他の奴らはどうだったのだろうか。知っていれば、あそこまで馬鹿みたいに笑うことは――。いや、そうだとしてもすべては遅い。

あの教室で大きな笑いが起き、彼女が傷付いたことはもう変えられない。

僕は泣きたくなった。あまりに残酷だ。隠していたものを皆の前で暴かれ、更に笑われたのだから――。

「やっぱり、破壊されたのは櫛屋だよ。壊したのはクラス全員だ。闇はこの動画が一年で消えることを知っていたのかもな。動画が消える前に、お前に判定を下してもらいたかったんだよ。破壊したのは誰か——。お前がクラス全員だと書き込めば、それで終わる」

奏芽の言葉に、納得しかけている自分がいる。むしろそうであってほしい。あんな奴ら、ぶっ潰れてしまえばいい——。

でも、違和感は僕の胸にたしかに存在していた。

破壊したのは、誰——。闇はその誰かを、知らないと言ったはずだ。

「確かめたいことがある」

僕はそう言って、もう一度ＶＲゴーグルを手に取った。


彼女が壇上に立ち、クラス全員を眺めた直後、僕は叫ぶ。

「止めて！」同時に世界が死んだように、音が止まった。

僕は彼女の隣に——立つことはできないが、彼女と視界を共有する。クラスの連中が期待と薄ら笑いを浮かべて、彼女を見ていた。

見慣れた教室の中に、異質なそれはあった。

教室の一番後ろ。ロッカーの上に、明らかな異物——。

これは何だ？　目を細めて眺めても、それの正体はわからなかった。手のひらくらいの大きさで、丸くて、材質は——。

「拡大できない？」そう尋ねると、外の世界から「無茶言うな」と聞こえた。僕は自分に命令する。彼女が見たものを見ろ——。

黒？　灰色か？　いや、白も入って——。

「あ！」それを僕は、はっきりと認識した。

「何かわかったのか？」奏芽の声を無視して、必死で目を凝らす。

ああ、そういうことだったのか――。

最初の動画以降、僕達はずっとその存在を知っていた。何故気付かなかったのだろう――。

僕はゴーグルを外して、奏芽の顔を見た。

「わかったよ」

なんてひどい――。どうしてそんなことが――。

「破壊されたのは、闇だ」

*

昨日までの蒸し暑さが嘘みたいな、ひどく寒い朝、僕は本橋花鈴に声をかけた。

破壊されたものがわかった――そう言うと、意外にも彼女は静かに頷いた。

「学校が終わったら話すね。奈央子と千弥も連れて行く」

彼女はそう言った後、深々と溜息を吐いた。

「全部話す。二人も、同じ気持ちだと思うし」

放課後、僕と奏芽は人気のないラウンジに辿り着いた。いつか、大槻奈央子が一人で過ごしていて、僕が話を聞いた場所だった。

三人は、それから数分で現れた。横並びの真ん中は梨木千弥で、既に泣き腫らしている。その隣の二人は彼女の肩に手を置き、やはり泣きそうな顔をしていた。

背が高く、少しぽっちゃりしている大槻奈央子、中肉中背の本橋花鈴、背が小さく、痩せぎすな梨木千弥。本当にバランスが良くて、気の良い愉快な三人組にしか見えないが、櫛屋すみれにとっては悪魔のように見えていたのだろう。

「私達、もう疲れたの」喋ったのは、大槻奈央子だった。

「だから、聞かれたことは全部答える。でも、お願いが二つある。それを守ってください」

僕と奏芽は顔を見合わせる。無茶なことは言わないと思うが――。

「お願いは後で言うね。全部話したいって気持ちも本当だから」

今度は本橋花鈴が言った。

「千弥もそれでいいね」本橋の言葉に、梨木は泣きながら頷いた。


彼女達が黙ってしまったので、僕は怖ず怖ずと切り出した。

「闇は破壊されたものって言っていたけど、あれはダブルミーニング――やっぱり、櫛屋さんのことも含まれてるんだと思う。きみ達が……闇を切り刻み、櫛屋さんの心を破壊した」

破壊されたもの――。それは、ペンギンのぬいぐるみだ。恐らく、ＬＩＮＥで奏芽に大切にしていると語った、水族館で買ったものだ。

それが闇だとわかった後、僕と奏芽は改めて動画を確認した。櫛屋すみれが教室に入る少し前、本橋はロッカーに駆け寄ってスカートのポケットからそれを引っ張り出すと、あまりにも簡単に、あまりにもあっさりと置いた。

そして本橋は他の二人のところに戻る前に、一瞬だけ立ち止まってカメラを見た。その表情は何故か助けを求めているようにも、諦めているようにも僕には見えた。

「お前達は、櫛屋が吃音だったのを知ってたのか？」

奏芽が尋ねると、本橋は頷いた。

「喋る時に少し詰まってたから、そうなのかなって思った。でも、はっきりわかったのは、結構後かな。千弥がSC室に行った時――この子、時々他の人が怖くなっちゃうから――。その時、すみれを見かけたって言ってたから。そうなんだろうなと思った」

やはりそうだったのか――。予想はしていた。

リラックスできる状況を作る――。破壊されたものがぬいぐるみだとわかって、僕はシバさんの言葉を思い出した。恐らく櫛屋すみれは、シバさんから僕と同じアドバイスを受けていたのだろう。

彼女は、ぬいぐるみの闇の前では吃音が出なかったのだと思う。皆の前で吃音を出なくするために、彼女はそれを学校に持ち込んだのだ。もちろん、とても怖かったに違いない。彼女が傷付くことを喜ぶ連中にすれば、彼女の宝物は格好のターゲットなのだから。

「本番当日、櫛屋さんはぬいぐるみを――いや、闇と呼ぶね。闇をサコッシュに入れて、肌身離さず持っていた。きみ達から守るために、必死だったはずだ」

一人の少女が奮い立つため、唯一の救いを危険な場所に持ち込んだ――。その時の彼女の心と、最悪の結果を思うと、僕はどうしようもなく叫びたくなる。

「ここまでは、間違ってない？」

否定してほしかった。何かの間違いであってほしかった。それでも本橋花鈴は顔を伏せ、頷いた。

「どうやって奪った？」喉が渇き、舌が口内にへばりつく。

「最初のスピーチの後、すみれがトイレに行った。それを――」

本橋花鈴は、顔を伏せたままだった。そして震える声で言った。

「三人で押さえつけて、無理矢理奪ったの」

遠くで、少女の悲鳴が聞こえた気がした。目眩がする。吐き気がする。許せない――。もう我慢できそうになかった。

「どうしてそんな……残酷なことができるんだ？　彼女のスピーチが成功しようが失敗しようが、きみ達には関係ないじゃないか。必死で頑張ってる人を笑いものにして、何が楽しいんだよ」

そう言った僕に、「私達にも理由が――」と大槻奈央子が叫んだ。

奏芽が、「理由って何だ？」と大槻を見る。彼女は少したじろぐと、救いを求めるように本橋の顔を覗き込んだ。

本橋は弱々しく微笑むと、「それは後で話す」と呟いた。

「大事なものだと思ってたけど、ぬいぐるみとは思わなかった。隠し場所は職員用トイレの掃除用具入れ。すみれは何度も私達に返してって言ってた。ずっと折れなかったあの子が、本当に必死に――」

闇――。くすんだ灰色の身体は、櫛屋すみれが長い年月を共に過ごした証だ。愛されたぬいぐるみを、こいつらは切り刻んだ――。

本橋は言い訳をするように言う。

「最初は隠すだけで、文化祭が終わったら返すつもりだったの。でもね――」

本橋の言葉に、梨木千弥の嗚咽《おえつ》が一際大きくなった。彼女の肩を、大槻奈央子が「自分で言わなきゃ」と呟き、そっと押す。

「ごめ――なさい。千弥、すみれが嫌だったの。最初から、三人の、間に、割って入って、二人、が、取られちゃうって――。い、じ、めても学校、来る、し。二人も、いじめもう、やめよって、言うし。も、ももう、来て、欲しく、なくて、千弥が、先生のトイレで――」

奏芽が驚いて、本橋を見る。

「お前ら、いじめをやめるつもりだったのか?」

三人が同時に頷いた。本橋が、目を細めて言う。

「奈央子が彼氏と別れて、あんまりすみれに絡みたくないって。彼氏の方はいじめの時だけ声かけてくるし――。それに、私もすみれに同情したっていうか、こんなこと無駄だなって」

ふざけるなよ――。僕は叫びたくなる。踏みにじっておいて、今更何を言ってるんだ。絶対に許せない。

激しい怒りの中、ふと頭に違和感が過ぎる。

いじめは終点へと向かっていた。だが、始点は――?

違和感を言葉にする前に、本橋が言った。

「私達は最初の動画が出た日から、覚悟はずっとしてた。でも一つ目のお願い――」

緊張した面持ちで、彼女は僕を見つめた。

「コメントに、千弥だけがやったって書かないで。私達三人がやったことにしてください」

奏芽は虚を突かれたようだが、僕の心は動かなかった。

こいつらは今、自分に酔っている。闇が現れなければ、きっと今も平穏に過ごしているだろう。反吐《へど》が出そうだった。

でも、櫛屋すみれの心を破壊したという意味ならば、残りの二人も同罪だろう。それに罪を判断するのは闇であって、僕ではない。

「わかった。ただし、もし闇に切り刻んだのは誰かと尋ねられたら、僕は言う。それでいい？」

二人が何かを言う前に、梨木千弥が言った。

「そ、それでいい。ご、めん、なさい。ごめんな、さぃ――」

本橋花鈴が、優しく梨木の頭を撫でる。

泣きじゃくる梨木以外、僕達はしばらく黙り込んだ。

数分前にしまいこんだ疑問が膨れ上がり、喉元までせり上がる。どうして櫛屋すみれは、いじめられるようになったのか――。

マウントを取るとか、髪を自慢したとか、そんな単純なことなのか？

別の何かが、始まりにある気がする。それは確信に近かった。

ただ、同時に耐えきれないほどの衝動が僕を支配する。

聞きたくない――。

今までのいじめの陰に見え隠れしていた、強烈な悪意。いじめの主犯とは決定的に違う、暗く深すぎる悪意。それが目の前に、たしかな存在感を持って現れた――。そんな気分だった。

それでも僕は聞かなければならない。闇と、櫛屋すみれのために――。

「きっかけは、何だった？」僕はそれを、何とか口に出した。

「ぬいぐるみを盗んだこと？　それとも、すみれへのいじめ？」

本橋花鈴は達観したように、僕を見ていた。

「……両方。勘違いじゃなければ、その二つは一緒だと思う」

彼女は目を閉じ、そして頷いた。

「二つ目のお願い。その人の名前を私に絶対聞かないで。やっぱり、話せないよ。それくらい、怖いの」

目を開いた本橋は、別人のように怯えていた。

「どういうことだ？」奏芽の声が、上擦った。

僕は覚悟を決めて、彼に言った。

「きみのインスタにメッセージを送った奴だよ」

それだけじゃない。彼女の愛した本を破き、書庫でその本に卑劣なメモを残し、彼女の自慢の髪を切り落とさせた張本人――。

井地目津呼と名乗っていた、悪意の塊――。

本橋花鈴が、何かから身を守るように身体を丸めた。

「私、引っ越しが多かったの。だから、その学校に行った時、嫌だなと思った。空気が暗くて、淀んでて――。いじめがひどかったの」

本橋は、自分の肩を抱きしめた。

「男子にも女子にも、ひどいいじめがあった。でも、変だったのは、一週間か二週間で、いじめられっ子が変わるの。前にいじめられていた子が、いじめていた相手をいじめるの。恨みがあるから、いじめの内容も普通じゃなかった。私、怖かったけどまたすぐに引っ越すことになって――。だから私、皆にやめようって言ったの。いじめても、いじめられるだけだって。先生にも言おうとしたけど――」

彼女はブレザーの裾に手を当て、それを忙《せわ》しなく動かし始めた。

「十七人。男子も女子も、私を毎日毎日――。転校までの二ヵ月間。私、未だにコンパスが持てない。女子が陰で笑ったり、男子が近くに来たりすると、身体が動かなくなって――」

タン――という音が、不規則に流れ出した。見ると、本橋の上履きがラウンジの床を忙しなく蹴っている。震えているようだ。

「いじめには、リーダーがいたんだね？」

彼女は頷かなかった。否定せず、ただ震えているだけだ。

「だから高校で同じクラスになった時は、本当に驚いた。昔と全然違ってて。仲良くやろうって。でも、誰にも言うなって。もし言ったら、今度は前みたいに証拠を残さないって――」

彼女はまるでもみ消すように、服の上から腹を撫で続ける。

「すみれと仲良くなったのは、親切で綺麗な子だったから。でも、すぐに元気がなくなって、教室で叫んだりして――。どうしたのかなって心配だった。でも、その時私も命令されたの。すみれをシカトしろって。わかっちゃった。すみれがおかしくなったのは、全部あの人のせいなんだなって――」

「大槻と梨木も、命令されたのか？」

奏芽の言葉に、二人はふるふると頭を振った。

「私達は、文化祭まで何も知らなかった。花鈴に付き合っただけ」

大槻がそう言うと、梨木も頷いた。それを奏芽が激しく叱責する。

「付き合っただけで、あんなひどいことができるのかよ！」

二人は怯えたように首を竦めたが、僕はその間言葉を失っていた。

黒幕は手足のように本橋を操り、櫛屋すみれを窮地に追い込んだ。三人の嫌がらせに真壁や市川が引き寄せられ、彼女の日常は地獄になった。そして黒幕は再び本橋達を使って、彼女の知られたくない秘密を晒させ、笑わせた――。

「櫛屋さんをシカトする理由、そいつは言ってた？」

「言わなかった。多分、前と一緒で気に入らないとかだと思う」

本橋花鈴は俯き、声を振り絞るかのように言った。

「私、文化祭の前に、もうやだって言った。高校生になったから、あの時とはもう違うって思った。友達もいるし――。だからもうやめたいってその人に言った。その人笑って、別にいいって。でも――画像が届いたの。昔の、嫌な、嫌な写真。駄目。逃げられない。バラ撒かれたくなかったらいじめを続けろって。その人、笑ってた。チャンスをあげるって。文化祭が近いから、そこで恥を搔かせてみろって。そうしないと写真を――。だから二人に打ち明けて、すみれを苦しめようって――。その人は、全部終わった後で私に言った。大事なぬいぐるみをズタズタにするなんて、最高に最低だって。お前は最低のクズだって、大笑いしてた」

大槻と梨木が、本橋の身体を抱きしめる。本橋は薬物中毒者みたいに、震える手でスマホをブレザーから取り出した。写真かと思って身構えたが、液晶に浮かび上がったのは、鎧姿の少年だった。

彼女はそれを食い入るように眺め、呼吸を整えている。

「中三の時、プルートーの配信と出逢ったの。ルーくんは面白くて、格好良くて、夢を追ってて――。私が辛い時も救ってくれるの。でもね、気付いちゃった。すみれも、あのぬいぐるみを本当に大事にしてたんだなって。救われてたんだなって。だから私は、もう許されない」

本橋は、悲鳴を上げるように泣き始めた。それに合わせるように梨木も再び嗚咽して、大槻も涙ぐんでいる。

「闇の動画のコメントに、黒幕のことを書く。きみから聞いたとは書かないけど、それでも黒幕はきっと勘付くよね。それでもいい？」

彼女は身を縮め、何かから逃げるように必死で頷いている。

「勇気、出さなきゃ――。ルーくん、私、勇気……」

彼女達のことを、僕は心底軽蔑している。僕が闇だったら、あるいは櫛屋すみれだったら、絶対に許せないだろう。

罵詈雑言を浴びせたかった。これから先、ずっと自分を責め続けろと言いたかった。三人は、それだけのことをしたのだから——。

三人は、肩を寄せ合い震えていた。僕は拳を握る。

「反省してくれ。もう二度としないと誓ってくれ。頼むよ……」

本橋花鈴は、泣きながら頷いた。他の二人も同じだ。

「話してくれてありがとう。感謝してる」

僕と奏芽はそれ以上何も言わず、彼女達から離れた。


僕は帰宅してすぐにPCを立ち上げて、動画を開いた。

コメント欄にカーソルを合わせ、少し考える。ここに書き込むのも、もう三度目だ。最初は友達の名前を書くために。二回目は諦めと共に。そして今は、不思議なほど落ち着いている。

@和泉七生
大槻奈央子、本橋花鈴、梨木千弥。三人が破壊者。壊したものは、ウサギの心とペンギンのぬいぐるみ。目的は彼女に恥を掻かせること。

そのために三人はウサギからきみを奪い取り、切り裂いた。

三人にそれを指示した人間がいる。黒幕だ。

僕はきみと話したい。これからのことや、黒幕のことを話そう。

どうか、メールをください。nanaoizumixxxx@xxx.co.jp

作ったばかりのフリーのアドレスを貼り付け、送信ボタンを押す。

闇、お願いだ――。僕と話をしよう――。

深夜三時ちょうど、闇からのコメントがついた。

@闇
ＯＫ。和泉七生。お疲れ様。

メールとか送るかよ……。余計なことすんなって言っただろ。

ま、ムカつくけど、今までの功績に免じて許してやるよ。

やっぱりあの三人か。だろうとは思っていた。

和泉くん、本当はこれじゃ駄目だよって言おうとしたんだ。

三人がぼくをどういう風に奪って、どういう風に切り刻んだのか、事細かく全部知りたいと思っていたから。

でも不思議なことに、もういいやって思うんだ。

言っておくけど、投げやりじゃない。満足した感じだよ。

本橋、大槻、梨木。おまえらの動画は、当然三つ用意する。

一人一人、しっかりと作る。ていうか、もう八割できてる。

告発まで震えてろ。その先も震え続けろ。死ぬまで怯え続け、後悔し続けろ。それで、ウサギの百分の一でも痛みを知れ。

それで、なんでぼくが満足したかって言うと、単に疲れたんだ。
和泉くんは黒幕の存在を確信しているみたいだけどさ、
それもどうでも良くなった。結局全員潰すんだから、もういいや。
だから予定通り、十一月二日の文化祭の後に告発することにした。
おまえらがウサギを笑ってから一年後、おまえらは終わる。
それが一番綺麗だし、因果応報ってやつだよね。
おまえらの命もあと一ヵ月足らずだけど、
その間にたっぷり後悔するか、自殺でもしてください。
もう終わり。全部終わり。
じゃあなクズ共。ぼくはもう二度と現れない。
おまえらが死んだら、墓石集めてドミノ倒しでもしてやるよ。
さよならAクラス。いつまでもいつまでも憎んでるよ。
じゃ、永遠にバイバイだギン！！！！！！！

僕は祈るような気持ちで、フリーメールにログインする。そこには、闇からのメールが来ていた。タイトルは「和泉くんへ」。

やあ。コメントではああ言ったけど、気が変わった。
メールした理由は、きみに感謝をしているから。

最初にきみを選んだのは、実はテキトーだった。

暴露前に謎の答えを知りたいって思惑と、単なる余興。

奴らが絶望して自棄になったらつまらないから、希望をぶら下げておこうと思ったの。それで、部外者は伝言係でいいやみたいな（笑）

でも、きみは必死で考え、三回も答えをもぎとってくれた。

教室で、きみの姿をずっと見ていたよ。

あいつらが悪いんだと一緒に思ってくれて、ありがとう。

櫛屋すみれのために怒ってくれて、哀しんでくれて、ありがとう。

きみがもし去年のAクラスにいたら、何か変わったのかな。

ひとりぼっちだったあの子の隣に立ってくれたかな。

ていうか、遅いんだよ馬鹿。去年からAクラス来いよ。

そうすれば、きみとぼくと彼女の三人で、とても良い友達になれたかもしれないのに。ま、今考えても仕方ないか。

知りたかったことの答えはもうわかった。それでもね、怒りは消えなかったよ。ぼくは何一つ変わらなかった。

黒幕は気になるけど、きっとわかったって一緒だよ。

あいつらが、彼女を傷付けた事実は変わらない。

結局、全員潰すのが一番いいんだ。

そうしないと、ぼくが壊れちゃうからね。

コメントに書いた通り、ぼくは告発する。
それはもう、どうにもならないよ。
最初に出したクリア条件も、全然叶えられてないからね。
ぼくは人生を賭ける。必ず、大好きなあの子を苦しめた連中を、
絶対に絶対に潰してやる。きみ以外のAクラス全員だ。
もちろん彼女を救えなかったぼくも、その一人だ。
きみには迷惑がかからないようにするから、安心してね。
それじゃ、バイバイだギン！

あ、やっぱりちょっと待って。最後に一個だけ。
矢住奏芽。彼はきみの隣で頑張ってたから、一つだけ。
あいつ専用の動画、やめるわ。
あの子はあいつに感謝したと思う。矢住くんがいて良かったたって。
もしリップのことが、あいつの仕業だってわかっても、
彼女はきっとそう言うよ。そういう子だからね。
クラスへの告発はやめないけど、矢住に伝えておいてね。
あと、おまえキモいよって（笑）
ありがとね、和泉七生。きみがいてくれて、本当に良かった。
それじゃ、本当にバイバイだギン！

哀しいメールだった。強い怒りと深い哀しみが、闇をずっと支配している。覚悟で自分を縛り付け、他人と自分の人生を破壊しようとしている。どうすれば闇は、解放されるのだろうか。

メールを読み終え、僕はすぐに返信を送った。

「待って。二人で一緒に黒幕を捜そう。あんな奴らのために、きみの人生を棒に振らないで。二人で黒幕の正体を突き止めて、ちゃんとした裁きを受けさせよう。学校に言ったっていいし、警察に言ったっていい。何だって手伝うから」

送信した直後、受信ＢＯＸに一件のメールが届いた。

ＦＡＩＬＵＲＥ　ＤＥＬＩＶＥＲＹ。宛先不明だった。

四章　黒幕は、誰？

一

翌朝、教室はとても静かに絶望していた。

隣の席の都塚美潮は泣きながら、「あたしは悪くない」と繰り返し、市川はクラス中を睨み続けた後で不安そうにうなだれた。本橋達は一つの生命体のように固まって、身を寄せ合って過ごした。張替軍団は考えるのをやめたのか、ひたすらにこにこしている。草薙さんさえも机に向かい、静かに焦れた表情を浮かべていた。

もう終わり。全部終わり――。闇の言葉がクラス全体に、静かに深々と突き刺さっていた。

隣に、奏芽がやって来た。

「今更かもしれないけど、クラスでＭＡＣが使えるやつはいなかったよ」

奏芽の顔には、諦めが浮かんでいる。恐らく僕も同じ表情をしているのだろう。

「これ、受け取ってくれ。渡そうと思って忘れてた」

彼が差し出したのは、ＵＳＢメモリだった。

「この前見せた去年の動画。前半はまだ見てないだろ」

そうだった。奏芽の家で僕が見たのは後半――一位に選ばれた櫛屋すみれのスピーチだ。前半のクラス全員のスピーチは、まだ見ていない。

でも、もうそれも必要ないのかもしれない。僕は友人を見た。

「闇は僕に、もう何も望んでいないよ」

物語の幕は下りようとしていた。告発という結末だけが残り、僕にもう出番はない。僕が声高に叫んでも、舞台の上には聞こえない。

奏芽は強く首を振った。

「お前に持っていてほしい。俺にはやっぱり、その権利がないから」

何も言えずにそれを受け取ると、彼は寂しそうに微笑んだ。

闇が奏芽への特別な告発をやめたことは、今朝伝えた。それでも、彼の心はやはり晴れなかった。櫛屋すみれを救えなかったことを一生抱え、後悔と共に生きることを選んだようだ。

授業中、僕は窓の外を眺める。蒸し暑かった九月は完全に死に絶え、ひどく冷たい風が吹いている。恵堂会館のイチョウが見えるが、それも次第に色付くだろう。

秋は確実に深まっている――。

あのイチョウが散るまでに、クラスメイト達は闇に告発される。嫌がらせが多発して、名前を変えないと生きていけなくなるかもしれない。恵堂の名声も地に落ちて、しばらくは慌ただしい日が続くだろう。そして告発者である闇も、もう引き返せなくなる。

僕は無力だった。

いくつかの授業が終わった後、トイレに行くために廊下に出る。名前を呼ばれた気がして振り返ると、草薙さんがいた。

「今日の放課後、少し付き合って。校庭近くのベンチで」

僕が頷くと彼女も小さく頷き、去って行った。


校庭が見渡せるベンチの、アマビエのイラストの隣に僕は腰掛けた。

四月の終わりに、僕はここで櫛屋すみれの名を初めて聞いた。春が過ぎ、夏が終わり、そして秋が来ても状況は何も変わっていない。

背後から足音がして振り返ると、草薙さんが立っている。

彼女は手のひらを突き出し、「やっ」と言った。僕もそれに合わせて手を上げる。僕達は三人掛けのベンチに、中央を空けて座った。

彼女は座ると、カバンからペットボトルを二本取り出した。ソーダと紅茶——。四月の終わりとまったく同じだった。

「これあげる。ごめんね、急に。でも話したかったんだ」

僕は財布を出そうとする。でも彼女は首を振った。

「これはお礼。今までたくさん頑張ってくれたから」

そう言って、彼女は哀しそうに目を細めた。僕は何も言えない。

「あ、いきなり湿っぽくなったけど、私はまだ諦めてないよ」

形の良い眉が上がり、目に力が籠もる。この子の表情は、本当によく変わる。僕がそれに惹かれていることは、もう否定できない。

「闇を捜すことも考えたけど、もう時間がない。もし見つけたとしても、しらを切るだけで告発をやめないかもしれないし。だから、私は唯一の条件に賭けようと思う」

心の底から、ウサギが望んだことをしてください――。

闇が最初の動画で言った、Ａクラス唯一の勝利条件だ。

「それなら闇も告発を止めてくれる。今まで、チャットでたくさん意見が出たけど、七生くんは何かしっくり来るのあった？」

僕は視線を逸らす。クラスのチャットは、最近では流し読みするくらいだ。建設的な意見は一つもなく、ひたすら後悔と懺悔が続く空間は、見ているだけで気持ちをざわつかせた。

曖昧に首を振った僕を見て、彼女は「だよね」と言った。

「だから私、本気で考えたの。すみれが――ずっといじめられていたすみれが、私達に何を望んだのか。やっぱりそれは心からの謝罪だと思う」

「でも、皆謝っていたよ」

闇の登場から今日まで、チャットは謝罪の嵐だ。二度としない、申し訳ない、反省している、後悔している――。似たり寄ったりの言葉が、長文で並んでいたはずだ。

草薙さんは静かに首を振った。

「文章じゃなくて、声に出して心からすみれに謝るの」

僕はしばらく考え、あり得なくはないという結論に達した。

櫛屋すみれがこの世にいない以上、もう会うことはできないし、会話することもない。だから謝罪はすべてチャット内で、文字によって行なわれてきた。口頭で謝るというのは盲点だし、少し意地悪なところも閻らしい。

それに閻は最初の動画で、審査するのは自分だと言っていた。「心からの謝罪」という揺らぎのある表現は、誰かの審査が必要だった。

草薙さんは考え続ける僕を見て、頷いた。

「スピーチコンテストで、クラス全員が謝罪する。全員が自分の言葉で何をやったかを言って、すみれに謝る」

僕は彼女の、悲壮感と決意に満ち溢れた顔を見つめる。

問題は多い。市川や真壁が素直に応じるか。また、スピーチコンテストを他のクラスから見に来る物好きはいないだろうが、益城先生は教室にいるのだ。いじめの事実が確実にバレる。

それに閻は当然、簡単には「心からの謝罪」とは認めないだろう。ハードルはどこまでも高く、達成は困難だ。

それでも、やはり他に良い手はないだろう。

「やってみる価値は、あるかもね」

僕がそう言うと、草薙さんはまた目を細め、嬉しそうに微笑んだ。

「でも、僕はどうすれば良いのかな？」

彼女は、じっと僕を見た。それからマスクを外して紅茶を飲み、指で唇を撫でた後に胸を押さえた。

「七生くんは、どうしたい？」

僕は黙り込む。僕の中に、闇を止めたいという思いはある。クラスの連中のためではなく、他ならぬ闇のために――。憎しみに囚われた彼と、僕は話がしたい。それができれば、どんなに良いだろう。

「――もしよければ、スピーチで闇に語りかけてくれない？　復讐をやめろって」

彼女が少しバツが悪そうに言ったので、僕は思わず笑ってしまう。

「それって二時間ドラマで、犯人を追い詰めた探偵が言いそうだね」

そう言うと、彼女も笑った。少し癖っ毛の髪が揺れる。

「うん、崖でね。でも闇は七生くんを信用していると思うから――」

彼女の言葉を最後まで聞かず、僕は立ち上がる。

「きっと意味ないよ」

闇のためにできることは、もうない。言いたいことはたくさんあるけれど、伝わる言葉はきっとない。それに、クラスの連中を許してあげてほしいなんて、僕には言えるはずもない。

「待って――」悲痛な声だった。僕は振り返らなかった。

「私にとって、一番古い記憶。それは、自分は他人と違うと気付いたことです。自我の始まりは、他者への劣等感でした。どうして自分は、皆と同じじゃないのだろう。他人には簡単にできることが、どうして自分にはできないのだろう。そのせいで私はこれから何度傷付き、何度涙を流すのだろう。幼い私の前に広がっていた、たくさんの夢。そのすべてが色褪せ、離れていくのを強く感じました。思えばその時から私は、人の顔色ばかり見てきました」

ＰＣのモニタの中の彼女は、たどたどしく語った後で少し黙った。そして右手をスカートの後ろに当て、軽く撫でた。恐らく、サコッシュの中のぬいぐるみに触れたのだろう。

「私の指針は、劣等感でした。人と違うのだから目立たないように、嫌われないようにしよう――。人に好かれる道ではなく、嫌われない道を選び続けてきました。這いつくばって人の顔を見上げ、その顔色を窺う。人のいない時は俯き、太陽から目を背ける。それが私でした。私は弱いから、私は人と違うから――。バレないようにしなくちゃ――。頭の中ではいつも言い訳ばかりで、で、で――」

今度は左手でマスクを撫でる。それから目を閉じ、呼吸を大きく整えて、一つの咳払い。それでも彼女の呼吸は乱れたままだ。

「だ、あ、だっ、だえっ、えっえと――」

櫛屋すみれはそう言って再び咳き込み、観客席を見た。その瞳には、たしかに戦う意思があった。

彼女はギュッと目を閉じた後、静かに開けた。それはとても柔和な目で、僕はとても驚いた。笑っているようにさえ見える。

「――だから、気付かなかったんです。いつも私を照らしてくれる光が、傍にいてくれたことを。私が人と違っても笑わず、馬鹿にせず、いつも隣にいてくれる存在が――」

彼女はまた後ろに手を当て、そして視線を上げた。数秒前までの苦しみは消え、何もかも慈しむような表情をしている。その神々しいまでの美しさに、僕は息を呑む。

「私の心は醜く歪《いびつ》です。その光を恐れ、信じられなかったこともあります。それでも、光は私の隣にいる。それだけで、私は戦える」

再び彼女の目に、強い輝きが灯る。

「今も私は苦境にあります。私の存在を貶《おとし》めて、恥を掻かせて、苦しめようとする人達がたくさんいます。これから先も、ずっとそうかもしれません」

彼女は拳を作り、胸に当てた。声から力は消え、今にも消え入りそうだ。それでも彼女は言葉を紡ぎ続けた。

「でも、怖くなんかない。そんな奴らが何人かかってきても、どんなことをされても、私は負けません。私には光がある――。いつも忘れず、それを思い浮かべれば、私はいつだって強くなれる」

静止画のように彼女は動きを止めた。彼女の高らかで弱々しい宣戦布告に呑まれているのか、教室は完全に無音だった。

「私は、負けません。絶対に――」

明らかに震えている手を、彼女は開いた。それからまた手を後ろに回し、呼吸を整えた。

彼女にとっての光。それは、手のひらサイズの小さなぬいぐるみだ。そんなか弱い味方だけで、彼女は悪意に立ち向かっていた。

「ご静聴、ありがとうございました」

彼女は深々と頭を下げる。短く刈り揃えられた髪と、小さな小さな頭――。数人の拍手が響く中、僕は動画の停止ボタンを押す。

この直後、彼女の光はズタズタに切り裂かれた。そして彼女はマンションの屋上から身を投げ、自殺した――。

僕はPCデスクに手を突いた。この人が、死んだ――。肺から漏れ出た空気が声帯を震わせ、僕は小さく悲鳴を上げる。

どうして、どうして――。どうして自殺なんか――。

あまりにひどい。許せなかった。

僕の中に決意が芽吹く。

僕は部外者だ。去年のことも全部知っているわけじゃない。櫛屋すみれのことも知らない。

でも、それでも許せない――。

櫛屋すみれの心を追い詰め、身を投げさせた黒幕が許せない。

僕は、黒幕を見つけようと思う。

もちろん、それで何かが劇的に変わるわけではない。櫛屋すみれが自殺した時点で、絶対にハッピーエンドは訪れない。

それでも、僕は彼女をいじめ殺した黒幕を、逃がしたくなかった。

会ったこともない彼女に報いるために、僕は突き止めよう――。

PCに向き直り、動画を再生する。櫛屋すみれの声が響く中、僕はマウスでカメラの位置を調節し、観客達を映す。

薄ら笑いを浮かべている奴、真剣に見入っている奴、怯えている奴、呆然としている奴――。クラスの誰もが、彼女を見ていた。

この中に、黒幕がいる。

「黒幕を見つけたい。全部僕の勝手っていうか、独りよがりな考えだと思うけれど。でも、そうしたいんだ」

昼休み、僕は信頼する二人に思いの丈をぶつけた。奏芽は頷き、檜川大河は頭をぽりぽりと掻いている。奏芽が笑って言った。

「俺にできることがあれば、何でも言ってくれ」

頼もしい友が差し出した右手を、僕はしっかりと握った。

「ちょっと言わせてほしいんだけど、独りよがりとか勝手とかさぁ」

檜川くんが割って入り、頭をガリガリと掻いた。賛同はしてくれないか――。それでも彼は、櫛屋すみれを大切に思い、今日まで心を痛めてきた。彼の前で僕の決意を話したことに、後悔はない。

「奏芽にも聞いてほしいんだけど、夏休みにじいちゃんが死んでさ」

彼は笑うかのように、ふにゃっと目を細めた。

「二年間介護してたんだけど、葬式で色々な人が来て俺に言うんだ。留年までして大変だったね、これで自分の人生を取り戻せるねって。おじいちゃんもそれを望んでるとかさ。もちろん優しい気遣いだってわかるし、世間的には本当のことだよな。でも、俺さ――」

彼は両手で、自分の顔を何度も擦った。

「キツかった時ももちろんあったけど、全然嫌じゃなかったんだ。父親がいない俺に、じいちゃんは一度も寂しい思いをさせなかった。俺、じいちゃんのこと、本当に大好きだった。だから向き合えたこの二年は、本当に幸せだった」

長い夢から目覚めたように、彼は顔を擦り続ける。

「俺の気持ちは、絶対間違いじゃない。だからさ、あんたが心から向き合って出した考えなら、あんたにとってそれは絶対に間違いじゃない。正解だよ。だから七生、自信持て。俺も協力するから」

そう言って、真っ赤な目で彼は笑った。そして僕達に背中を向け、「ちょっとクサかったな」と言った。それがあまりにも寂しそうで、僕と奏芽は同時に手を伸ばし、その背中に触れる。

彼は照れ臭そうに身をよじり、「具体的にどうすんだ」と言った。

「前に、一緒に書庫に行った人の名簿を見たよね。黒幕が井地目って名前でメモを仕込んだ時のやつ。あれに書かれていたのは、たしか昼休みで、書庫にいたのは五分くらいだった。あんな広い場所で、何千という本の中から目当てのものを五分で探すなんて不可能だ。だから、黒幕は書庫の内部を事前に知っていたんだと思う。一番奥にスペースがあって、そこに修理中の本が眠ってるって——。だから檜川くんはコピーでも何でもいいから、あの名簿を手に入れてほしい。去年の四月から井地目の名前までの名簿を見たい。Aクラスの奴がいるはずだから」

彼は「探偵みたいだな」と言ってにっこり笑った。

「きみが学校司書と時間をかけてお喋りしてくれたら、名簿を抜くのは僕がやってもいい」

そう言ったが、檜川くんは頭を振った。

「いや、一人でいい。前もあんた、超足手まといだったから」

ひどい言われようだ。僕は思わず吹き出した。

「任せとけよ、七生」

「よろしく頼むよ、大河」僕達は、やっと友達になれた気がした。

「七生、俺は何をすればいい？」奏芽が言った。

「そうだな、Ａクラスについて洗い直したいと思うんだ。僕が嗅ぎ回れば、黒幕は警戒するかもしれない。だから奏芽は、櫛屋すみれに執着していた人間がいないか、それとなく聞き込みしてほしい」

そう言うと、奏芽は少しだけ首を傾げた。

「なんか大河に比べると、地味な役だな」

「そんなことない。奏芽なら上手にできるから頼んでるんだよ。きみは穏やかで誠実だし、クラスの連中についても詳しいだろ。だから、僕にはできない情報収集ができるんだ」

奏芽が納得したように頷いたから、僕は胸をなで下ろす。もちろん情報収集も必要だが、彼に協力を依頼した本当の目的は別だ。

また僕が暴走しないために、いつも冷静でいるために、彼に傍にいてほしかった。さすがに照れ臭いので言えないが。

「あのさ、他の奴らに協力頼めないか？　皆で黒幕捜そうぜって」

大河の意見に奏芽は惹かれたようだが、僕は首を振った。

「一理はある。でも、危険でもあると思うんだ。黒幕は強《したた》かだから、偽情報を流したりするかもしれない。それに他の連中が協力するには、やっぱり闇の告発が止まるっていう餌がないと難しいと思う。二人に協力してもらって言うのもどうかと思うけれど、黒幕の正体を暴くっていうのは、僕の意地みたいなものだから、嘘の餌をちらつかせるのは気が引けるかな」

大河は興味深そうに、僕の目を覗き込んだ。

「これは単純な疑問だけど、あんたは闇の告発を止めないのか？」

僕は頷いた。

「大事な人をいじめ殺されたんだから、それは闇が決めることだよ。もちろん、くだらない連中のために罪を犯してほしくないとは思う。でも、それ以上に僕は黒幕が許せない。孤独に戦い続けた、何の罪もない女の子の魂を侮辱して、愚弄して、足蹴にして唾を吐きかけた奴を、僕は絶対に許せない。だから僕は、黒幕の正体を突き止める。その後のことは、闇に任せようと思う」

気付くのに時間がかかったが、それが何も知らなかった部外者ができる、唯一のやり方だと思う。

「格好良いよ。義侠心《ぎきょうしん》だな」大河が笑った。相変わらず、彼は語彙が普通じゃない。

「……俺は、櫛屋に許されないことをしてしまったけど――」

背の高い奏芽が、深くうなだれた。

「七生に協力すれば、少しは顔を上げられる気がするんだ」

僕と大河は、同時に頷く。

「必ず、黒幕を見つけよう」

僕の言葉に、二人は頷いてくれた。

夕方、家に帰るとグループチャットに長文が書き込まれていた。

「闇が現れて、私達は怯え続けた。でも、それは間違っていたと思う。私達は、昨年過ちを犯した。それはもう変えようのない事実だけど、大事なのはこれからだよ。二度と同じことを繰り返さないために、皆それぞれすみれに謝ろう。スピーチコンテストで、自分の言葉で謝ろう。何をしたのか、どうすれば良かったのか、これからどう生きれば良いのか。皆の考えを、天国のすみれに伝えるの。一人一人が自分の言葉で、真剣に伝えよう」

草薙さんの書き込みだ。既読が次々とつき、豊崎乃々香が賛同する。しばらく見ていたが、反対意見は出ないようだ。

闇は今、どんな気持ちでこれを見ているのだろうか。そう思って、ふと窓の外を見る。いつの間にか、深く暗い夜が外を支配している。僕は肌寒さと心細さを同時に覚える。

もうすぐ、すべては終わる。

二

祝日を入れた三連休の後、僕は学校に向かい、教室の扉を開けた。

Aクラスは大きく混乱していた。謝罪するという提案を受け入れて、静かに物思いに耽《ふけ》る人、受け入れてはいるのだろうが、落ち着かない人、苛立たしげな人——。地獄で沙汰を待つ人は、きっとこんな感じなのだろう。

いじめの主犯格の連中は、意外なことに落ち着いていた。市川は不安そうな表情で机に伏せ、本橋達も動かない。真壁でさえもただ静かに、時が過ぎるのを待っているようだ。

彼らがもし素直に謝罪するなら、他の連中も続くだろう。

「ねえ、あんたは何ぼおっとしてんの?」

隣の席の都塚美潮が、今にも泣きそうな顔をして言った。

「謝るだけで本当に大丈夫なの? 他にも考えてよ」

彼女のように我関せずだった人の方が、謝罪——非を認めることに抵抗があるのかもしれない。

「謝罪は草薙さんの考えだよ。僕が闇にできることは、もうない」

そう言った僕に対し、彼女は涙目で「キモ」と言った。僕は場違いにも吹き出しそうになる。

「きみはきみで、何か別の方法を捜せばいいじゃないか」

「どうしていいかわかんない。あたし、すみれのこと何も知らないし。最近、すみれの夢ばっかり見る。あたしのこと怒ってるんだよ」

怯えきった目をしている。僕が以前、何度も鏡で見た目だった。

「力にはなれないけど、少し落ち着く方法はあるよ」

かつての僕は、自分を傷付け続けることで罪から逃れようとした。それは無意味だったが、ただ、無意義ではなかったと思う。

大河の言葉を思い出す。心から向き合って出した考えなら、間違いじゃない——。僕は、本気でユーリのことを考えていたと思う。

「櫛屋さんがもし生きてたら、二人で何がしたい？　たとえばきみが楽しいと思うこととか、これをやればもっと仲良くなれるとか」

「……パジャマパーティ？」

今度は我慢できず、僕は吹き出した。随分かわいい意見だ。

「じゃあ今夜パジャマを着てさ、心の中で櫛屋さんとパーティしなよ。しっかり思い出して、眠くなるまでお喋りするんだ」

彼女は「……うん」と、子どもみたいに頷いた。

「すみれの好きだった食べ物と飲み物用意して、お喋りする」

「それがいいよ。櫛屋さんは何が好きだったの？」

そう尋ねると、彼女は「知らないや……」と呟いて、また不安そうな顔に戻った。

「……じゃあ、ひとまずきみの好きなものでもいいんじゃないかな」

そう言うと、彼女はまた安心したように頷いた。そして僕に「ありがと」と言った後、祈るように呟いた。

「ごめんね、すみれ――」

彼女は今夜、自分の中の櫛屋すみれと向き合うだろう。とても独りよがりだけど、昨年から悪意に充たされていたAクラスでのそれは、僕には奇跡のように思えた。

頭に浮かぶ少女の背中に、僕は語りかける。

ほんの少しずつだけど、このクラスも変わりかけているよ――。

「櫛屋さんと連絡取れたら、元気かって聞いておいてね」

　放課後、普通クラスの三年Ｄ組の教室を出る時、元剣道部の先輩はひらひらと手を振った。僕は落胆を覚えつつ一礼する。これで去年剣道部に所属していた女子全員に話を聞いたが、結局無駄足に終わったと言わざるを得ない。

　黒幕の正体を探るために、僕は悪意の痕跡を捜すことにした。まだ僕の知らない、黒幕の櫛屋すみれに対する嫌がらせが存在するならば、そこに手がかりがあるかもしれない。

　クラスメイトへの聞き込みは奏芽に頼んでいたので、僕は放課後、剣道部を訪れた。部室には二年生の女子が二人いて、古文の教科書を眺めていた。彼女達は櫛屋すみれの名前を聞いても、首を傾げて「髪が綺麗な、大人しい子だっけ？」と顔を見合わせただけだった。

　痺れを切らした僕が、他の部員と話したいことを伝えると、二人はやっぱり変な顔をして顔を見合わせた。完全に忘れていたが、中間テストのテスト期間で部活は休みだったそうだ。

　テストが終わると、僕は再び剣道部を訪れた。女子部員達はわざわざ男子部員にも聞いてくれたが、新しい情報は何も手に入らなかった。わかったのは、「先輩がくれたお土産の和菓子を、櫛屋さんはとても美味しそうに食べていた」ということだけだ。

　諦めきれず、引退した三年生の部員まで訪ねたが、何も状況は変わらなかった。

　溜息を吐き、廊下に立ち尽くす。今日は十月十七日――。闇の告発まで、あと二週間と少ししかない。焦りだけが募っていく。

　何度目かの溜息と同時に、スマホが震えた。見ると、奏芽からのＬＩＮＥだった。

「帰りに大河と会ったから、テラスにいる。まだ学校なら来いよ」

彼らと一緒なら、気が晴れるかもしれない――。そう思い、僕はテラスに向かった。

「昔飼ってた犬が、隣の家の犬のこと愛してたんだけどさ、突然隣がもう一匹犬を飼い出して、それである日庭で交尾させててさ」

僕の暗い顔を見た瞬間、大河が語り出した。

「あんた、それを見たうちの犬みたいな顔してる」

「地獄のような光景だな、オイ」奏芽が真顔でツッコむ。何も成果がないのだ。仕方ないだろ――。僕は憮然《ぶぜん》として、彼らの隣に座る。

「怒るなよ。いいもの見せてやるから」

大河は誇らしげに、カバンから紙の束を取り出した。

「じゃん。名簿のコピー、ゲットしたぜ」

「すごい、どうやったの？」僕は素直に尋ねる。

「文房具貸してって図書館の人に席外させて、紙抜いてコピー取ってすぐ戻した」

「鮮やかすぎて怖いよ。怪盗の手口じゃん」奏芽も嬉しそうだ。

テラスの丸テーブルに置かれた紙の束は、異質な存在感を放っている。僕はごくりと唾を呑んだ後で、手を伸ばす。

「井地目は、本当に五分で出てたな。そこだけ確認して、後は見てない」

大河の言葉を聞きながら、昨年四月まで遡る。小さな字で、多くの名前が並んでいる。

「ここからだな」いつの間にか僕の後ろに立った奏芽が言い、対面に座る大河も頷いている。

僕達は頭を突き合わせ、名前を一つずつ見ていった。

「あった。四月二十二日　一―A　簗山冬樹。同行者が一人。谷村かな」

最初に登場したのは簗山くんだった。彼は放課後に一時間近く書庫にいたようだ。

「同行者は、ある程度予想できるかもな。こっちもあるぞ」

奏芽が指したのは、オカルトが好きな張替夏穂。四月二十六日で同行者の記載はなく、昼休みに十分程度だ。同じ日に、豊崎さんの名前もあった。放課後に、こちらも単独で二十分程だ。

四月二十七日、大河の名前が現れた。そこからほぼ毎日、彼の名前が並んでいる。

「あ、ここ見ろよ」奏芽が真壁穣の名前を指した。五月十八日。同行者が一人、三十分程。

「一緒に行ったのは、市川かな?」僕の疑問に、大河はあっさり首を振り、真壁の下にある名前を指した。そこには大河の名前があり、入った時間は真壁が出る直前だった。

「大槻と一緒だった。俺の場所で色々してたから、すぐ追い出した」

「最悪だな、あいつら」奏芽の言葉に、僕も頷く。

六月二日、櫛屋すみれが現れた。大河に初めて声をかけた日だ。この日からちょうど一ヵ月後、髪を切った七月二日まで、放課後に彼女は何度も書庫を訪れていた。

「あ、また張替だ。六月八日の放課後、今度は四人で入ってて大体十分。十五日には本橋がいるぞ。こっちは三人で昼休みに十分程度。どっちもいつメンかな」

「同行者については、俺が明日確認するよ。任せてくれ」奏芽が言ってくれた。

十五日の本橋の名前以降、大河と櫛屋すみれ以外は知っている名前が出ることはなかった。

そして、七月二日、井地目津呼の名前が現れた。

奏芽が溜息を吐きながら、指を折る。

「結局Aクラスで名前が出たのは、つっきー、張替、豊崎、真壁、本橋の五人。同行者で予想されるのが、つっきーと一緒に谷村、張替と一緒に軍団員の根元、鳥谷と岸和田。あと、本橋と一緒に大槻と梨木か。大槻は真壁とも一緒に入っていて、これは確定」

大河が頷いた後、僕を見て言った。

「まだわからないし、今更なんだけどさ。黒幕は最初から偽名使っていたってことも当然あるよな。少し度胸はいるけど」

大河の言葉に、僕は頷く。

「それは一応想定済み。ただ、本名で入ったかもしれないという可能性は捨てきれないからね。この事実を頭に入れておいて損はない」

僕がそう言った後、奏芽は小さく溜息を吐いた。

「クラスで色んな奴に話聞いたけど、黒幕の影はまったく見えない。俺、本橋が嘘を言ってるんじゃないかって気になったよ」

奏芽は自分自身も、インスタで黒幕と接している。それなのに半信半疑なのは、本当に黒幕が上手く隠れているのだろう。

「一体どんな奴なんだろう」僕は思わず呟く。

「大した奴じゃないだろ」大河が事もなげに言う。

「隠れるのが得意なだけで、やったことはくだらねえいじめさ。単なるそれだけのクズだよ」

「でも、悪意が深すぎる」反論した僕を、彼は渋い顔で見た。

「過大評価するな。いじめってのは、結局やる側にとっちゃ遊びなんだよ。たくさん並んだカカシの中で、たまたま気に食わなかった顔のカカシを殴った。そうしたら悲鳴を上げたから、面白くて何度も殴って潰した。それだけだよ。サイコパスとかよく言うけど、相手が自分と同じ人間だってわからない、単に想像力が足りない奴だろ。どんなに執拗《しつよう》でどんなに用意周到でも、遊びに夢中の幼稚なクソゴミのガキなんだよ」

激しい口調の大河に、奏芽は少し俯いた後で言った。

「そうだな。お前の言う通りだ」

「ああ。きっとそいつは、不敵に笑ってなんかいねえよ。闇の暴露を目の前にして、ガクガク震えてるに違いない」

また霧が晴れていく。姿の見えない不気味な存在は、どうしようもなく怯えた子どもだ――。そう思うと勇気が湧いてくる。

次はどうしよう――。そう考えていたら、大河が言った。

「俺さ、この名簿に載った奴らが実在するのか、全員調べてみるよ」

僕は驚いて彼を見た。その人数は、百は余裕で越えるだろう。

「去年の三年はもういないから、今の二年と三年の教室回るだけだろ。去年の三年もたしか卒アルが書庫にあったから確認できるよ。偽名の奴がいたら、黒幕がその日図書館に来たことと、来た時間がわかる。そこから何か見えるかもしれないじゃん」

「俺も同行者を聞き次第、大河に合流する」

「僕もやるよ。ありがとう、二人共」

一人だったら、考え込んで動けなくなっていたかもしれない。三人だから、前に進める――。僕は胸が熱くなった。

「よし、じゃあそろそろ帰ろうぜ」

大河が立ち上がる。奏芽もそれに続く。

「僕はもう少し、ここで名簿を見て考えるよ」

何か少しでも、見えるものがあるかもしれない。二人は手を振った後、テーブルから離れた。二人の笑い声が遠くなっていく。その声に後押しされるように、僕は気合いを入れて名簿を見る。やはり、書庫への入室は放課後が多いようだ。

黒幕はメモを入れる以前に書庫を訪れている。それは間違いないとしても、最初に書庫へ行った目的は不明だ。たまたま何かで書庫を訪れ、そこで自分が破いた本を見つけ、後でメモを仕込むことを思いついたのかもしれない。その場合は、本名で入っただろう。

真壁と大槻の二人は怪しい。大河は「俺の場所で色々してた」と言っていたが、それは同時にあの本の近くにいたということだ。本が目に入ったことも充分考えられる。あの二人が黒幕とは到底思えないが、可能性はゼロじゃない。

他には、張替軍団も少し気になる。滞在時間は十分程度だが、書庫で四人別々に行動していたら、あの修理スペースと本を見つけることも不可能じゃない。この点は、少し覚えておくか――。

もし黒幕が最初に書庫を訪れた時から偽名を使ったならば、最初から何かを企んでいたに違いない。書庫に向かう櫛屋すみれの後を付けたとか――。

止まらない思考の中、ふと背後に視線を感じた。振り向くと、少し離れた距離にいたクラスメイトと目が合った。彼女は怖ず怖ずと近づいてきて、僕の向かいに座った。

「少し、いい？」ひどく青ざめた顔で、本橋花鈴は言った。


彼女は僕の顔を見た後、テーブルの上の紙束に視線を落とした。そして少し考え込み、また僕の顔を見た。

「矢住達との会話が聞こえたんだけど、あの人を捜してるの？」

あの人とは、彼女がよく知る黒幕のことだ。

「うん。でも、なるべく周りには言わないでほしいかな」

「見つかりそう？」そう言われ、僕は無言で肩を竦める。

「そうなんだ――。上手くいくといいね」

そう言って、彼女は目を細めた。笑おうとしているらしい。

「私、決めたの。このままじゃいけないと思うから――」

僕は彼女を見つめる。伏し目がちに、苛立たしげにテーブルを爪で叩いている。そして意を決したように、彼女は言った。

「和泉の手助けがしたい」

今は少しでも手がかりが欲しい。僕は意識して微笑みを浮かべる。

「それは助かるけど、いいの？」

彼女は以前――いや、今も黒幕を恐れている。

「名前はやっぱり怖いから……。でも、どんな人かは話せるよ」

僕は制服のポケットからボールペンを取り出し、名簿のコピーから一枚取って裏返した。彼女はそれを合図に深く息を吐いた。


彼女はゆっくりと、一言一言を確かめるように、そして吐き出すように語った。目は泳ぎ、時折意思が折れたように目を閉じたが、すぐに覚悟を決めたように目を見開いた。

彼女が黒幕と出逢ったのは千葉県の中学校だったそうだ。黒幕は美術部で、枯れた植物の絵で県の優秀賞を取ったこともあるらしい。

そこまで語ると、彼女はまるで話し終えたかのようにふっと肩を落とした。脱力したまま、彼女は言った。

「普段は優しいし、普通の人。でも、たまに誰かの何かが気に障ったら、その人を指さすの。それが合図――。皆、さされた人をいじめ始めるの」

怯えきった目が、僕に向けられる。僕はごくりと唾を飲む。

「どうして他のクラスメイトは従ったの？　怖いと言っても、中学生一人じゃないか。数人で対抗すれば――」

「……他の子に聞いたんだけど、前に逆らった子が、カッターで目を刺されそうになったの。その子が避けたから、まぶたを少し切ったくらいだったけど、相手が嫌がることを一瞬で見抜いて、ずっと――何ヵ月もやってくる。だから、敵に回すのが怖いんだよ」

「先生とか大人は？」

「クラスの皆で、口裏を合わせるの。いじめは知らないし、あの子のまぶたの怪我は、自分で切ってるのを見たとか、あの子は嘘吐きで困ってるとか。だから大人は誰も気付かなかった」

僕は黙って、本橋花鈴が顔を上げるのを待った。彼女は俯いたまま、「参考になったかな」と言った。話はもう終わりのようだ。

僕は礼を言って頷いた。本橋は安堵したように息を吐き、それからやっと顔を上げた。僕は使命感に支配された彼女が、哀れでならなかった。

「本橋さん、別のことを話そう。何でもいいし、少しでもいいから」

僕はシバさんではないし、カウンセラーでもない。それでも、誰かと語ることで闇の疑問の答えを見つけてきた。

彼女は、僕の顔を窺うように見た。それから、好きなVチューバーの話を聞かせてくれた。やっぱり饒舌ではなかったが、それでもほんの少しだけ笑顔を見せてくれた。

「奈央子と千弥にも、最初は言えなかったんだ。前に二人共、二次元は引くって言ってたし……。高二になってカミングアウトしたら、普通に受け入れてくれて驚いたけど――」

彼女の目が、遠くを見るように宙に浮かぶ。

「すみれが髪を切る少し前、私、あの子の前でスマホ落として、待受け見られちゃった。何も言われなかったけど、私はパニクって、口止めしなきゃって思ったの。だから放課後、駅で一人ですみれを待ち伏せして、無理矢理近くのスタバに連れてって、奢るって言った」

その頃にはもう、本橋はいじめの加害者だったはずだ。櫛屋すみれはひどく怯えたことだろう。

「あの子、カウンターでオドオドしてて――。何でもいいってこっちが言っても、小さな普通のコーヒーがいいって。席に座ってもキョロキョロして――来るの初めてなんだって」

目は変わらず遠くを見ているが、怯えた様子は消えていた。もしかしたら、マスクの下では微笑んでいるのかもしれない。

「ルーくんのこと黙ってててって言ったら、馬鹿にしたりしないって。それからは何も喋らなかったけど、私、あの時すみれっていい子だなって思った。それなのに――」

随分勝手な話だと思う。でも、彼女の目に浮かんだ深い後悔だけは、誰にも否定できないだろう。

「ねえ、私がさっき言ったこと――」

本橋は、すがるように僕を見ている。そして涙声で言った。

「何でもない。帰るね」

彼女は立ち去った。僕はただ、その背中を見続けた。

家に帰り、僕は文化祭の動画を再生する。櫛屋すみれのスピーチ以外はまだ見ていないので、何かヒントがあるかもしれない。

スピーチコンテストは、出席番号順に行なわれたようだ。

最初に壇上に上がった市川が、「くだらねえ」とだけ呟いた時はピリついたが、その後はありふれた高校生らしい話題が続いた。

冗談めかした大言壮語や、コロナが終息した未来への希望、身近な存在への感謝、夢——。

壇上の都塚美潮が開口一番、「空気を読まない人は格好良い」と言い出し、笑い声が上がったところで、僕のスマホが震えた。ＬＩＮＥのようだ。

メッセージの送り主が都塚美潮だったので、僕は一瞬だけ混乱する。メッセージの上には画像があり、小さな丸テーブルの上にどら焼きやみたらし団子、あんみつが並んでいる様子が映っている。コンビニスイーツのようだ。

「思い出したけどすみれあんこ推しだった」

思ったより律儀な子のようだ。彼女には、いつも苦笑させられる。

「和菓子派だったらしいね。剣道部の子に聞いた」

そう返信すると、奇妙な顔をした女子高生が踊っているスタンプが届いた。その直後に再びメッセージが入る。

「すみれクリーム系無理だから」

「そうなの？　アレルギーとか？」

「知らね。牛乳は普通に飲んでた」

僕が「そうだったんだね」と送るとすぐに既読が付き、それから返信は来なかった。

スマホから顔を上げると、青い顔をした梨木がスピーチを終えるところだった。僕はマウスカーソルをシークバーに合わせ、動画を戻す。

ＰＣのモニタに、壇上に立つ豊崎乃々香の姿が大写しになった。

「皆さんは、ヴァニタスという言葉を知っていますか」

微笑む彼女は言った。恍惚としているような目をしている。

「ヴァニタスは十六世紀にヨーロッパで生まれた、生の虚ろさを描くという概念であり、美術用語です。たとえば、人間の頭蓋骨や腐って色褪せた植物の絵画を、皆さんも見たことがあると思います。それがヴァニタス絵画です。私は幼い頃から、そういう絵が好きでした。生の中に、ぽつりと置かれた死。それはあまりにも衝撃的で、私の心を捉え続けました。死は生の中にこそ輝く、そう思って、中学では美術部に入り、たくさんの死を描いてきました」

彼女のスピーチを聞いた瞬間、僕の中に一つの疑念が生まれた。


十月二十日の放課後、僕達は体育館裏口に集まった。

「書庫に行った奴らの同行者、わかったけど全員俺達の想像通りだったよ。これじゃ、何の役にも立ってない」

「充分だよ、気にしないで」申し訳なさそうな奏芽に言うと、彼は小さく頷いた。

「次は俺だ。意外に早くわかったから、もう手伝いはいらないよ。他の奴らは全員いたが、こいつは存在しなかった」

大河が名簿に載った一つの名前を指す。

6／19　3―C　田中瑞樹（1）12：07―13：41
その日に書庫に入ったのは、この人物だけのようだ。

「男女どっちにも取れるし、字も変に角張ってるな」

奏芽の言葉に、僕も頷く。やはり最初から悪意を持って侵入したのだろう。黒幕は自分の情報をとことん隠蔽している――。

「さすがにこれだけじゃ、わかんないな」奏芽が頭を掻きながら言い、大河も頷いた。

「ちょっと待って。これっておかしいよね？」僕がそう言うと、二人は変な顔をした。

「午後一時四十一分。昼休み、とっくに終わってるよ」

恵堂の昼休みは十二時から十二時五十分までで、それは去年も同じはずだ。

「あ、言われてみればたしかに……。気付かなかったわ」大河が首を傾げている。

「六月十九日って――土曜じゃん」奏芽がスマホを片手に言った。

「じゃあ、補講とか追試とか？」大河が言うと、奏芽は「多分……」と頷いた。

つい先日、二学期の中間テストの答案が返ってきた。僕はギリギリ赤点を免れたが、クラスの何人かは補講を受けることになった。補講はいつも土曜に行なわれるようだ。

「補講の日は、たしか図書館開いてるよ。二時までだったかな」大河が言う。

「六月だから、中間テストの補講かな？」僕がそう言うと、奏芽が目を閉じた。

「ちょっと待って。俺、その日覚えてるかも――」

奏芽はしばらく黙った後、目を開けて言った。

「うん。そうだ。午前中に数学の補講があって――。点数ヤバかった奴は強制なんだけど、国立受けたい奴も参加していいって言われたんだ。面倒だけど俺も元国立組だから参加した。俺の他には――たしか草薙と豊崎。張替軍団も全員じゃないけどいたと思う。大槻もいたっけ。あと強制は、都塚だけだったと思う」

そこまで聞いた時、僕の鼓動が急激に早くなった。クラスのスピーチ動画を見た時に生まれた疑念が膨らみ、僕の中で暴れている。

考えてみれば、いくつかの違和感は既に存在していた。疑念はとても小さなそれを吸収し続け、今この瞬間に無視できない大きさになった。

死を描いてきました――。陶酔したように、壇上の豊崎さんは言った。僕はすぐにネットで彼女の名前を検索し、二年前の千葉の絵画コンクールで優秀賞を受賞していることを発見した。本橋花鈴が怯えながら語った相手は、豊崎乃々香で間違いない。

「わかった気がする――」僕は思わず呟いた。二人が呆気に取られたように、僕を見ている。

僕は二人を見つめる。二人がいたから、ここまでやって来られたのだ。それでも、まだ可能性でしかない「それ」を、言葉にするのは怖かった。

身を乗り出す大河を、奏芽が制した。そして僕を見て微笑んだ。

「言いたくないなら、今は言わなくてもいいよ」

ありがとう――奏芽。

「もう少し、時間が欲しいんだ」

僕は大切な友達二人に、頭を下げる。夕陽に照らされた、ひび割れたアスファルトが目に入る。すぐにパンと乾いた音がして頭を上げると、大河が両手を合わせている。

「おし、それなら話変えようぜ」奏芽も笑って頷いている。呆気に取られている僕を無視し、話は始まった。

「奏芽、なんかない？　何でもいいよ」

「そうだな……」と首を傾げた後、言った。

「あのさ、闇がクラス全員の住所とかバラ撒いたら、変な奴が俺の家に来るかもしれないだろ？　だから家族の迷惑にならないように、俺しばらく旅にでも出ようかと思って――」

奏芽の言葉に、大河が大きく頷いた。

「いいな。夜が白む前に出発するんだ。荷物とか持って行くなよ。カバンに詰め込むのは――」

大河はたっぷり間を置いてから「夢だけ――」と言った。奏芽がすかさず彼の肩にパンチを食らわせたので、僕は思わず吹き出した。

「いいよな。俗世を忘れて全国行脚。気の向くまま、風の吹くまま――。ああ、俺も行くわ！」大河の言葉を聞いた奏芽は、指でトンとこめかみに触れてエア眼鏡をクイと上げた。

「あなたが旅に同行すると、当方にどんなメリットがありますか？」

どうやら面接官のつもりらしい。大河は自信なさげに「力仕事はできません。協調性もありません」と言い、モジモジと頭を下げた。

そして「でも……」と声を潜め、ニヤリと笑った。

「じいちゃんの形見のバンジョーがあって、そこそこ弾けます！」

奏芽は「採用！」と叫んで大河を抱きしめた。

「いいね。ギターよりポイント高い。旅にはバンジョーだね」

僕も笑いながら言う。

「あとブルースハープな。俺がいれば、路銀には事欠かねえ」

路銀――。口語で初めて聞いたその言葉に、僕は大笑いする。

深夜みたいなテンションで、僕達はしばらく笑い合った。旅――。彼らとなら、どうしようもなく楽しいだろう。

「僕も行こうかな。楽器は何もできないけど」

奏芽が意地悪く、「七生かぁ」と言った。大河もニヤニヤと僕を見て、「色々面倒臭そうだもんな」と笑った。

「わかる。なんか余計なことに首突っ込んで、勝手に鬱入ってそう」

「だよな。入っちゃいけない蔵とか入りそう。それで封じられていた娘と逃げて、村中総出で追われそう」

二人共、ひどい言い草だ。

「でも、なんか物語が始まる奴だよ、お前は。一緒に行こう」

「そうだな。最初に死ぬかもしれんけど」

二人は、とても楽しそうに笑っていた。多分僕も、同じ顔をしていると思う。

僕達は、それからしばらく当《あ》て所《ど》ない旅をした。親切な老夫婦と農村で出逢い、その孫と運命的な恋をしたり、その孫が村を守護《まも》る大蛇の生贄に捧げられると聞いて戦ったり――。僕達は空想の中で七つの海を渡り、世界を巡り、二回トラックに轢かれて広大な異世界を辿った。

いつの間にか、夕陽が沈もうとしている。

「いや、笑った笑った」大河が涙を指で拭いながら言った。僕も同じ意見だった。こんなに笑ったのは、何年ぶりだろう。

奏芽はひっくり返り、空を眺めていた。秋の空はとても高く、大きなうろこ雲が僕達を見下ろしている。

奏芽は身体を起こし、「そろそろ帰るか」と言った。問題は何一つ解決していないのに、妙に晴れ晴れとした気分だった。

「あと十日ちょいで、文化祭か」大河が言った。

終わりは、目の前にある。

「俺、その日見に行くわ」大河が言った。

「いや、草薙と豊崎とＬＩＮＥで話したんだけど、万が一客が来たら帰ってもらおうってことになってる。益城が納得しないだろうって俺が言ったら、仕方ないから当日、先生には趣旨を話すかもって言ってた」

三人だけの、闇を止めるためのグループチャットはまだ生きているようだ。以前の草薙さんなら、客を入れないことを事前に僕にも話してくれただろう。しかし、闇に語りかけてほしいという望みを断って以来、彼女は僕と距離を置いている。胸が微かに痛む。

「知るかよ。俺だって関係者なんだ。絶対行くからな！」

大河はズボンのお尻をパンパンと叩いた後、力強くそう言った。

僕はその背中を見つめる。まだ家族を失った哀しみの中にいるはずなのに、大河はたくさん力を貸してくれた。新しい友人は、本当に素敵な奴だ。

次は奏芽が立った。僕と同じで、一人で帰りたい気分なのだろう。

「それじゃ行くよ。七生、また明日な」

「うん、奏芽。また明日ね」僕は夕陽が沈むまで、空を眺め続けた。

もうすぐ、Ａクラスの生徒達の人生に大きな転機が訪れる。冗談めいた空想の旅は消え、過酷な現実だけが待っている。それでも、この空の下で友達と大笑いしたことを、僕は生涯忘れないだろう。


帰る前にふと思い立ち、僕は校舎に戻って茶色の扉の前に立った。

今日は木曜日だから、シバさんはいないはずだ。それでも軽くノックをすると、中から聞き慣れた「どうぞ」という声が響いた。

嬉しい誤算に感謝しながら、扉を開ける。

「やあ、こんにちは。忘れ物をして立ち寄ったんだが、きみに会えるとは思わなかった」

にこにこと笑うその顔を見て、安心がこみ上げてくる。

「その後、調子はどうだい？」心配そうなシバさんに、僕は何とか笑顔を作る。最近、僕は金曜日にここを訪れなくなった。彼に会うのが照れ臭かったからだ。

「――あまり、夢を見なくなりました」

この部屋ですべてを話した時から、僕の夜尿症は止んでいる。

「色々な感情が溢れて、叫んで逃げ出したくなる時もあります。やっぱり許されないとか、僕なんか死んでしまえばいいと思う時もあります。それでも何とか、毎日を過ごしています」

葦名先生。僕が生まれて初めて出逢った、心から大好きな人。そして、とても大切な存在を――ユーリを奪ってしまった相手。

謝りたいという思いはあるし、それをエゴと思う自分もいる。それでも、もしいつか、許されるのなら――。

「いつか、先生に会いたいって思います」

あの人と話がしたい。僕は本当は、ずっとそう思っていたのだろう。憎まれているに違いない、苦しみ続けるしかない、そうやって本当の気持ちを、ずっと圧し殺してきた。でも、今は少しだけその気持ちを、解放してあげたいと思う。

「そう思えたのは、シバさんがいてくれたからです。シバさんが僕を、ここまで連れてきてくれた。本当にありがとうございます」

シバさんは、あの時と同じように僕の頭を撫でてくれた。

「和泉七生くん。今更だが、きみの名前はとても良い。七つの生――。きみはこれから様々な人と出逢い、人より多くの難問に出逢うだろう。それでも誰よりも心の痛みを知るきみは、これから多くの人に寄り添い、励ますだろう。そんな自分を誇りなさい」

この人と出逢えて、僕は本当に良かったと思う。


僕は家に帰り、食事を終えた。そしていつものように少しだけ勉強をして、シャワーを浴びた。できることは、もう残り少ない。

誰にも知られず、二人で話そう、そう言ったら豊崎乃々香は驚くだろうか。もしかしたら、警戒するかもしれない。

考えてみれば、彼女と話した回数はとても少ない。情報集めに駆けずり回った時に何度か声をかけたが、その時はいつも彼女は一人じゃなかった。

シャワーから出て、歯を磨いてベッドに潜り込む。

櫛屋すみれは、自殺の瞬間に何を思ったのだろう。やっぱり、Aクラスに対する憎悪を抱いていたのだろうか――。

それはもう、誰にもわからない。

時計の針が進む、無機質な音がする。時間だけが過ぎていく。

気持ちを落ち着かせよう――。僕は電気を付け、好きな漫画を手に取ろうとする。その時、本棚の片隅にある一冊の本が目に入った。

そばかすのあるショートカットの女の子が、夢見るように空を見上げている。ずっと前に買っておいたけど、何となく気が引けて読めていない本だった。

僕は、彼女の愛した『たったひとつの冴えたやりかた』を手に取る。

綺麗で楽しくて、大好き――。櫛屋すみれは、この本をそう評していた。僕は何を思うのだろう。

僕は本を開き、ページをめくった。

三

「コロナの制限下だからつまらなかったではなく、制限下だけど楽しかった、そんな日にしましょう。あとは存分に楽しむだけです。あなた達がたくさん楽しむことで、今日という日は最高の思い出として完成します。後で嫌な思い出に変えないために、ソーシャルディスタンスを保って、うがいや手洗いを忘れないでください」

僕達は教室のモニタから流れる、校長のビデオメッセージを無言で見終えた。最高の思い出では絶対にないが、Ａクラスにとっては忘れられない一日になるだろう。

時計は八時四十五分を指している。モニタに教頭が現れた。

「それでは、開会式を終了したいと思います。担任の先生の指導に従い、各生徒は自由に行動してください。催し物の開催は、九時ちょうどから行ないます。繰り返します――」

別の教室から、椅子を引く賑やかな音がする。それでも僕達は、誰も物音一つ立てずに座っていた。いつもなら僕達にハッパを掛けるであろう益城先生も、今日は何も言わない。Ａクラスにとって重要な日だと、何となく予感しているのかもしれない。

いよいよ始まる――。闇が告発を行なうと宣言した、十一月二日が遂にやってきた。

昨日のうちに、机はすべて男子が外に出した。女子が作った白地に黒で「スピーチコンテスト」とだけ書かれた看板も、黒板の上に飾ってある。教卓も片付けられており、その後ろの教壇が発表者の演台として使われる。

廊下からは、足音と楽しそうな話し声が絶えず聞こえている。Ａクラスだけが、語ることを禁じられたかのように沈黙している。

あと五分で始まる。その時、クラスの扉が開いた。大河だった。

「客です。入っていいよね？」彼は益城先生を見て、そう言った。先生は僕達の顔をちらりと見た後、頷いた。

大河が来たがっているということを、奏芽は草薙さんに話していた。反対されると思ったが、意外にもあっさり許可が下りたようだ。仕方ないから特別ということらしい。

大河は奏芽を見て頷き、そして僕の肩を叩いて隣に座った。時計が九時を指し、同時にチャイムが鳴る。聞き慣れたはずのチャイムが今日はやけに大きく、そして歪んで聞こえる。

「そろそろ、始めるか」先生が言った。

去年と同じで草薙さんが司会席に、豊崎さんが計測係の席に座った。奏芽もそれに合わせ、教室の一番後ろ——学校に借りたカメラの傍に向かう。今回は草薙さんの強い希望で、彼女の私物のカメラでも撮影することになっている。

奏芽が見せてくれた三人のグループチャットで、彼女は思惑を話していた。告発を防げなかったら、私も今日の動画を流す——。私達が本気で反省してるって、世間に知ってもらう——。クラスの皆は反対するだろうけど、それでもやる——。

彼女はとにかく、諦めるつもりはないようだ。

「それでは、私立恵堂学園文化祭、二年特進Aクラスの催し物、スピーチコンテストを開始致します。司会は私、草薙有珠が務めさせていただきます」

静かな教室で、誰かがごくりと唾を飲んだ。

「ここで、益城先生にお伝えすることがあります」

草薙さんの言葉に、益城先生が顔を上げる。

「Aクラスのグループチャットで決めたことですが、今年は投票を行ないません。これはクラスの総意で、反対者は一人もいません。表彰式もありませんが、その代わり終了後に、先生に総評をいただきたいと思います。よろしいでしょうか？」

先生は小さく頷いた。

「――それでは始めます」

スピーチコンテストが、始まった。

*

演台に上る前、この場にいる全員が敵とでも言うように、彼は全員を睨み付けた。Ａクラスの出席番号一番、市川克斗だ。

「市川くんのテーマは、『去年のこと』。それではお願いします」

草薙さんが言い終わると、豊崎さんが職員室から借りてきたプッシュ式のベルを鳴らした。

一応、スピーチの開始と五分経過で鳴らすという手筈《てはず》だが、短くても長くても誰も咎《とが》めないだろう。

市川は手負いの獣のようだった。血走った目でキョロキョロと周囲を警戒し続け、呼吸もひたすらに荒い。思えば、僕は彼のことがずっと怖かった。最初にクラスで出逢った時から、身体の大きい無愛想な彼を危険人物だと予測していた。

市川は、ただ静かに喘《あえ》いでいた。視線が宙を泳いでいる。彼が葛藤していることに、クラスの誰もが気付いていていた。

謝罪をすれば逃れられるという保証はない。しかし、それをしなければ告発は確実にやってくる――。垂れ下がった、あまりにもか細い蜘蛛《くも》の糸を、彼はしばらく眺め続けた。

僕は彼を見つめる。もう、恐怖はない。あるのは哀れみだけだ。

市川はきっと、どこにいてもボスだったのだろう。だから彼は怯え続け、その弱さを他人への攻撃に変えてきたのだと思う。

市川の額からは、汗が噴き出している。彼はそれを袖で乱暴に拭い、大きく息を吐いた。そして上擦った声で言った。

「――去年のこと、今は悪かったと思っています」

クラスメイト十九人と、元クラスメイト一人と教師一人。すべての目が、市川に絡みついて離れない。

「反省しています。ごめんなさい。だから、もうやめてください……。暴露されたら、親が泣きます。親は絶対に大学に行けと言っています。暴露されたら、怖くて学校も来れなくなると思います。だから、お願いだからもうやめてください――」

悲痛な声で、今にも泣きそうな目で彼はそう言った。

「櫛屋に毎日、ひどいことをしました」

僕は、益城先生の顔を盗み見る。彼女の名を聞いても、先生は腕を組んだまま表情一つ変えなかった。

「二度としません――。ごめんなさい、ごめんなさい――」

彼はその後、再びベルが鳴るまで頭を下げ続けた。彼が築き、守ろうとした張りぼての王国は、今完全に崩壊した。

目を赤くして演台を降りる市川は、疲れ切った老人のようにも、生まれたての赤ん坊のようにも見えた。

市川が席に戻ると、教室に安堵のような空気が広がった。これで全員の謝罪は達成される――。仮に謝罪することを迷っていた人間がいたとしても、もう市川に続くしかないだろう。

次に壇上に向かったのは、大槻奈央子だった。

「スピーチテーマは、『いじめ』。大槻さん、お願いします」

「私は去年、すみれにたくさんひどいことをしました――」

市川の時とは違い、大槻奈央子はいじめの内容を具体的に、正確に語った。日常的に繰り広げられる暴力と、彼女の弁当を使った「日課」、着替え中の写真を撮る等の「元カレの頼み事」、耳を塞ぎたくなるような話を、大槻は淡々と続けた。

自分達のしたことをひたすら列挙し、強い非難の目を受け止める。それが彼女の謝罪方法のようだった。

「すみれのぬいぐるみも奪い、破壊しました。ごめんなさい」

そう言って頭を下げた後、彼女は司会席を見た。

「終わりですか?」草薙さんが無感情に言い、大槻は頷いた。

演台を降りる大槻を無視し、草薙さんは客席を見た。

「先生、驚いていらっしゃるようですので、改めてお伝えします。私達は昨年、櫛屋すみれさんをいじめました。そして彼女の自殺を信じず、なかったことにしました。今回のスピーチコンテストは、それに対する謝罪です。いじめのことを知って、どうされるかはお任せします。

学校に報告していただいても構いません」

僕は再び、先生の様子を見る。滝のような汗と、これ以上ない程見開かれた目——。先生が深く息を吐く音が聞こえた。

次は男子だ。岸和田——張替軍団の一人で、市川達の性的な嫌がらせに便乗した彼は、演台に立つと妙に清々しい顔で言った。

「櫛屋すみれさん、本当にすみませんでした。ただ、僕は喋るのが下手なので、別の人に託そうと思います」

まるで今日の天気を話すかのように、彼は言った。笑っている——？　その意味不明な発言に、教室がざわつく。

「張替さん、後でよろしくね」彼はそう言い終えると、頭をぺこりと下げて演台を降りた。

「今のが、謝罪ですか？」草薙さんも動揺しているようだ。それに対し、岸和田は幸せそうに頷いた。

「……わかりました。では、次の方——」

クラスの女子が謝罪をする間、大河が顔をしかめ僕に耳打ちした。

「やべえな、あいつら」彼は教室の端——。張替軍団を見ている。

張替も他の三人も、にこにことひたすら微笑んでいる。僕は昔読んだ、邪教の信者達の生活を描いた小説を思い出した。

「木曽さん、ありがとうございました。続いては司会の私の番ですが、私と計測係の豊崎さん、それから撮影係の矢住くんのスピーチは、一番最後に行ないます。続いて佐野くん――」

草薙さんの言葉に、豊崎さんも頷いた。クラスの中心人物の二人と、櫛屋すみれを想っていた奏芽――。闇に対抗するために、最初に話し合いをした三人だ。最後に改めて、クラスの総意を伝えるつもりなのかもしれない。

「ありがとうございました。続いて谷村くん、お願いします。スピーチテーマは『謝罪』」

谷村くんが立ち上がった。小柄な彼は演台に立ち、真っ直ぐ背を伸ばしたが、すぐにうなだれた。

「僕はいじめには参加しなかったけど、ずっと見ていたし、助けようともしませんでした」

抑揚のない声で言う。反省文を読まされる小学生のようだ。

「今回、闇に出逢って、僕は自分が弱いと知りました。櫛屋さんのことだけじゃなく、僕達のために色々調べてくれた和泉くん――」

突然、名前を呼ばれて驚く。谷村くんは僕を見つめた。

「彼がトラブルに巻き込まれた時、僕はまた見て見ぬふりをしました。こういうことを繰り返して来たから、去年の櫛屋さんのことを助けられなかったのだと思います」

子どものような語り口だが、僕には真摯で素直な言葉に聞こえた。

あまり背丈の変わらない彼を見て、不思議な気分に陥る。もし僕が、昨年からこのクラスにいたら――。臆病な僕は、彼と同じように傍観したかもしれない。そして闇の動画を見てようやく焦り、この場で彼と同じように謝罪の言葉を口にしていただろう。

「ごめんなさい、櫛屋さん、和泉くん」

谷村くんはそう言った。僕は目を閉じる。美術室のベランダで見た、彼の気の良い笑顔が思い浮かぶ。良い奴だと思う。いや、彼だけではない。Aクラスの大半が「普通の人」なのだ。

次は、築山くんの番だった。

「スピーチテーマは、『夢』。それでは、築山くん、お願いします」

少し呆れたような草薙さんの言葉に、彼は強く頷いた。

「僕には、夢があります。それはアナウンサーになり、報道に携わることです」

彼は淡々と語った。だから、いじめに参加しなかった――。でも、傍観者だとしても櫛屋さんにとっては加害者と同じで――。

彼は何度も「いじめには不参加」、「傍観者だった」と強調した。そして「何もしなかったとは言え」、自分にも大いに反省すべき点があると語った。最後に、夢を叶えた暁には、いじめに悩む人に手を差し伸べ、救いたいと語って締めくくった。

彼は自尊心を守ることを選んだようだ。語り終えた彼に、いくつもの冷たい視線が飛んだ。

「築山くん、それで終わりですか？」

草薙さんが冷たく言い放つ。彼は不安そうに僕達を眺め、最後に泣きそうな顔で「本当にごめんなさい」と言った。

「もう結構です。続いては寺原くん、お願いします。テーマは――」

僕は頭の中で指を折る。今、八人目が始まった。岸和田は謎だが、市川や大槻のような主犯達も、谷村くんのような傍観者も、皆それぞれ謝罪の言葉を口にしている。

ただ、次第に教室には、不穏な空気が広がり始めていた。

ごめんなさい、もうしません、反省しています――。謝罪の言葉というものはとても種類が少なく、飾ることも許されない。

「ありがとうございました。続いて照川くん――」

こんなこと意味がない――。闇が許してくれるわけがない――。そんな焦りが、ぼんやりとクラスの空中を漂っているようだ。

気付けば演台の上で、都塚美潮が号泣していた。

「すみれ、ごめんね。何もできなくて、助けられなくて――。あたし、幼馴染みだったのに――。ごめんね、ごめんなさい――」

計測係の豊崎さんが、五分経過のベルを鳴らした。最初から最後まで泣き続けた彼女に、誰もが苛立ちの目を向けている。

「時間です。スピーチを終了してください」

草薙さんがそう言ったが、嗚咽が教室にこだまする。

「都塚さん、降りてください」司会の声に、ようやく都塚さんは頷いた。彼女と入れ替わりに、張替軍団の鳥谷が演台に立つ。

「続いて、鳥谷くん。お願いします。テーマは――」

草薙さんが言い終える前に、彼は晴れがましい笑顔で言った。

「櫛屋さん、改めてごめんなさい。でも、許してくれてありがとう。詳しくは、後で張替さんが説明――」

「皆、真面目にやってよ!」そう叫んだのは、豊崎乃々香だった。

「本気で謝らないと、私達終わりなんだよ！　それわかってるの？」

誰も彼女に答えない。しばらくの沈黙の後、草薙さんが言った。

「……豊崎さんの言う通りです。スピーチも半分以上が終了しましたが、このままでは意味がないと思います。いいですか？　私達は、すみれの命を奪いました。間接的にではありません。私達一人一人が櫛屋さんを追い詰め、それ以外の道を奪ったのです」

自分の立場を考えた硬い口調だが、その声には怒りが溢れていた。彼女の言葉に教室の苛立ちが消え、再び覚悟と緊張が戻ってきた。彼女にはやはり、人を導く才能があるのだろう。

「ここで十分間の休憩に入ります。まだスピーチを終えていない人は、休憩の間に私の言葉をもう一度よく考えてください」


後半は、梨木千弥から始まった。

彼女は小さな身体で、ぺこりとお辞儀をした。

「……去年、私は――すみれの――」

「梨木さん、もっと大きな声でお願いします」

司会席から飛んだ声に、彼女はビクリと身体を震わせた。

「ごめんなさい、あの――」

彼女はしどろもどろに、聴衆を見渡した。多分、本橋と大槻を捜しているのだろう。しばらく黙った後、彼女は再び喋り出した。

「私は、すみれのことが嫌いでした。――その理由は、すみれが強くて優しい子だからです。

私と正反対のすみれに、私は怯えていました。友達がすみれのことを好きになれば、私が何の価値もない人間だということが、バレてしまうからです」

梨木はひたすら怯えている。随分虫が良いとは思うが、やはり苦しむ人を見続けるのは、心が大きく沈んだ。

「……すみれの大切なぬいぐるみを、切り裂いたのは私です。闇が言っていた、破壊した人は私だけです――」

僕は本橋との約束通り、その事実を誰にも話していない。教室にざわめきが起きる。

「千弥」客席から本橋が呼びかける。梨木はそれに首を振る。

「ごめんね。花鈴、奈央子。内緒にしてくれてたのに――」

梨木は下げた両の手のひらを、そっと胸の前で合わせた。

「私は弱くて性格も悪いです。本当に嫌になります。何度も強くなろうとして、優しくなろうとして、その度に失敗してきました。動画が出て、何度も自殺しようと考えましたが、それも怖くてできません。醜い心をひた隠しにして、これから先も生きるしかないんです――」

彼女は、とても寂しそうに微笑んだ。

「だから、闇にお願いです。告発は私だけにしてください」

彼女はギュッと目を閉じた。合わせた手が微かに揺れる。流れ星に大切な願い事を伝えるように、彼女は何度も繰り返した。

「お願いします。お願いします。お願いします――」

僕は梨木千弥が嫌いだ。仲間の顔色を窺うことに必死で、それ以外の人間には平気で牙を剝ける彼女のことを、心から軽蔑している。それでも今の彼女を見ていると、胸の中に何かがこみ上げてくる。

どんなに考えても、他に道はない。許されないから、許してもらえるわけがないから、ひたすら自分を傷付けるしかない——。

僕は彼女の選んだ道の暗さも、果てしない心細さも知っている。一筋の光も射さない海の底だ。

僕は大嫌いな梨木のために、祈らずにはいられなかった。どうか、後悔の果てに何かがありますように。自分を愛せるような何かが、見つかりますように——。

五分を告げるベルの音と、棘のある声が教室に響く。

「梨木さん」豊崎乃々香だった。

「まだ櫛屋さんに謝ってないけど」

梨木がまた身体を震わせ、「ごめんなさい」と呟いた。

「それ、誰に言ってるの？　私に言われても意味ないんだけど」

梨木は今にも泣きそうな顔で、「……すみれです。ごめんなさい」と呟き、うなだれた。

席に戻った梨木を、クラスの大半がひどく冷めた目で見ている。大槻が彼女の手を握り、本橋がその肩を抱いた。一人ではない——。その事実が、僕には希望のように感じられた。

「それでは、続いて——」草薙さんが言うと同時に、ガタッと椅子が動く音がした。次は張替軍団の女子、根元だ。次の張替に託すのだろう。

僕の予想——恐らくクラスの大半の予想——は大きく裏切られた。演台に上がった根元の隣には、既に張替が立っている。

「今日、私はスピーチをしに来たわけではありません。皆さんに、ご報告があるのです」

そう言ったのは張替だ。根元はその隣で、うっとりと彼女を眺めている。

「私と根元さん、それから岸和田くんと鳥谷くんは、たしかに櫛屋すみれさんに、許されないことをしました」

張替は、満足そうに微笑みを浮かべている。そんな私も、これと出逢って変わりました――そんなつまらないCMみたいだ。

「岸和田くんと鳥谷くんが、彼女を邪《よこしま》な目で見始めたために、私達は嫉妬に駆られました。トイレに呼び出して、頬を打ったこともありますし、彼女の私物を隠したことも、一度や二度じゃありません」

過去を遠い目で語る彼女に、後悔している様子はない。まるで全部が「今では良い思い出」とでも言っているようにも見える。

「動画が現れてから、私達は悩みました。迷いました。どうすれば良いのか――。そして私と根元さん、それから岸和田くんと鳥谷くんは、櫛屋さんとお話しすることにしました」

何を言ってるんだ――。僕は静かに二人を見つめた。

「あれを――」張替の声に合わせて、背後で岸和田と鳥谷が立ち上がった。いつの間に手にしたのか、演台に向かう彼らの手には折り畳んだ白い布が見える。張替はそれを恭しく受け取り、僕達に見せびらかすように開いた。

そこにはミミズの群れが暴れたような、赤い文字が並んでいる。

「皆さん、これはヴィジャボード——皆さんに馴染みのある言葉で言えば、こっくりさんです。この文字は、私達の血で書きました」

張替はそう言って制服の袖をまくる。他の三人も同じだ。彼女達の手首には、白い包帯が巻かれている。

「そして降霊をし、櫛屋さんの魂との交信に成功しました！」

激しい不快感が心を支配する。とんでもなく馬鹿げていて、とんでもなく予想外だ。クラスの皆も同じ気分だろう。

「張替さん、ここは謝罪の場です。そういうことは別の——」

草薙さんの言葉を、根元が「邪魔しないで！」と遮る。その後ろで張替夏穂は、悠然と微笑んだ。

「櫛屋さんは私達を許し、そして今日この場に降臨すると約束してくれました。今から私の身体を通して、皆さんにお言葉を伝えます」

張替は何度か咳払いをして目を閉じ、しゃがれた声で話し始めた。

「私はクラスを憎んでいましたが、張替さんの崇高な精神に触れ、考えが変わりました。私はあなた達を許します——。憎しみに囚われていては、安寧はない——。この場にいる闇よ。あなたの気持ちは嬉しい。だけど、もういいです。告発をやめなさい。さもなくば、恐ろしいことになるでしょう——」

この茶番はいつまで続くのだろう。彼女達は満足げに微笑んでいる。僕達の無言を、感動していると捉えているのかもしれない。

白けきった教室に、爆笑が響く。僕の隣の、檜川大河だった。

「張替、お前ある意味天才だな。捕まった殺人鬼が取調室で落語やったって、もうちょいウケるぞ。あと、その声は自然に出た感じじゃないと駄目だろ。咳払いすんな！」

大河は涙を流して笑っている。それに、笑い声がもう一つ重なる。スピーチを終えてからずっと鼻をすすっていた、都塚美潮だ。

「あはははは！　もう駄目。お前らマジヤバいよ、あはは」

二人のような爆笑ではなかったが、それに釣られて笑いが広がっていく。乾ききっていて、自棄っぱちな笑いだった。

それでも張替は、泰然としている。

「好きに言いなさい。櫛屋さんの魂に共鳴した人間は、他にもいます。真壁くん――」

その声に真壁穣は立ち上がり、小走りで演台に上がる。

「真壁くん、あなたも彼女の魂に触れ、反省したのですよね？」

真壁は、「はい」と呟いた。ただ、その顔は苦虫を嚙み潰したかのように歪んでいる。

「真壁、お前は本気で信じてないな」

大河がそう言った。顔は笑っているが、どこか哀しい声だった。

「何とか責められず、みっともなく謝らない方法を探して、張替に目を付けたんだな。本当に駄目な奴だな、お前は」

「黙りなさい！」張替の横で根元が叫んだが、大河はそれを無視して肩を竦めた。そして司会席に目を向ける。

「なあ草薙、俺もスピーチしていいかな。元Aクラスだし、それなりに思うことがあるんだ。益城先生も、皆もいいよね？」

反対意見はない。先生も彼を見て頷いた。

「わかりました。それでは檜川くん、お願いします。張替さん達は席に戻ってください」

草薙さんは溜息を吐いている。大河の提案に乗ったと言うよりは、張替達の茶番を終わらせたいというのが本音だろう。

張替軍団と真壁は動こうとしなかったが、大河はそれを無視して彼女達の前に立つ。そして、張替よりもしわがれた声で言った。

「テーマも決めてある。『闇へ』――。それじゃ、始めるよ」

力なく微笑む大河を、クラスの誰もが見守っていた。

「闇。この中にいる、櫛屋の味方へ。あんたは許せなかったんだよな。櫛屋は優しくて、とっても良い奴だった。それが自殺しちゃって、腹が立ったんだよな。クラスのことも、守れなかった自分自身のことも許せなかったはずだよ。でもさ――」

大河は、両手を広げた。手のひらは後ろに向けられ、張替軍団を指している。

「こんなもんなんだよ、こいつらは――。あんたが現れて脅迫しても、この程度だ。馬鹿げた空想に逃げて、罪を直視しない。暴露したって絶対一緒だよ。こいつらはこの先も、すがれる何かを無理矢理見つけて、居場所を作って生きる。この復讐も、きっと甘いレモンにしちまうよ。こいつらだけじゃない、他の連中だってそうだ。どんなに後悔していても、反省していても、時間が過ぎれば生きてて良かったって思う瞬間がある。人間なんて、そんなもんだ」

とても厳しい言葉なのに、どうしてだろう――。広げられた彼の手は、張替達を守っているようにも見える。

大河は一人一人に問いかけるように、ゆっくりと話した。

「使い古された言葉だけど本気で言うよ。復讐に、何の意味もない。あんたが一時的にすっきりしても、Ａクラスの奴らは生き続ける。こいつらが永遠に後悔し続けて、苦しんで生きるなんてあり得ないんだ。じゃあ全員ぶっ殺せばいいのかって話だけど、そうしたってあんたに満足はやって来ない。こいつらが死んだら、生かして苦しめれば良かったたって思うに決まってる。生きていたら殺したくなって、殺したら生きててほしかったたって思うんだ。それに――」

ほんの少しだけ、彼の声が詰まる。

「全員殺したって――これまた言うの恥ずいんだけど――。櫛屋はそんなこと望まない。あいつ、何度か書庫で好きな本の感想を話してくれた。いつも抽象的だったから詳しく聞いたら、『主人公がすごく魅力的で、明るくて元気で――。生きていることが素敵だって思い出せる』って。これ、嘘じゃない。本当に本当なんだ。なあ、櫛屋はそういう奴だったよな?」

彼の言葉は、どんな謝罪よりも僕の胸を打った。

櫛屋すみれの愛した短編は、宇宙を旅する少女の物語だった。苦い終わり方ではあったが、前半の活き活きとした描写は、彼女が語ったように綺麗で楽しくて、今も僕の心に残っている。

櫛屋すみれは、生を愛していた――。

「闇、こんな奴らほっといて、俺と櫛屋のことを話そう。櫛屋に会いたいのは俺達だけじゃない。奏芽もそうだし、七生だってそう思ってる。寂しいとか哀しいとか、何でもいいから――。それでちょっとすっきりして、朝が来たら学校とか行ってさ、当たり前の生活を送る。多分、それしかないんだよ。大切な人がいなくなった時、どんなに哀しくたってどんなに辛くたって、明日生きる準備をする。それが俺達にできる、たった一つの方法なんじゃないかな」

彼は再び両手を広げた。今度は僕達を包み込むように――。

心から愛していた祖父と、安らげる友達を失った大河――。彼の心には想像もできないほどの哀しみが渦巻いているのだろう。

彼は頭を掻き、照れ臭そうに微笑んだ。

「まあ、いいや。ご静聴、ありがとう」

僕は気付かぬうちに、拍手をしていた。スピーチに感動しただけではない。僕はここにいる、きみは一人じゃない――。そう伝えたかった。拍手は次第に広がり、教室を包み込んだ。

「皆、少し聞いてくれないか」

そう言って立ち上がったのは、益城先生だった。同時に拍手が完全に止む。

「何があったのかは、大体わかった。櫛屋の自殺は、先生も心残りだったんだ。でも、もういいだろう？　お前達の謝罪の言葉は、きっと伝わったよ。闇という人も――この中にいるのなら、わかってくれたはずだよ。だからもう、終わりにしよう」

先生は教室を見回し、僕達一人一人の顔を凝視している。教師らしい綺麗事――。これが文科省推薦の映画なら、ここでエンドロールが流れるに違いない。いつもなら、誰もが冷笑を浮かべるだろう。でも今は、誰もがそれに聞き入っていた。やれることはやった、闇もきっと許してくれる――。そういう空気が蔓延していく。

「先生」司会席の草薙有珠が、氷のような目で先生を睨んだ。「まだ全員分の謝罪は終わっていません。あと、本橋さんと和泉くん、それから私達三人。それが終わるまで、続けさせてください」

彼女の言葉に、奏芽は大きく頷いている。しかし計測係の豊崎乃々香はただ俯いている。どうやら迷っているようだ。

先生は困ったように僕の顔を見る。

「それは別にいいが、二人はどうなんだ？　和泉は謝ることなんかないだろうし――。本橋はどうだ？」

本橋花鈴は、電流が流れたように身体を震わせた。

「……私は――スピーチしたい。言わなきゃいけないことが――」

先生は本橋に駆け寄り、膝を突いてその肩を摑んだ。

「わかった。謝ればいい。先生は見てるよ。でもな、自棄にはなるな。どんなに許されないことをしたとしても、まだ取り返しは――」

「つくわけねえだろ。すみれ自殺してんだよ、いい加減にしろよ」

吐き捨てるように言ったのは、都塚美潮だ。先生は引きつった顔で彼女を見て、がっくりと首を落とした。

「わかった――。先生、最後まで見守るよ」

「それでは本橋さん、お願いします」

本橋が立ち上がり、先生の傍を通り抜けた。

「スピーチを始めてください。テーマは……『本当のこと』」

本橋花鈴は身体を震わせながら、演台に立った。

彼女の次は僕の番だ。心の中に、強い迷いが生じている。

僕は今日この場で、黒幕を名指しするつもりだった。

今、この場には全員がいる。闇に伝える方法は、他にはない。

黒幕の目星はついている。恐らく間違いないだろうが、決定的な証拠があるわけではない。

言い逃れはいくらでもできるはずだ。もしこの場で名指ししても、黒幕は確実に否定するだろう。しかし、それでも闇は僕を信じてくれるはずだ。それは確信している。

ただ、本当にそれでいいのか？　クラスメイト達は、それぞれのやり方で謝罪をした。大河が言ったように、それは一時的なものかもしれない。でも、彼らは大きく変わろうとしている。

僕が黒幕を指名すれば、クラスは今日語った反省の思いよりも、黒幕への疑念に逃げてしまうかもしれない。

本当にそれでいいのか？　それを闇は望んでいるのか――？

「和泉」突然名前を呼ばれ、僕は顔を上げる。本橋花鈴だった。

「多分和泉は、気付いてるよね。私がこの前言ったことの本当――」

彼女と目が合う。僕は小さく頷く。うん、だから僕は黒幕の正体に気付けた。でも――。

僕の戸惑いを感じたのか、本橋花鈴は心が折れたように俯いた。

その小さなシルエットが、僕の記憶を呼び覚ます。

あの人も同じように震えていた――。

自慢の髪を失い、大切な宝物も奪われ、敵意と好奇心に充ちた視線に取り囲まれながら、櫛屋すみれはこの場に立った――。

彼女はどんなに心細くても、どんなに苦しくても、キッと敵を睨み付け、心を折らなかった。

僕は櫛屋すみれに、報いたい。

本橋花鈴が、自分の身体を抱きしめながら演台を降りた。

「……終わりですか？　それでは和泉くん、お願いします」

闇は僕に、メッセンジャーの役を与えた。それに満足できずに空回りを続けたけれど、やはり僕にはそれが相応しいのだと思う。

今の僕に伝えられることは、たった一つしかない。櫛屋すみれを陥れ、苦しめた人間の名だ。僕は立ち上がる。

＊

「続いて、和泉七生くん。スピーチテーマは――『告発』」

開始のベルが鳴る。僕は演台の上で、全員の視線を受ける。奏芽も大河も、市川も真壁もいる。谷村くん達も本橋達も張替軍団も、都塚美潮も先生も、草薙さんも豊崎さんも、皆揃って僕を見ている。

僕も黙って、目に力を込めて彼らを見る。

「和泉くん？」司会の声を無視し、僕は彼らを睨み続ける。彼女と同じように――。不安と恐怖で、身体中から汗が噴き出す。

苛立ったようなベルの音。とてつもなく長い時間が経過したと思ったが、どうやらまだ五分しか経っていないようだ。

「七生くん、きみは黒幕の正体に辿り着いてるんだね」

草薙さんがいつもの、親しみのある声で言った。

「クラスをおかしくさせて、すみれを苦しめた人間がわかってるんだね。お願い、教えてください――。そうすれば、すみれもきっと救われるから――」

それは悲鳴のようだ。僕は強く頷く。

奏芽と目が合う。僕を気遣うように、静かに佇んでいる。

大河と目が合う。任せたと言うような表情に、強い信頼を感じる。

「わかった。でも、その前に僕の話を聞いてくれ」

僕は語り始めた。

「今、草薙さんが言ったように、僕は黒幕がいると考えた。動画のコメントにも少し書いたから、皆もそれは知ってるだろう。奏芽を操って、櫛屋さんのリップを開けさせた人物、真壁の計画に便乗して、彼女の髪を切らせた人物――。そいつは本橋さん達を脅迫して、彼女の大事な物を盗ませた。ペンギンのぬいぐるみで、彼女はそれをとても大切にしていたんだ――」

誰もが無言で、僕の話を聞いている。

「黒幕への唯一の手がかりは、書庫に行ってメモを残したということだ。でも、書庫に行った人物が記された名簿には、偽名と思われる名前が残っていただけだった」

井地目津呼。その名を記した時、黒幕はきっと笑っていたはずだ。くだらない当て字と自分の抜け目のなさに、笑いを堪えきれなかったに違いない。

「この中で、書庫に行ったことのある人は手を挙げてほしい」

怖ず怖ずと手が挙がった。名簿に名前のあった人達と、その同行者だ。他にも、去年の七月以降に書庫に行った人達が手を挙げている。念のため図書館で名簿を見て、彼らの名前も把握済みだ。誰が手を挙げ、誰が手を挙げなかったのか、僕は一人一人の顔を見た。

「僕は二人の協力者と、黒幕の正体を求め続けた。その時、ある人が――詳しくは言えないけど、黒幕のことを以前から知っていて恐れていた人が、僕に情報をくれた」

本橋花鈴が、怯えきった目で僕を見ている。

千葉県の中学校で、枯れた植物の絵で賞をもらった――。その情報があったから、僕は確信へと辿り着けたのだと思う。

「豊崎さん」

計測係の彼女は、ビクリと身体を震わせた。

「去年のスピーチコンテストで、きみはヴァニタス絵画について話していたね。骸骨とか、腐って色褪せた植物とか――」

豊崎乃々香は、完全に戸惑っていた。

「きみは千葉に住んでいるよね。それに、中学では絵で賞をもらっている」

僕の言葉に彼女は答えず、無言を貫いている。

「提供者が語った、黒幕の情報。それはきみと一致している」

クラス中が息を呑む。豊崎乃々香は静かに俯き、言った。

「私じゃないよ――」

僕はそれに強く頷く。

「そう、豊崎さんじゃない。彼女は――嵌められただけだ」

黒幕は、正体を探ろうとする僕を見て焦ったのだろう。そして、本橋花鈴を問い詰めて、自分と本橋の関係について知られていると悟った。だから黒幕は、それを利用することにした。

再び本橋を脅迫し、別の人物を標的とした偽情報を僕に流させたのだ。

「黒幕は今日この場で、僕が豊崎さんを名指しすることを予想した。彼女がどんなに否定しても、告発を目の前にしたクラスはそれに飛びつき、信じようとするだろう。そして上手くいけば黒幕の正体を知った闇が、復讐の対象を彼女一人に絞るかもしれない」

焦りが生んだ、苦肉の策だったに違いない。結果的に、黒幕はそれによって尻尾を出した。

豊崎乃々香は、泣きそうな顔をしている。

文化祭間近、彼女は僕との接触を避けていた。話を聞かせてほしいと頼んでも、誘いに乗ってくれなかった。恐らく、黒幕に言い含められていたのだろう。

だから僕は、ある人物への疑念を伝えた。櫛屋すみれへのいじめを仕組んだのは、間違いなくそいつだ、文化祭で告発する、と――。

豊崎乃々香は、僕の抱いた誤解を晴らすために会うと言った。

それが昨日のことだ。

僕の予想通り、黒幕は僕と彼女を遠ざけようとしていた。

今、七生くんはとても混乱しているから、彼が混乱しないよう、話さない方がいい——。豊崎さんは律儀にそれを守ろうとしていた。

彼女は狂信的に、黒幕を擁護した。あんな素晴らしい子が、すみれを追い詰めるわけない——。本当に良い子なんだから——。

「だってあの子、すみれの家にも行ったことがあるみたいだよ。前に二人で花を置きに古羽町に行った時、初めて行った街なのに知っているみたいにさくさく歩いて——」

黒幕は櫛屋すみれの地元で、彼女の家のゴミを漁ったことがある。ストーカーの存在を匂わせるためだ。僕の中で疑念が確信に変わった。

先生が矢住くんに言ってた——。去年、リップの騒動があった時、豊崎乃々香に帰りのＳＨＲがないことを吹き込んだのも、黒幕の仕業だった。彼女はそれを後で思い出したが、「余計な誤解を避けるために」僕には秘密にすることを命じられていた。

豊崎乃々香は、最後まで僕の考えを否定した。スピーチコンテストで謝れば、きっと闇は告発をやめてくれる——。あの子が言うんだから間違いない——。もし和泉が問い詰めても、きっと本人が誤解を解いてくれる——。彼女は最後まで、そう言った。

今、彼女は目を伏せている。

僕は客席を見つめる。闇、聞いてくれ——。

「櫛屋すみれを追い詰め、自殺させたのは——草薙さん、きみだね」

教室のあちこちで、驚きの声が上がる。それほど彼女はいじめに近寄らず、胸を痛めているように見えたのだろう。

草薙有珠は、呆気に取られたように胸の前で拳を作った。

「何言ってるの？　和泉くん」

大きく見開かれた目は——僕が強く心を惹かれたその目は、戸惑いつつも微笑みを浮かべている。

「ごめん、意味がわからない。何か誤解が——」

「きみは、手を挙げなかった。書庫に行ったことはないんだよね？」

草薙有珠の目が、ただ深く傷付いたと言う風に哀しみを帯びた。僕の質問には、答える気がないらしい。

「それなのにきみは、僕が通話で書庫のことを話した時、地下の、あんな静かで暗い場所って断じた」

「そんなの、聞き間違いかもしれないよね？」

彼女は仔リスのように首を傾げた。僕は無言で頭を振る。

あの時、泣きそうな彼女に僕は胸の痛みを覚えた。だから、忘れられるわけがない。

「——それにね、さっきは客席に言ってるんだと思ったから、手を挙げなかっただけ。私、書庫に行ったことあるもん」

だから、信じて——。そう必死で伝える彼女の目から、逃げ出したくて仕方なかった。

「一人？　それとも誰かと？」そう尋ねると、彼女は助けを求めるように豊崎乃々香を見た。

そして一瞬顔をしかめ、「一人」と呟いた。

僕は目を閉じる。

「じゃあ、どうしてきみの名前は名簿になかったの？」

痛いような静寂の中、僕は目を開く。草薙有珠は考え込むように黙ったままだ。

黒幕――草薙有珠が書庫に行ったのは、去年の六月十九日、数学の補講があった日だ。国立志願者の彼女は、その日の補講の後で田中瑞樹と名乗り、書庫に赴いた――。

「有珠、嘘だよね？」震える声で、豊崎乃々香が言う。

「すみれと友達って言ってたもんね、いつも心配してたし――」

僕は声を張りあげ、それを遮る。

「全部嘘だよ。草薙さんは、絶対に心配なんかしていない」

草薙有珠の目が、一瞬揺れた。それを合図にするかのように、目に浮かぶ表情がカジノのスロットマシーンのように、ぐるぐると変化を始めた。

戸惑い、落胆、怒り、嘲笑――。どの表情が正しいか、どの表情なら乗り切れるのか――。

草薙有珠は静かに混乱していた。

彼女の目に、深い深い哀しみが宿る。そしてちらりと僕を見て、大きく肩を震わせた。司会者が座るテーブルに、ポタリと涙の雫が落ちた。

「友達だったもん、クラスじゃあまり話さなかったけど……」

「――時々、学校の後で駅近くのスタバに行ったんだっけ？」

草薙有珠は俯いたまま黙り、長い沈黙の後でようやく頷いた。僕は客席の本橋花鈴を見る。

櫛屋すみれが髪を切る少し前、本橋は口止めするために彼女をスタバに連れて行った。その時に櫛屋すみれは、初めて来たと言っていたはずだ。

ぬいぐるみのことを打ち明けた後の本橋に、嘘を吐く理由はない。でも草薙有珠の嘘には、自分と櫛屋すみれの友人関係を僕に信じ込ませるという、大きな理由があった。

「スタバで彼女は、いつもシフォンケーキを食べた。そうだよね？」

彼女は微動だにしない。まるで埋められた地雷を捜すように、ただ俯いている。都塚美潮が叫ぶ。

「そんなの嘘じゃん！　すみれ、クリーム系無理だもん」

草薙有珠が僕に語った、櫛屋すみれとの友人関係――。それはすべて嘘だった。彼女は暗躍し、櫛屋すみれを死に向かわせた――。

そう確信を抱いた時、僕は恐怖に震えた。

どうして、そんなことができるんだろう――。

ひゅううという、風のような音が聞こえた。窓の外を眺めたが、そこから見える樹々に動きはない。

ひゅうう、ひゅうう――っく――。その音が強さを増していく。

「おね――もう、やめて――こんなの、ひどいよ――」

草薙有珠が顔を上げた。涙でぐしゃぐしゃの顔だった。しかし、誰もそれに手を差し伸べるものはいない。顔を背けている豊崎さんを除いて、今や客席の誰もが疑いの眼差しで彼女を見つめている。

「本当に、お前がやったのか？」奏芽が絶望したように言う。

草薙はそれを無視して叫ぶ。

「先生、嘘です。皆私のこと嫌いだから、こんな風にいじめて――」

益城先生は目を白黒させたが、何も言わなかった。それを見た彼女は、まるで駄々っ子のようにバタバタと足を鳴らした。

「先生、こんなの信じないで。お願い！　私、絶対推薦が――」

僕は自分の耳を疑った。推薦――？

闇が告発をしたら推薦がなくなるから、彼女は僕達をまとめる立場に立候補したのか？　そんなくだらないもののために？

バタバタ――バタバタバタバタ――。とてつもなく場違いな音と、彼女の嗚咽だけが響く。

「草薙、理由を話してくれ。ちゃんと皆に話すんだ」

先生が狼狽《うろた》えた声で言う。それは僕には懇願のように聞こえた。

長い長い沈黙だった。黙っていても、逃げられない――。ようやくそれに気付いた彼女は顔を上げた。

櫛屋すみれは、何故いじめられたのか。その疑問は彼女の名前を知った時から、僕の中に絶えず渦巻いていた。

精神的にも肉体的にも追い詰めて、破壊し尽くそう――。そんな深すぎる悪意の源。どんな理由でも納得できるわけがない。だが、心は常に納得を求めている。哀しい事情があったとか、不幸な偶然が重なりすぎたとか、「答え」が欲しかった。

その「答え」が、今目の前に現れようとしている。

草薙有珠は覚悟を決めたように、静かに目を閉じた。

「私、幼稚園とか小学校の頃、ひどくからかわれたの。理由は、今はストパーかけてるけど、昔っからすごい癖っ毛で――」

僕は叫びたくなる。やめてくれ――。

「だから、すみれが髪を見せびらかしてるのが、すごく辛くて――」

耳を塞ぎたくて仕方なかった。そんなくだらないことで――。

「うち、親がすごく厳しくて――良い子じゃないといけなくて――。良い子じゃない私を、パパとママもきっと愛してくれないし、だから私、ずっと透明な存在だったの。でも、悪い子の私が私を締め付けて――パパにもママにも見てほしくて――だから、最初は悪戯のつもりだった。すみれが教室で喚いて、皆に嫌われて、終わりにするつもりだったの――」

「お前、それマジで言ってんの？　本当に？」大河が真顔で言った。端正なその顔が、化け物を見るかのように歪んでいる。

草薙の泣き声が、一層大きくなる。

「大河くんがすみれにばっか優しくするからだよ！」

おぞましい化け物の悲鳴に、大河は身体を硬直させた。

彼女は大河を、いつも愛しそうに語っていた。僕はそれに気付いていたはずだ。必死に気付かないふりをしていただけだ。

「誰も私のことを愛してくれない――。それが悔しかったの！」

本当に、他には理由がないようだ。僕は目眩を覚える。その時、足音がした。視線を向けると、激怒の表情を浮かべた奏芽が駆け出していた。一瞬で彼は草薙の傍に立ち、そして――。

草薙有珠の右頰に、奏芽の拳がめり込んだ。

派手に机が倒れる音と、いくつかの女子の悲鳴が聞こえる。

「矢住、やめろ！」先生が叫ぶと同時に、僕は荒い息を吐く奏芽を羽交い締めにした。すぐに大河と谷村くんが来てくれたので、何とか引き離すことができた。

奏芽は呆然と立ち尽くし、どうしようもないほど震えていた。

草薙はボタボタと鼻血を流し、それを見て青ざめている。

「ひどいよ――殴るなんて――」そして大声を上げ、再び嗚咽した。

客席は皆、自分達が殴られたとでも言うように、彼女から目を逸らした。

大河と谷村くんに摑まれたまま、奏芽は席へと戻っていく。草薙はハンカチで鼻を覆うと、慌てて教室の外へ逃げ出した。

興奮と哀しみの中で思う。僕の役目は、ようやく終わった――。

僕は演台を降りる前に、もう一度クラスメイト達の顔を見る。

教室は限りなくざわついている。彼らの顔には疲労感と、少しの満足が浮かんでいる――。

「これで、終わったんだよね？」女子の誰かが呟くのが聞こえた。

「犯人わかったし、告発も――」男子の誰かが呟くのが聞こえた。

「俺、草薙を許さねえから」大きな声だった。声の主は、ひどく暗い目をした市川だった。

「そうだな。お前らも、許せないよな」再びクラスに大声が響く。今度は真壁だった。彼もまた、市川と同じ目をしている。

　真壁の言葉を聞き、クラスメイト達は頷いていく。そして皆、あまりに暗い――卑劣な使命感を浮かべた目で周囲を見渡し、草薙有珠への非難の声を上げていく。

「許せない」「私達を操っていじめさせた」「本当はやりたくなかった」「櫛屋を殺した」「私は仲良くしたかったのに」「全部あいつが悪い」。

「皆で、反省を見せよう」と簗山冬樹が言った。

「櫛屋と同じ目に遭わせよう」と谷村青司が言った。

「私達をおかしくしたのは、あの女だ」と張替夏穂。それに合わせて、他の三人が頷く。

「私達も操られたの」大槻奈央子が言うと、最初に梨木千弥が、次に本橋花鈴が頷いた。

「裏切られた。許せないよ。あの子のこと――」豊崎乃々香がうなだれた。

「やっぱそれしかないよね」と、都塚美潮が笑い出した。

　誰も彼もが、大きな声だった。この場にいるであろう、闇へのアピールのつもりなのだろう。奏芽と大河は無表情で全員を見ている。益城先生は、無言のままだ。

「ふざけんなよ」

　その時に現れた一番大きな声。それは僕の声だった。

「ふざけんなよ、お前ら。……どうしてあの子をいじめたんだよ。あの子が何をしたっていうんだよ――」

　櫛屋すみれ――。長い綺麗な髪と、ペンギンのぬいぐるみを大切にしている、どこにでもいる普通の女の子。Ａクラスは彼女の宝物を、無理矢理に奪い去った――。

それだけじゃない。口車に乗せられてリップを開けた。幼馴染みなのに助けなかった。性欲のはけ口にしようとした。先生なのにいじめに気付かなかった。彼女をシカトして、彼女の秘密をあざ笑った。

皆が皆、櫛屋すみれを苦しめていた――。

クラスの連中が、異物を見るかのような視線を僕に向ける。その一人一人の顔を、僕は奏芽のように殴り倒したかった。

「ふざけんなよ。おかしいよ、お前ら――」

もう我慢できなかった。僕の目から、涙がこぼれ落ちた。

「あの子が可哀想って、どうして思わなかったんだよ！」

僕は泣いた。都塚美潮みたいに、草薙有珠みたいに泣き喚いた。

「七生」奏芽が駆け寄り、僕の身体に触れようとする。僕はその手を振り払う。

「大嫌いだ。僕はお前らを認めない。絶対に許さないからな！」

子どもみたいなことを叫び、僕は走り出した。

この教室に――彼女がいないこの場所に、もういたくなかった。廊下に出ると、文化祭を楽しむ生徒達がギョッとしたように僕を見た。だけど気にならなかった。

そして図書館の書庫に辿り着き、僕は膝を抱えてまた泣いた。

何もかもが腹立たしかった。クラスメイト達や先生にも、奏芽にも大河にも、自分自身にも、死んでしまった櫛屋すみれにも――。

こんなのってないよ――。あんまりだよ――。

夕方五時のチャイムの音と同時に、奏芽と大河が僕の傍に立った。

二人は僕の身体を抱き起こし、言ってくれた。

「七生、帰ろう、帰ろうよ」奏芽の言葉に、僕はようやく泣き止むことができた。

「櫛屋に会いたいな――」大河が言った。

「そうだな、会いたい」奏芽が言った。

僕はやりきれない気持ちを抱えながら、ひとりぼっちの櫛屋すみれのことを考え続けた。


その日、告発はなかった。翌日の休みも、動画は上がらなかった。

不貞腐れた顔で学校に行く。クラスの何人かは僕に「どうかしてた」と謝ったが、それがいつからのことなのかは尋ねなかった。

草薙有珠は学校を休んだようだ。

その日は誰も喋らず、授業中も皆ソワソワしていたが、それも数日で元に戻った。

誰かが冗談を言い、誰かが笑った。授業中は張り詰めた空気に戻り、同じ友達とつるんで定位置に固まった。皆どこかで告発を恐れているようだが、それも日に日に薄れていくのを僕は感じる。

冬が来る頃、草薙有珠は退学したと先生が言った。

告発は起きていない――。

日々は過ぎていく。

教室で草薙の話はタブーとなったが、それは櫛屋すみれや闇も一緒だ。皆、早く忘れたいのだろう。日常を取り戻すために――。多分それが、彼らにとって幸せを目指すということなのだろう。

日々が過ぎていく――。

僕にはそれが救いのようにも、とても哀しいことのようにも思える。

真冬の中で、僕は思う。

櫛屋すみれ。髪が自慢で、喋ることが苦手な女の子――。

彼女はこの教室にたしかに存在し、戦った。

闇――。今もきみは、彼女を思って哀しみの中にいるんだろう？

深い深い海の底で、孤独と絶望を抱えているんだろう？

闇。僕は、僕はきみに会いたい――。

終章　たったひとつの冴えない復讐

太陽が沈む前の、一瞬の強い光。空が夜空に変わる前の、世界の終わりのような爆発的な煌めき。私はこの時間が好きだった。

私達は真冬のオープンテラスに座って、黙ってその光を眺めている。

そう言えば二日間ずっと一緒にいたけれど、二人共黙ったのはこれが初めてかもしれない。

この二日間の記憶が私を包む。それはとても暖かくて優しくて、一生忘れられない幸福な記憶だった。もし私が今死んだとして、翼の生えた天使が神様の元へ連れてってくれたとして、神様が「人生はどうだった？」と尋ねてきたら、私は自信を持って答えるだろう。

はい！　ワタクシ櫛屋すみれの人生は、最高に最高でした！

きっと、神様も天使も変な顔をするだろう。え、そうなの？　この子にはそれなりにハードな人生を与えたつもりなんだが、と――。

ええ、とっても最高でした。私は親友とディズニーランドに行き、思う存分遊びました。そして夜はアンバサダーホテルに泊まって、眠るまでお喋りして、なんと次の日はシーまで行ったんです。それを最高以外の言葉で表すなんて、私には難しすぎますわ――。

「あんた、何笑ってんの？」

どうやら、にやついていたらしい。親友が不審そうに私を見ている。

「いやぁ、別に。すっごい楽しいなって思って」

「前から思っていたけど、あんたって普通じゃないよね」

私が「今更?」と言うと、彼女も吹き出した。

私はたしかに普通じゃないかもしれないが、あなたにだけは言われたくない——。それに、今は普通じゃなくて良かったと思っている。

私は普通じゃなかったから、たくさん嫌な目に合った。だけど、普通じゃなかったから、あなたと出逢えたんだよ。

たくさんの嫌な目は、あなたが全部吹き飛ばしてくれた——。

「ねえ」改まってそう言うと、彼女はココアを一口飲んで、それから、「何?」と言った。

「ありがとう」そう言うと、彼女は鼻で笑って「別に」と言った。

もう一度、今度は目を見て伝える。ありがとう——。一度じゃ足りない。どうして感謝の言葉は、こんなに種類が少ないのだろう?

「本当にありがとう、美潮」

私の大切な大切な、一番の親友——都塚美潮は目を細めて頷いた。


今思い返してみても、Aクラスでの日々は本当に地獄だった。

私を苦しめるためだけに存在する、たくさんの笑顔。敵意と悪意に囲まれて、私は動けなくなった。傷付いて傷付いて、それでも心は一つも慣れてくれなくて、毎日本当に辛くてたまらなかった。

何より大切にしていた宝物を壊された時、私は遂に動けなくなった。学校を休み、それから逃げるように退学届を書いた。

でも本当に苦しかったのは、その後だ。

私の心は完全に憎しみに支配されていた。音楽を聴いても大好きな本を読んでも、それは消えてくれなかった。息をするだけで苦しい気持ち。私をいじめたあいつらのことが頭から離れなくて、いつも重たい泥と血と汗と涙が、全身を包んでいるみたいだった。

忘れることなんてできない。それどころか、日を追うごとに憎しみは強まっていく。私はこれから先ずっと、この思いと生きていくんだ――。そう思った時、心の底からぞっとした。

あの日のことは、よく覚えている。

たまたま休みだった両親は、私の退学を新たな喧嘩の種として罵り合っていた。

「お前の教育が悪いから」「あなたがいつも家にいないから」。

両親のいつもの口論は、いつものように私の吃音にまで波及した。

「娘がちゃんと喋れないのは、お前（あなた）が悪いから」

たまらなくなった私は、家を飛び出した。

気付けばマンションの屋上に立っていた。自殺の名所なのは知っていたから、私はすぐに「あ、もう駄目なんだな」と気がついた。

躊躇いはなかった。落ちていく身体と、逆に空へと上がっていくような心の狭間《はざま》で、私は静かに目を閉じた。

目を覚ました時、私は病院のベッドの上にいた。分厚いビニールカーテン越しに泣き崩れる母と、それから幼馴染みの美潮の姿が見えた。

「おはよう」彼女は、穏やかな声でそう言った。

私は身体中の痛み――後で気付いたが、両脚と左腕、それから肋骨が一本折れて鎖骨にヒビが入っていた――に耐えながら、頷いた。

母のヒステリックなお説教を聞きながら、私は考えた。失敗しちゃった。身体痛いな、心痛いな、全部痛いな。早く元気になって、また――。

病室に父が現れ、険しい顔で母と病室を出て行った。

看護師さんが強い痛み止めを打ってくれたので、私は目を閉じる。

「退院したら、何かしたいことある？　行きたいところとか」美潮が言った。

私はぼんやりと考えるが、何も浮かばなかった。水族館、ディズニーランド――。好きな場所はたくさんあったはずなのに、全部フィクションの世界の絵空事のように思えた。

「何でもいいよ。したいこととか――」美潮の言葉に、私は呟く。

「消えたい――」

それしか思い浮かばなかった。それが無理なら、せめてあの人達の頭の中から消えたかった。学校をやめた私を思い出し、上手くやったとか、ちょっとやり過ぎたとか、そんな風に思われるのが耐えられなかった。

美潮は震える声で、「それは駄目だよ」と言った。

「そっか、じゃあ、せめて――」麻酔が効いてきたのか、頭がぼんやりとする。

「あの人達に、後悔してほしい」

美潮の「わかった」の声と同時に、私は意識を失った。


病室で私は考え続けた。

両親は娘の自殺未遂を、やっぱりお互いのせいにした。それは今までにない盛り上がりを見せ、遂に離婚することになったそうだ。

両親が離婚したら、私は母について行くと思う。そしてどこか遠い街に行って、すべてを忘れようとするだろう。

でも、私はわかっていた。

忘れられるわけがない――。あいつらの笑顔、身体に刻み込まれた痛み、踏みにじられた心の傷は、いつまでも消えない――。

弱い私は、ちょっと泣いた。


一般病棟に移った日、美潮はビデオ通話をかけてきてくれた。

「あんたを死んだことにしようと思う」

液晶に映った彼女は、とても真剣な顔で言った。私は驚いて彼女を見つめる。

「そうすれば、気が小さいあいつらは絶対後悔するし、苦しむと思う」

「そんなこと、できるの？」私がそう言うと、彼女はしっかり頷いた。

「勝手だけど、もう準備してる。ちょっと待って」液晶が、美潮の手が一瞬アップになった後で暗転した。しばらくゴソゴソ音が聞こえた後、「送った。見て」という声が聞こえた。

小さい文字がびっしり書かれた画像が届いていた。何かのスクリーンショットのようだ。再び液晶に美潮が映り、言った。

「ネットの掲示板であんたの飛び降りについて書いてあったから、死んだって嘘ついた。もちろん、名前とかは言ってないよ」

思わず、口がぽかんと開いた。

「勝手なことしてごめん。嫌だったら、すぐにガセだったって書くから――」

ちょっとびっくり――いや、ものすごくびっくりしたが、すぐに別の感情が湧き上がる。

美潮は、本気で私の願いを叶えてくれようとしている――。

涙がこみ上げて来た。ずっと死んでいた心が、動くのを感じる。

「お願い、美潮。あいつらを後悔させて――」私は叫ぶように言った。


それから毎日、美潮と通話した。学校が遠いのに、彼女はいつも早く帰ってきて、いつもたくさん話してくれた。

私達はまるで旅行の計画を立てるように、アイデアを出し合った。

「画像できたから、今送るね」

掲示板だけじゃ弱いから、フェイクニュースを作ろう――。そう決まったのは数日前だ。

「え、これすごくない？」

私が飛び降りたという記事に、女性が死んだという文章を二つ入れただけ――。フォントもまったく一緒で、ほとんど違和感はない。

「これ、自分で作ったんじゃないよね？」

大のＰＣ音痴だったはずなのに――。私の言葉に、美潮は目を泳がせた。長時間問い詰めた結果、彼女はようやく白状した。

「ちょっとだけ、彼氏に手伝ってもらった……」

彼氏は二つ年上の、ＣＧの専門学生とのことだった。

「大丈夫。フェイクニュースの危うさを調べろって授業で使うって言ってある。これでばっちりだね。あいつら、絶対信じるよ」

美潮は嬉しそうに言った。私も胸が高鳴るのを感じる。


病室で一人過ごす夜は、とても長かった。

きっとＡクラスは、私が死んだと思って後悔する――。いじめなければよかった、どうしてあんなことをしたんだって、すごく苦しむに違いない――。いい気味だ――。

無理矢理そう思って、心を落ち着かせようとする。

でも、心の奥底から声が聞こえる。そんなはずない――あいつらは今も笑っている――。お前の無様な様子を笑った時のように――。

声はいつまでも聞こえ続けた。


病院の小さな面会ブースで、私達は久々に再会した。

ビニールシート越しの彼女は、俯いて言った。

「あいつら、信じなかった」換気装置の音に、かき消されてしまいそうな小さな声だった。

美潮が必死で伝えても、彼らは笑うだけで取り合わなかったそうだ。

そんなわけない、勘違いか何かでしょ――。はいはい、もうわかったよ――。

フェイクニュースの画像に至っては、見ることすら拒否されたようだ。

「許せない、あいつら――」美潮が髪を掻きむしった。

そっか、全然気にしないで――。気持ちが嬉しかったし、もう大丈夫――。

そう言えれば、どんなに良かっただろう。でも私からこぼれ落ちたのは、呪いの言葉と涙だけだった。

悔しい――私は今も辛いのに――。痛みを感じる度に、あいつらの顔を思い出すのに――。

私は学校をやめたのに、どうしてあいつらは普通にしてるの？　そんなのズルいよ――。

私は泣いた。俯いて頭を抱え、短い髪に触れてまた泣いた。声を上げ、ひたすら泣いた。

「復讐しよう」美潮が言った。

「あんたを傷付けた連中を、あたしからあんたを奪おうとしたあいつらを、二人で殺そう」

それから私達は、何日もかけて復讐を計画した。

「あんな奴ら、殺したっていいじゃん」

美潮は何度もそう言ったが、私は断固拒否をする。

「それだけは絶対嫌だし、駄目」

命を奪えば、臆病な私は耐えられない。それに彼女の手を、私のために汚させたくない。

美潮が思いついたのは、社会的なデスゲームだった。

私から未来を奪おうとした連中の未来を奪う——。それがあいつらに相応しい復讐だと美潮は言った。

「何か変なキャラ作ろうよ。よくある案内人みたいな」

そう言われ、大切な友達のことが頭に浮かぶ。文化祭の後、私の靴箱に無造作に突っ込まれていた、私の宝物——。初めて美潮と二人で行った水族館で出逢ったあの子。不器用な美潮が一生懸命縫って直してくれた、私のもう一人の親友。

復讐には、あの子にもいてほしい——。

*

通りを歩くカップルが、私達を微笑ましげに見た。バリバリのギャルと清楚系（中身はそうでもないのだが）の二人組は、犬と猫の仲良し動画みたいに見えるのかもしれない。

「今更なんだけど、聞いていい？」私がそう言うと、美潮はこっくりと頷いた。

一緒に戦ってくれた、ペンギンのギン——。彼は今、私のカバンの中で眠っている。少し恥ずかしいが、せっかくなので持って来たのだ。以前は切り裂かれた姿を見る度に心が痛んだが、最近はそうでもない。勇敢な戦士のように傷を誇示するその姿は、昔と変わらずたまらなく愛くるしい。

「ギンの名前、どうして変な漢字にしたの？」

そう尋ねると、美潮はストローを噛みながら、事もなげに言った。

「闇の字が、闇《やみ》っぽくて格好良いから」

なんだその中二理論……。

綺麗な店員さんが、お水を注いでくれた。私はそれを一口飲んで、鼻からゆっくり息を吸って、「ありがとうございます」と言った。つっかえずに言えたことに、胸をなで下ろす。

「お、いい感じだね」

「まあね。秘密兵器を使ったの」

彼女は不思議そうに私を見ている。秘密兵器の正体は、ずっと内緒にしている。それを言ったら、この子はぶっきら棒に「キモ」と言うに違いない。

また意識して、鼻から空気を取り入れる。ほんの少し、甘ったるいココアの匂いがする。大事な匂いつきリップの効果だ。昔の私は、良い匂いだから買ったって自分に強がっていたけれど、そうじゃない。この匂いがあれば、私はいつでも思い出すことができる。

「ま、なんでもいいや」

彼女はそう言っていつものように、美味しそうにココアを飲んだ。

リップ――。それを開けたのが矢住くんだと知った時、私は絶望した。ずっと信じていたのに――。

美潮は最初から彼を疑っていた。「ああいうタイプは絶対ストーカーの気がある」と、復讐の前から彼女はそう言った。

でも答えを知って打ちひしがれる私に、必死に語りかけてくれたのも、やっぱり美潮だった。

「絶対何か理由があるんだよ。あいつ、そういう奴じゃないし！」

デスゲームには、ずっとわからなかった三つの疑問を仕込んだ。

いじめの中で、特に辛かった三つの記憶――。それは謎に包まれ、形のない恐怖と不安だけを私に与え続けている。

私の周囲を嗅ぎ回ったストーカーと、開けられたリップ。

思い出したくないあの男子と、本に挟まっていたメッセージ。

それから、私の宝物を切り刻んだ相手――。

最後のだけはあの三人だと予想しているが、急にそんなことをした理由がわからない。

全部知りたかった。不安に怯えるのじゃなくて、全部わかって、全部ちゃんと怒りをぶちまけたい――。

私は三つの謎を、彼女に話した。でも二つ目だけは気持ち悪くて、どうしても歯切れが悪くなった。

「髪は私が切ったんだけど――ごめん、どうしてそんなことをしたのか、上手く説明できない」

そう言うと美潮は、「じゃあ、それもAクラスに考えさせよう。絶対困るよ、あいつら」とあっさり言って、にんまり笑った。

「謎が明らかになっても、最終的には全部暴露してクラス全員の人生を壊す。いいね？」

計画が完成した時、彼女は私の目を覗き込んだ。

謎の答えはぶら下げた餌で、答えが出ても延期するだけ――。最後には絶対告発する、彼女は怖いくらい真剣に、何度もそう言った。

私は悩み、悩みに悩み、悩み抜いた。あんな奴ら、そうなって当然だ――。これは私が望んだことじゃないか――。

でも、もしあの人達が人間なら。私を苦しめたことを心から後悔してくれたら――。それなら果てしない憎しみも、きっといつかは消えてくれる。あり得ないけど、もしそれが起きたら――。

私はそんな希望を、必死で美潮に伝えた。弱い私は、きっと叱られると思っていたが、彼女は微笑んで頷いてくれた。

「悩んでると思った。壊すかどうかは、後で決めよっか。復讐を終わらせる条件でも作って、それが叶えられたら許すとか」

告発を止める条件は、私の一番の望みになった。

「しっかし買い過ぎだよ、絶対」

美潮がディズニーの買い物袋を見て、呆れたように言った。

こんなに楽しい時間を忘れたくなくて、ちょっとした小物から日用品までたくさん買った。

このために、私は短期のバイトをたくさん入れたのだ。

「で、あいつへのお土産は、何を買ったの？」

私は待ってましたとばかりに、紙袋から小さなフィルムを引っ張り出す。小さい頃から好きな、チャーミングな掃除ロボットが宇宙をかけた恋をする映画のピンバッジだ。

「全然似合わないじゃん！」ケラケラと笑われ、私は唇を尖らせる。

「そんなことないよ。ちょっと似てるじゃん」

美潮は私の手からバッジを受け取ると、目を細めてロボットくんを眺めた。それから「そうかなぁ……」と笑った。

「くたびれてるし、なんか眼鏡っぽいし。似てるよ」

美潮からバッジを取り返し、私はロボットくんを見つめる。うん、やっぱり似てる――。益城先生にそっくりだ。

復讐開始の直前、美潮は古羽に先生を呼び出した。先生はびっくりするほど深く頭を下げ、自分のせいだと謝罪した。

いじめに気付かなかった自分は教師失格、償いは何でもする――。美潮が罵声を浴びせる間、先生は同じことを言い続けた。

美潮が先生に償いとして求めたのは、二つだけだった。

私が死んだという噂を絶対に否定しないこと。それからもう少し先、理由を聞かずにＱＲコードの用紙を教室に貼ること――。

先生は約束通り、何も言わずに協力してくれたそうだ。美潮は「無能だから復讐にも気付かない」と言っていたけど、きっと彼は信じて見守ってくれたのだと思う。私達が最後の告発を思いとどまれたのも、きっと先生がいてくれたことが大いに関係していると思う。

ありがとう、先生――。

「そっちは何を買ったの？」今度は私が聞くと、美潮は胸を張って袋を取り出した。ワクワクしながら中身を覗くと、ミッキーとミニーがちゅうしている置物が入っている。

「うっわ。それお土産って、超バカップル！」爆笑しながら言うと、美潮は顔をくしゃくしゃにして「うるさい！」と言った。

「でも、よろしく伝えてね。いつか会いたいな」

そう言うと、美潮は「呼ぶから――結婚式とか」と言って、一人で盛大に照れた。まったく、本当にかわいい子だと思う。

美潮の年上の彼氏は、動画制作にも力を貸してくれた。

何でもだいぶ凝り性な人で、最初にできた動画は誰がどう見てもプロの仕上がりだったらしく、美潮は何度もリテイクをお願いしたそうだ。彼氏はかわいい彼女のお願いを断れないようで、最後まで理由も聞かずに最高の動画を作ってくれた。

焼き餅焼きで甘えん坊で、あたしのことが好きで好きでたまらない――。そんな風に彼のことを美潮は自慢したが、私も彼女のことが超大好きなので、その点は全力で争っていこうと思う。

彼氏か、いいな――。そう思った時、美潮は笑った。

「あのキモノッポと連絡取っても、あたしは何も言わないよ」

矢住くんのことが頭に浮かぶ。あの人とのメッセージのやり取りでは、今まで感じたことのなかった胸のドキドキを覚えた。

「まだいいかな。でも、いつか——」

心の整理が付いたら——。連絡先は消しちゃったけど、彼がこっそり教えてくれたインスタの裏アカを、私はしっかり覚えている。

「あと、檜川くんにも会いたいな」

「やめなよ。そうやって色んな男と仲良くするから、トラブル起きんだよ」

恋愛感情ではない。あの書庫に、ひとりぼっちが二人いた、それだけでどんなに私は救われただろう——。

矢住くんと檜川くんは、黒幕を追い詰めるために最後まで頑張ってくれたそうだ。やっぱりあの二人は、とても良い人だ——。

黒幕は、私とほとんど話したことのない女子だった。教室で何度か、益城先生と話している時に親しげに話しかけてきたくらいで、それ以外にはまったく記憶にない。クラス委員だった人と美潮に言われ、ぼんやりと思い出したくらいだ。

彼女が私を追い詰めた——。そう知っても、私にとっては意味不明のままだった。

美潮は彼女——草薙さんが私を嫌った理由を、話さなかった。私も聞かないままで良いと思う。きっと、誰かが誰かに悪意を向ける理由なんて、信じられないほどくだらないことなんだろう。

私の心を読んだように、美潮は言った。

「言ってなかったけど、あたしは草薙を許すつもりはないよ」

そしてスマホを取って、操作して私に渡した。液晶には、短文を投稿するＳＮＳが映っている。アカウント名は、草薙有珠だった。

「何これ？」

私は画面に触れ、投稿を遡っていく。そこには去年私が受けた嫌がらせ——いや、それだけじゃない。知らない人への罵詈雑言や犯罪自慢、小学校や中学校時代にしたといういじめの数々が載っている。人に見られたら大炎上必至だが、どうやら鍵アカウントのようだ。

「これ、あたしが頑張って作った。で、草薙に匿名で全文送ったの。お前が同じこと繰り返したら、これの鍵外すぞって。この先ずっと見てるからなって。最後にしっかり、バイバイだギンとも書いた」

美潮はクククッと笑っている。私は友人の顔を見ながら、ずっと聞かなかったことを聞く。

「ねえ、私達、あれがなかったら本当に告発してたのかな？」

美潮は頷いたが、すぐに首を傾げ、そっぽを向いた。

「わかんね。別にどうだっていいじゃん」

うん、そうだね——。でも、今はしなくて良かったって思うよ。

私が決めた告発停止の条件は、Ａクラスには絶対無理なはずだった。おまけにそれを判定するのは、「もし実際に達成されても、基本的には嘘だと思ってかかる」と息巻く美潮だった。

スピーチコンテストの後、美潮は私に会いに来てくれた。

「クリアした奴、いたかも……」彼女は震える声で言い、ギュッと目を閉じて動かなくなった。美潮は――私の親友はひどく怯えていた。

馬鹿な私は、そこでやっと気付いた。ごめんね――。そうだったんだね――。

美潮はたった一つのことを恐れていた。許すことではなく、許されることを――。

この子は、自分自身にも復讐するつもりだったのだろう。私を救えなかった自分を罰するために、自分の名前を晒そうとしていたのだ。

「ねえ、どうしたらいい？　あたし、わかんないよ……」

私は泣いた。良かった――。最後に気付けて良かった――。

「もう終わりにしよう。私はもう、満足だよ」

そう言うと、美潮は何度も頷いてくれた。


スマホが震える。母からの電話だった。私は溜息と共に電話を切る。良い気分の時に話したい相手ではない。

「いいじゃん、出れば？」

「やだよ。あの人、離婚してからずっとテンション高いんだもん」

退院と同時に母は離婚して、私の生活は大きく変わった。親しみのある苗字とさよならして、ありふれた母の旧姓になった。それにはさすがに少し落ち込んだが、美潮は私を励ましてくれた。

「いいじゃん、あんたがこれから先、名前入りでテレビとかに出てもクラスの奴らは別人だと思うよ」

「顔バレてるから意味ないよ」そう言う私に、美潮は微笑んだ。

「マスクで誰も覚えてないよ。それにその時までに、あんたも化粧上手くなればいいし。あ、本橋とかと仲良かった時に写真撮ったとか言ってたけど、あいつら加工しまくってるから、きっと元の画像なんか残ってないよ」

美潮が言うと、本気でそう思えるから不思議だ。

近くにある街灯が、私達をぼんやりと照らし始めた。

「それにしても楽しかったなぁ。昨日も今日も」

私の言葉に美潮は「もうわかったよ」と笑う。それから彼女は、急に顔をしかめて俯いた。

「……なんか、あたし色々頑張ったけどさ、結局復讐しなかったし意味なかったね」

私は急いで首を振る。

「そんなこと、絶対ない。だって私――」

美潮と二人で用意した、長い長い復讐――。結果的に復讐しないことを選んだけれど、それのお陰で私は前を向けたのだ。

今まで向かい風だったけど、これからはきっと幸せな毎日が待っている――。そんな気がすることが、本当に嬉しくて仕方ない。あの人達を完全に許したわけではないけれど、でも私は自分が幸せに生きるために、重たい憎しみを手放すことに決めたのだ。

人生は長いのだから、きっと身軽な方がいいはずだ。

ああ、あの時死ななくて良かった――。本当に、生きてて良かったなぁ――。

私は泣きそうになるのを堪える。美潮は心配そうに私の顔を覗き込んだ。思えば、この人はずっと傍にいてくれた――。

小学校の保健室で、初めて会った時のことを今でも覚えている。

私は吃音が出ることが怖くて、挨拶もできずに黙り込んでいた。先生の「ゆっくり、落ち着いて喋ろう」という言葉に焦ってしまい、パニック状態に陥った。でもそんな私に、少し派手目の女の子はぶっきら棒に言ってくれた。

「別によくない？」

先生に言ったのだと思うけれど、何故か私自身に言われた気がした。別にいいんだ――そう思った瞬間、パニックが少し収まったのをよく覚えている。もちろん、それで美潮と上手く会話できたわけではないけれど、私は彼女と話すことが嫌じゃなくなった。

小学校の高学年になると、美潮は私と遊ばなくなった。

「あたしといると、マジで浮くし」

そう言ってそっぽを向く彼女に、腹を立てたのを覚えている。

中学に入って、私は嫌な子になった。

吃音があまり出なくなって、剣道を始めたお陰で自信もついてきて、調子に乗ったのだ。周りに嫌われるという手痛い失敗をした私は、高校では上手くやろうと誓った。

受験勉強をしていたある日、母が言った。

「美潮ちゃんも、恵堂受けるらしいわよ」

それを聞いても、特に驚かなかった。美潮は地元が嫌いだから、少しでも遠くの学校に行きたいのだろう――そう思うだけだった。いや、最近私達が疎遠なことも知らず、私の友達が美潮だけだと思っている母に、少し苛立ちを覚えた気がする。

恵堂に合格して、最初に教室に入った時のことはよく覚えている。

上手くやらなくちゃ――。緊張すると吃音が出やすいから、最初は特に注意しよう。新しいクラスは誰も私のことを知らないから、きっと変われるはずだ――。

そんなことで頭が一杯だったから、クラスで美潮を見つけた時は本当に驚いた。

その時、私は本当に最低なことしか考えなかった。あの子が吃音のことを、周りにバラしたらどうしよう――。彼女は最初、何度か話しかけようとしてくれたけど、私のぎこちない対応を見て離れていった。

私がいじめに遭い始めた頃、彼女は家まで来てくれたことがある。

久々の来訪を喜ぶ母を適当にあしらい、美潮は私の部屋に入った。

「あんた、大丈夫？　一緒に何とかしよう。二人なら絶対に――」

世界で一番不幸だと思っていた私は、彼女が他の連中と同じように私をあざ笑いに来たのだと思った。だから、平気だよとそっぽを向き続けた。美潮は傷付いたような表情を浮かべ、帰って行った。

私は本当に最低だ――。

それなのに彼女は今、私の目の前にいてくれる。

「ねえ、どうしてここまでしてくれたの？　私は良い子じゃないのに、勝手で嫌な奴なのに――どうして私なんかのために――」

涙を堪えながら、私は言った。

美潮はとても優しい目で笑い、私の頭を撫でてくれた。

「別に良い子だなんて思ってないよ。すみれだから、良いんだよ」

彼女はそう言って、照れたように笑った。

「あんたは覚えてないかな。小四で同じクラスになった時」

小四――。保健室で私と美潮が仲良くなったからか、四年生に進級する際に私達は同じクラスになった。クラスメイトは事前に私の吃音のことを聞いていたのか、大部分の子が生暖かく迎えてくれた。

櫛屋さんは喋らなくていいよ、私達はジャクシャにハイリョします――。先生方が太鼓判を押すようなクラスだった。

惨めさよりも笑われる方が嫌だったので、私は大いに安心した。授業中も当てられないし、皆は優しくしてくれる――。私は一言も喋らずに過ごした。ただ、クラスメイト達は先生お墨付きの「喋れない子」は守っても、まったく協調性のない美潮のことは別だった。

「あの時の学級委員、いたじゃん。名前なんだっけ」

「あー、なんかいたね。覚えてないけど」

給食の揚げパンと、学級会で誰かをつるし上げることに夢中な子。私には優しかったけど、名前が思い出せない。

「あいつが学級会で、あたしが掃除をやってないって言い出してさ」

「ああ！」何故か笑ってしまう。あったなあ、そんなこと――。

美潮は雑巾がけも机運びも、ちゃんと真面目にやっていた。ただ、その子の仕切りに乗らなかっただけだ。

都塚さんはもっと周りのことを考えた方がいいと思います！　学級委員が高らかにそう言うと、面白がった男子や美潮のことを気に入らない女子がはやし立てた。

そして口々に「わがまま」とか「優しさがない」とか喚き立て、言葉のナイフで次々と美潮を刺していた。

ああ、思い出してきた——。私はオロオロしていたはずだ。優しいはずのクラスメイトが、豹変したように人を攻撃している——。それも、私の大切な友達を——。

若い熱血教師の担任は、「行きすぎたら止める」という顔をしていて、とっくに行きすぎていることに気付いていなかった。

「あたし、あの時わかっちゃったんだ。新しいクラスでそこそこ頑張ったつもりだったのに。周りのためとか和を乱さないとか、そういうことをやったはずなのに——。あ、やっぱり駄目じゃんあたしって思った。一生こうやって嫌われるんだなって」

美潮は遠い目をして言った。そうだ、あの時、美潮は今と同じように遠い目をして、ただ立ち尽くしていただけだった。

私はどうしたんだっけ——。

「あのクソ学級委員、調子乗って『一人一人、都塚さんの悪いところを言いましょう』とか言い出してさ。もう無理だった。悔しいけど、泣いちゃうなって思った」

記憶がフラッシュバックする。美潮の背中、まっすぐ伸びた手。それがグッと拳を作った。

私はそれが嫌で、とても嫌で――。

「その時さ、あんたが立ち上がって――」

かかっかかかっ、か、か、かわいそう――で、す。

そうだ――。あの時、私は叫んだ。わけがわからなくなって、顔を真っ赤にして叫んだんだ。クラスで喋ったことのなかった私が、我を忘れて大声で叫んだ。

すぐ俯いたけど、あの時は夢中だったっけ――。

最初に男子の誰かが吹き出して、波紋のように笑いの輪が広がっていったのを覚えている。先生がすぐに怒鳴り声を上げて、ピタリと止んだのを覚えている。みじめで恥ずかしくて、私はすぐに座り込んだのも覚えている。

当時の記憶が蘇って、私は俯いた。

あの時はすごく恥ずかしかった。そして私はポツポツと学校を休むようになり、一ヵ月後には保健室に帰ったのだ。私の親友も、その二ヵ月後にケロリとした顔で帰ってきた。

「あの時、あたしさ。上手く言えないんだけど、嬉しくて――」

私は顔を上げず、テーブルクロスを眺めていた。

「一人じゃないんだって――超クサいけど、あんたが暗闇から引っ張り上げてくれたって思って――あんたと一緒なら、あたしは何も怖くないって――」

親友の声は小さくなり、震えていた。

違うよ――逆だよ。引っ張り上げてくれたのは、美潮の方だよ。

「あたし、本当にさ。本当にそれが、ずっと、ずっと――。駄目だ、もう……。これ思い出すといつも――」

美潮が鼻をすすった。こっちももう駄目だ！

私達は紙ナプキンを取って、二人で盛大に鼻をかむ。

美潮の白い手を取る。恥ずかしいから顔は見ない。少し冷たくて、柔らかい手。私の手を掴んでくれた、大事な大事な美潮の手――。

目を見て言わなきゃ。何度だって言わなきゃ――。

「本当にありがとう、美潮」

美潮は「やめてよ」と言った。私と同じように涙をボロボロこぼして、鼻水を垂らしながら、「やめてよ」とまた言った。

私達はそれからしばらく泣いた。店員さんがそっと近づいて、紙ナプキンを足してくれた時、やっと二人で笑うことができた。

「もー！　メイク全部取れちゃったじゃん」

「パンダだ。パンダがいる！」

私はあはははと笑う。

「もう時間ない！　直してくる！」

美潮が立ち上がって、店内のトイレに向かっていく。私はその近くの時計に目をやる。

そろそろ今日のメインディッシュの時間だ。ディズニーもシーも最高だったけど、今日一番のイベントはやっぱりこれだ。

たしか、ゲストさんが乗った電車は五時半に到着するはずだ。

私達の予想をたくさん裏切り、会ったこともない私のことを真剣に考えてくれた人。

そしてクラスに課された条件──私のために涙を流すこと──を、見事にクリアしてくれた人──。

ちょっと気取った喋り方をする、背の小さな男の子──。

美潮は今日、彼を呼び出している。もちろん私のことは内緒だ。

どうやらそこまで格好良くはないらしいが、まあそれは良しとしよう。

この物語の遅れてきた主役、和泉七生くん。

私は駅を眺める。たくさんの人がいる中で、今一番楽しいのは間違いなく私達だ。自信を持ってそう言える。

彼は一体、どんな人なのか。そして彼は、一体どんな顔をするのだろうか?

ああ、本当に楽しみだなぁ──。

謝辞

本作品の執筆にあたり、多くの方にご協力いただいた。
茨城県立取手第二高等学校さんには合宿所を見せていただき、
東洋大学附属牛久中学校・高等学校さんには学校スケジュールを教えていただいた。
当時の高校生活やクラスの様子については高知大学のＭ・Ｈさん、
化粧品については美容師のＳ・Ｈさんに多くの助言をいただいた。
右記の方々のご協力がなければ、本作は完成には至らなかった。
なお、作中に誤りがあった場合はすべて作者の理解不足である。

作者

また、作中に登場する『たったひとつの冴えたやりかた』（ジェイムズ・ティプトリー・ジュニア著　浅倉久志翻訳）については、ハヤカワ文庫ＳＦ（早川書房、１９８７年10月）を参照している。

装丁　bookwall
装画　いとうあつき

本書は書き下ろしです。

竹吉優輔

（たけよし・ゆうすけ）

1980年茨城県生まれ。二松学舎大学文学部卒業後、東洋大学大学院で文学を専攻。茨城の図書館で司書として働くかたわら、小説執筆をつづける。『襲名犯』で第59回江戸川乱歩賞を受賞。念願の作家デビューを果たす。他の作品に『レミングスの夏』『ペットショップボーイズ』がある。

たったひとつの冴《さ》えない復讐《ふくしゅう》

第一刷発行　2024年7月8日

著者……………………竹吉優輔《たけよしゆうすけ》

発行者………………森田浩章

発行所………………株式会社 講談社
〒112-8001
東京都文京区音羽2丁目12-21
電話　出版 03-5395-3505
　　　販売 03-5395-5817
　　　業務 03-5395-3615

本文データ制作………講談社デジタル製作

印刷所………………株式会社KPSプロダクツ

製本所………………株式会社国宝社

定価はカバーに表示してあります。

落丁本・乱丁本は購入書店名を明記のうえ、小社業務宛にお送りください。送料小社負担にてお取り替えいたします。

なお、この本についてのお問い合わせは、文芸第二出版部宛にお願いいたします。

本書のコピー、スキャン、デジタル化等の無断複製は著作権法上での例外を除き禁じられています。

本書を代行業者等の第三者に依頼してスキャンやデジタル化することはたとえ個人や家庭内の利用でも著作権法違反です。

©Yusuke Takeyoshi 2024 Printed in Japan
ISBN978-4-06-535936-5 N.D.C. 913 366p 19cm

KODANSHA